荒崎一海

闇を斬る　龍尾一閃（りゅうびいっせん）

実業之日本社

実業之日本社文庫

目次

闇を斬る

龍尾一閃

一、龍尾（りゅうび）　澤庵（たくあん）の影

うつすとも月も思はしうつる共（とも）
　水も思はし廣澤（ひろさわ）の月

『剣法至極詳伝』「直心影流目録及免許」より

（直木三十五の『日本剣豪列伝』に〝おのずから映れば映るうつるとは月も思わず水も思わず〟との上泉伊勢守信綱（かみいずみいせのかみのぶつな）の歌が紹介されている。〝龍尾〟極意のもと歌と思われる）

第一章　月下の剣

一

文化六年（一八〇九）の仲春二月中旬。

鷹森真九郎（たかもりしんくろう）は、深川（ふかがわ）の永代寺門前町（えいたいじもんぜんちょう）にならぶ料理茶屋の二階にいた。師である団野（だんの）源之進義高（げんのしんよしたか）の供であった。

筑後（ちくご）の国柳河（やながわ）藩十万九千六百石立花（たちばな）家の上屋敷用人である松原右京（まつばらうきょう）と、留守居役の秋山忠左衛門（あきやまちゅうざえもん）から、饗応（きょうおう）の招きをうけたのだった。

真九郎は二十七歳。身の丈五尺九寸（約一七七センチメートル）余。南国の陽に焼けた骨格たくましい美丈夫（びじょうふ）である。

団野源之進は四十四歳で、直心影流（じきしんかげ）の十二代めだ。

昨秋から、真九郎は源之進の代稽古（だいげいこ）で立花家上屋敷道場へかよっている。この夜は、あらためてのお礼とのことであった。

招かれた源之進と真九郎よりも、招いた右京と忠左衛門のほうが、芸者たちにかしづかれてご機嫌であった。

適度に笑みをうかべた源之進は、もの慣れたしぐさで芸者たちをあしらった。

真九郎は、はじめての料理茶屋だった。芸者たちは、乱暴な口をきくかと思えば、姿勢をくずしてもたれかかってきたりする。邪険（じゃけん）にするわけにもいかず、真九郎は困惑を隠してこらえた。

夜五ツ（春分時間、八時）の鐘が鳴ってほどなく、料理茶屋をでた。

ほろ酔いかげんの右京と忠左衛門は、駕籠（かご）で帰った。

見世（みせ）さきで、女将（おかみ）や芸者たちとともに見送り、ふたりは料理茶屋が用意した竹の柄（え）のついた小田原提灯（おだわらぢょうちん）をさげてそれぞれの帰路についた。

一日竹刀（しない）をふるうよりも疲れた気分だった。

真九郎は、肩でおおきく息をした。

芸者たちにしきりと酒をすすめられたが、酔うほどは飲まなかった。剣に生きる者の心得である。それでも、いくらか火照（ほて）った頬に春の夜風がここちよい。

雲ひとつない蒼穹（そうきゅう）には十六夜（いざよい）のまるい月があり、無数の星明かりとともに江戸の夜をつつんでいた。ところどころの食の見世からの灯りもある。提灯がなくとも歩けるあかるさだ。

背後からやってきた駕籠が、追いこし、駆けさっていく。夜風が、駕籠舁（かき）を追いかけていった。

真九郎は、立ちどまり、左肩に鼻をもっていった。

座敷で、そばにいた芸者がいくたびかしなだれかかってきた。化粧のかすかな残り香（が）を、夜風がゆらめかせた。

妻の雪江（ゆきえ）が、長屋で待っている。やましい気分になった。

帰路をいそぐ。

まえを行く駕籠が、十間（けん）（約一八メートル）ほどさきの四つ辻（つじ）にさしかかる。

ふいに、右の横道から四つの影がとびだしてきた。抜刀している。ひとりの刀身が、月光をにぶく跳ねて奔（はし）る。

頭をめぐらせかけた駕籠舁先棒（さきぼう）の頸（くび）から黒い血飛沫（ちしぶき）が散る。

先棒がくずおれ、駕籠がおちる。

「た、た、た……」

後棒が身をひるがえす。が、その背に、ひとりが一刀をあびせる。

「ぎゃあッ」

またたくまのできごとであった。

駕籠から町人が這いつくばってでてきた。

真九郎は、駆けだし、叫んだ。

「待てッ。なにをする」

四人がいっせいに顔をむける。いずれも面体を黒っぽい布で覆っている。

駕籠舁を斬ったふたりがこちらへ走り、残るふたりが駕籠をまわって初老の商人の前後をふさぐ。

駆けてくるふたりとの距離がたちまち縮まる。

先頭の敵へ小田原提灯を投げ、抜刀。

敵が、右手でさげていた刀に弧を描かせて小田原提灯をはねのけ、左手をそえて上段にもっていく。夜空を突き刺した刀が薪割りに落下。

右よこにとびこんで腰をおとし、脾腹を薙ぐ。

「くっ」

敵が呻きをもらし、右手を柄から離した。

残ったふたりが、表店の戸板に商人を追いつめつつある。

駆けてきたもうひとりが、躍りあがるようにまっ向上段から縦一文字に斬りこんできた。白刃が大気を裂いて奔る。

真九郎は地面を蹴った。

敵の右腕よこへ頭からとびこむ。柔の受け身の要領で一回転。そのままの勢いで立ちあがり、切っ先をさっとうしろに擬する。

敵が、脇腹を手で押さえている仲間を後背にかばう。

まえに眼をやる。

商人が戸板にへばりついている。ひとりが両手をひろげて逃げ道をふさぎ、もうひとりがいましも刀を八相に高くかかげんとしていた。

真九郎は、右手で小柄を抜くなり、打った。

あやまたず、二の腕に刺さる。おのれとばかりに顔をむけた侍が、眼をみひらく。敵を躱して迫りきた姿に驚いたようだ。両腕をひろげている侍に叫んだ。

「退けッ」

ふたりが身をひるがえし、でてきた横道へ駆けこむ。

うしろのふたりも、脇道に消えるところであった。

た。

真九郎は、懐紙で刀にぬぐいをかけて鞘におさめ、背中を斬られた駕籠舁にちかづい

初老の商人が、駕籠舁に気づかわしげな眼をやりながら歩みよってきた。

「危ういところを、まことに……」

声が震えている。

抜刀した四人に襲われ、殺されかけたのだ。無理もない。真九郎は、気の毒に思い、やわらかく言った。

「礼にはおよばぬ」

かがんで駕籠舁の首筋をさぐる。

「手当てをすれば助かるやもしれぬ」

立ちあがると、蒼ざめた初老の商人が、いまだ震えがとまらぬようすで永代橋の方角を指さした。

「あちらのほう の、自身番が、ちこうございます」

真九郎は、うなずいて走りかけ、震えている指さきに思いとどまった。

襲った者たちは逃げた。周囲にひそんでいる気配はない。しかし、初老の商人ひとりを四人で襲った。物盗りではない。命を狙ったのだ。となると、そのあたりにとどまっ

ているかもしれない。

「いっしょのほうがよかろう」

商人が、安堵（あんど）の表情で低頭する。

真九郎は、燃えつづけている提灯を踏み消した。商人が、駕籠からだした草履（ぞうり）をはいて待っていた。

駕籠舁が悲鳴をあげ、さらに絶叫をはなったにもかかわらず、周囲の町家は静まりかえっている。

真九郎は言った。

「では、まいろう」

「お侍さま、霊岸島（れいがんじま）の和泉屋（いずみや）宗右衛門（そうえもん）と申します」

真九郎も名のった。

自身番屋は、町木戸の脇にあって通りにめんしている。柵（さく）があり、なかは玉砂利が敷かれている。

提灯をもたずにいそぎ足でまっすぐにやってくる武士と初老の商人に、四十代なかばの町役人（ちょうやくにん）が、怪訝（けげん）ないろをうかべた。

宗右衛門が、かるく低頭する。

「霊岸島四日市町の和泉屋にございます」

町役人がていちょうな物腰になった。

宗右衛門が手短に事情を説明する。驚いた町役人がふり返り、すぐにお報せしてきなさい、と若い書役に命じた。

自身番屋からでてきた書役が、永代橋のほうへ駆けていく。

町役人が言った。

「お侍さま、お役人さまがお見えになられるまで、おそれいりますがお待ちを願います。どうぞおかけになってお待ちください」

真九郎は、うなずき、袴のよごれをはらった。

「鷹森さま、お髪とお背中は、よろしければ手前が」

「かたじけない」

宗右衛門が懐から手拭をだす。

真九郎は背中をむけた。

宗右衛門は、背丈が五尺四寸（約一六二センチメートル）ほどで、歳は五十をすぎたあたりだ。鬢と髷に白いものがまじっている。年齢相応に肉がついているが、肥っているというほどではない。

真九郎は、縁側に腰かけ、笑みをうかべた。

宗右衛門の表情はいまだ硬い。が、双眸（そうぼう）は柔和であり、意思の強さもうかがえる。

「かまわぬゆえ、そのほうも腰をおろすがよい」

「おそれいります。お横を失礼させていただきます」

宗右衛門があいだをおいて腰かけた。

「申し遅れましたが……」

和泉屋は、酒のほかに味噌（みそ）と醤油（しょうゆ）もあつかう問屋とのことだ。

「あのときは、もうだめだと思いました。お礼の言葉もありません」

「当然のことをしたまでだ。気にせずともよい」

「ありがとうございます」

夜はひっそりとしていた。

やがて、御用聞きが手先をしたがえて駆けてきた。すこしして、大柄な町奉行所役人が弓張提灯（ゆみはりぢょうちん）をもった手先と到着した。

宗右衛門が立ちあがる。

「桜井（さくらい）さま」

「和泉屋、とんだ災難だったらしいな。もうちょい待っててくんな、さきにあっちを見てくる」

御用聞きが、手先に戸板を二枚もってくるように指示した。戸板と弓張提灯をもった手先たちがあとを追っていく。

宗右衛門が、ふたたび腰をおろして上体をむけた。

「北御番所定町廻りの桜井琢馬さまです。戸板をはこぶよう命じていたのは、御用聞きの藤二郎親分です」

御番所とは町奉行所のことだ。

ほどなく、自身番屋の書役が駕籠で医者をつれてきた。

桜井琢馬たちも、もどってきた。ふたりずつで戸板をはこび、ふたりが駕籠をかついでいる。担ぎ棒の尖端に屋号の書かれた提灯がさがっている。

駕籠は柵のそとに残され、二枚の戸板が玉砂利におかれた。

背中を斬られた駕籠舁を診た医者が、止血をして、手先四人にはこばせて駕籠で去った。

琢馬が言った。

「藤二郎」

「へい」

「和泉屋に誰か走らせ、御用のすじでちっと遅くなるが心配しねえように報せてやんな」

「承知しやした」

琢馬が、顔をむけた。

「それがしは無用です」

「わかった。相手は何人だ」

「四人でした」

琢馬が、驚いたように一重の眼をみひらき、すぐに眉根をよせてほそめた。

「四人とも二本差し、か」

真九郎は首肯した。

「ふたりは手疵をおっております。駕籠舁を斬った者は右の脾腹に、和泉屋を斬ろうとした者は右の二の腕に小柄の疵があります」

琢馬が、斜めうしろにひかえている藤二郎をふり返った。

「聞いたな。手分けして、あたり一帯の自身番と番太にあたってみな。見た奴があったら、木戸ごとにたしかめながら追っていけ。おいらはここにいる」

町木戸の両脇に自身番屋と木戸番屋がある。町木戸の開閉と夜間にくぐり戸をあける木戸番を〝番太〟もしくは〝番太郎〟という。

藤二郎が、手先たちに顎をしゃくった。

顔をもどした琢馬が、立ちあがろうとする宗右衛門を手で制した。

「なにがあったか、最初から話しちゃもらえねえか」

宗右衛門が両手を膝においた。

「料理茶屋で寄合があり、本日は手前が当番でした」

当番は、芸者らへの心付けや勘定をたしかめ、亭主に等分に割らせる。そのため、ほかの者より帰りが遅くなる。

「……しばらく行ったあたりで、ふいに駕籠が止まり、どすんとおちました。うしろの駕籠舁が悲鳴をあげ、背筋の凍るようないやな音につづいて、叫び声と倒れる音がしました。それで、駕籠からとびだしたしだいでございます」

宗右衛門がさらに、ふたりに追いつめられてもうだめだと眼をつむったところで危うく難をのがれたのだと語った。

「わかった」

品定めをするかのような眼をむけた。

六尺（約一八〇センチメートル）ちかい長身だ。骨格もがっしりしている。色浅黒く、一重の眼が切れ長でするどい。

三十代なかばであろうと、真九郎は見当をつけた。

「名を聞いてなかったな」

真九郎は名のった。

琢馬が訊いた。

「住まいは」

「日本橋長谷川町の裏長屋におります」

「で、なんでそんな刻限に深川にいたのか、話しちゃもらえねえか」

「それがしは、たまたまとおりかかっただけです。追いぬいていった駕籠が襲われるのを眼にし、駆けつけた。なにゆえ深川にいたかまでおこたえするにはおよばぬとぞんじますが」

琢馬が、左のてのひらで項を一度、二度と叩いた。

「日本橋長谷川町の裏店に住んでいるという。が、永の浪々をしているふうには見えねえ。おめえさんはふたりに手疵をおわせたと言っているが、ほんとうにそうか。和泉屋にとっちゃあ、おめえさんは命の恩人だ。その四人とくんでの猿芝居だとも考えられる」

真九郎は眉をひそめた。

怒りよりも感心のほうがおおきい。とんだ言いがかりだ。しかし、たしかに、考えられなくはない。

「さる道場から、某家の上屋敷道場へ師の代稽古でかよっております。今宵は、師とともに老職がたの招きをうけ、その帰路でした」

「どこの道場だか教えてもらえねえか」

「明日、師をおたずねし、さしつかえないということであればおこたえします」

琢馬がつぶやいた。

「まあ、しゃあねえか」

このとき、夜陰の静寂を捨て鐘の音が低くふるわせた。

捨て鐘が三回鳴り、それから時刻を告げる鐘がその回数だけ鳴る。町木戸がしめられる夜四ツ（十時）の鐘だ。

通りをはさんだ木戸番屋から年老いた番太郎がでてきた。

腰をかがめぎみにやってくる。戸板の死骸には筵がかけてある。それでも、柵のところで立ちすくんでしまった。

真九郎は、琢馬の眼をとらえて背後をうながした。

琢馬がふり返る。

「ああ、木戸か。かまわねえから、しめてくんな」

番太郎が辞儀をして去っていく。

観音開きの木戸の片方を番太郎がしめかけると、怪我人をはこんでいった四人が戸板をもって駆けこんできた。和泉屋へ走った手先は、とうに帰ってきている。

弓張提灯をかざした手先ふたりにつづいて、藤二郎たちも通りを駆け足でもどってくる。

琢馬が、宗右衛門に料理茶屋の屋号を訊いた。

手先たちを柵のそとにとどめ、藤二郎が肩でおおきく息をしながらはいってきた。

「桜井の旦那、駕籠があったあたりから八方調べやしたが、どこの木戸もとおっちゃおりやせん。夜分の四人づれの侍でやす、自身番が見逃すはずがございやせん」

琢馬が、首をかしげ、ややあって訊いた。

「ひとりかふたり、ならどうだ」

藤二郎が、あっという顔をした。

「あっしとしたことが。しくじりやした」

「なあに、最初に気づかなかったおいらもわるい。明日、またあたってみな。それよりな、藤二郎……」

　息のきれてない者を料理茶屋に行かせて、提灯の屋号がどこの駕籠屋のものか訊く。それから駕籠屋までひとっ走りして理由を話し、明日の朝四ツ（十時）に町役人同道でここにくるようつたえる。

　てきぱきとした指示だった。

　藤二郎が、おおきくうなずき、手先たちのところへ行った。

　琢馬が、宗右衛門に顔をむけた。

「すまねえが、もうすこしつきあってくんな。奴らの面体は憶えてねえか」

「手拭のようなもので顔を隠しており、眼のところが四角く見えているだけでした」

　琢馬が眼で問う。

　真九郎はこたえた。

「一枚で頭と額と頬を覆い、もう一枚で眼からしたを隠しておりました。濃い柿色だったように思います」

　琢馬が宗右衛門に眼をもどす。

「いまは気が動転してんだろうから、明日、暇をみて行く。おめえに恨みをふくんでる者がいねえか、心あたりを考えておいてくんな」

「承知いたしました」

「今夜はこれくれえにするか。藤二郎」

「なんでやんしょう」

「念のためだ、おめえは何名か手下をつれて、和泉屋を送ってやってくれ。それと、亀に提灯をもたせてこちらさんを長屋まで……」

　真九郎は制した。

「いや、それがしなら……」

　今度は琢馬がさえぎった。

「こっちの都合なんだ。夜中に侍のひとり歩きだ。番太が辻斬かとおびえて、町役人だなんだってことにならねえともかぎらねえ。町家で騒ぎをおこしてほしくねえのよ」

「かたじけない」

　琢馬が、かるく顎をひき、藤二郎に顔をむける。

「それでな、おいらは御番所へ行ってる。医者のところに誰か走らせ、おめえは和泉屋を送りとどけてきてくれ」

「承知しやした」

　藤二郎が、手先たちのところに行く。四十ちかい年齢だが、手先はいずれも三十をこえているようには見えない。

番太郎にくぐり戸をあけさせ、琢馬につづいて真九郎がぬけた。

永代橋をわたり、ふたりっきりになったところで、真九郎は斜め一歩まえを行く若い手先に話しかけた。

「そのほう、名はなんと申す」

若い手先がわずかに横顔をむける。

「亀吉（かめきち）と申しやす」

「雑作（ぞうさ）をかけるな」

「気にしねえでおくんなさい」

亀吉がかざす十手と御用の筋だのひと言で、どこの木戸もすんなりあいた。

やがて、日本橋長谷川町についた。

裏長屋への木戸をあけさせ、さきに行こうとする亀吉を、真九郎は呼びとめた。

「ここまででよい」

「申しわけございやせん。ちゃんとお送りするよう親分にきつく言われておりやすんで」

真九郎は苦笑をうかべた。

琢馬も藤二郎も、やることにそつがない。送らせたのは、住まいをたしかめるためであったのだ。

裏長屋はすべて戸締りがされて寝静まり、腰高障子に行灯の火がほのかに映えているのは真九郎のところだけだった。

真九郎は、腰高障子に手をかけた。

「ただいまもどった」

「お帰りなさりませ」

真九郎は、土間へはいらずに笑顔をうかべた。

行灯のちかくにいた雪江が、立ちあがりながら瞳をみひらき、問いたげに小首をかしげる。

真九郎は顔をよこにむけた。

「得心がいったか」

「おそれいりやす。あっしはこれで」

まんなかのどぶ板を踏まぬように、亀吉が小走りに去っていく。

雪江が膝をおる。

「あまりに遅いので案じておりました」

真九郎はほほえんだ。

雪江は二十歳で、夫婦となって八カ月になる。

戸締りをしてきがえ、あらましを語った。

二

真九郎が雪江とともに江戸にきたのは、昨年の初秋七月下旬だった。

晩夏六月なかば、伊予の国今治藩三万五千石松平家の城下をひそかに脱し、讃岐の国丸亀城下から金毘羅船で大坂にはいった。

大坂から船で伏見へのぼり、しばらく京の旅籠に逗留した。

旅の疲れをとるためであった。雪江の顔から疲労のいろが消えてもなお幾日かとどまり、京見物をした。追っ手がかかっているのであれば、その探索をかわす狙いもあった。

真九郎の足なら十二、三日ほどの東海道も日数をかけ、箱根の湯治場でふたたび雪江の旅疲れをいやした。

品川宿をこえたのは、今治城下をでてからひと月余ののちであった。

江戸についた翌朝、真九郎は本所亀沢町の道場に団野源之進をたずねた。

玄関でおとないをいれ、師の名をだして名のると、応対した内弟子の少年がいったんひっこみ、もどってきて客間に案内した。

待つほどもなく、源之進がやってきた。

初対面の挨拶をすませ、師に託された書状をさしだした。

竹田作之丞は、直心影流十一代目の赤石軍司兵衛孚祐の代稽古で今治藩松平家の上屋敷道場へかよっていた。その人柄を耳にした前城主の松平内膳正定休より、剣術指南としてめしかかえるわけにはゆかぬが城下で道場をひらいてもらえぬかと声をかけられた。作之丞は、師と相談し、承知した。源之進とはおない歳ということもあって懇意であった。

直心影流は、正確には鹿嶋神伝直心影流という。流祖は杉本備前守政元で、神陰流と名づけた。二代目の上泉伊勢守信綱が新陰流に改める。以降、流名はたびたび変更される。第七代の山田平左衛門光徳が直心影流とし、定着する。山田平左衛門は、のちに一風斎と号する。

平左衛門が直心正統流の門を叩いたのは三十二歳のときである。十八歳のおりに木刀での仕合で怪我をしたことのある平左衛門は、直心正統流でもちいられていた竹刀や防具のくふうをこころみた。

それをさらに、息子の長沼四郎左衛門国郷が改良し、現在につながる竹刀と鉄面と籠手をつくった。

『撃剣叢談』に以下の記述がある。

〝江戸西座八幡前に長沼四郎左衛門といふ者有り。近代の上手にて門人甚だ多し。東都にて第一と称せられしなり。尤も門人にも傑出多し〟

長沼四郎左衛門が竹刀防具をくふうしたのは正徳年間（一七一一〜一六）であった。しかし、他流派は、防具を用いた稽古を児戯にひとしいとして相手にしなかった。

宝暦年間（一七五一〜六四）になり、中西派一刀流の二代め中西忠蔵子武が、胴をくわえてさらに改良したことが普及の契機となった。

竹刀防具のくふうが仕合形式での実践稽古を可能にし、剣客を輩出する幕末期の隆盛へとつながっていく。

書状を読み終えた源之進が、ていねいにおってかたわらにおき、まっすぐに見つめた。ものやわらかく澄んだ眼差だった。

「道場へおいで願おうか」

「かしこまりました」

真九郎は、羽織を脱いで刀のかたわらにおき、源之進にしたがった。

道場では少年をふくむ数十人の門人たちが竹刀をふるっていた。源之進が、顔をむけている師範代に顎をひいた。

師範代が大声をあげた。

「みんな、しばし休憩だ。左右にひかえてくれ」

源之進が言った。

「木刀を」

師範代が木刀をとりに行った。

真九郎は、股立（ももだち）をとり、師範代から木刀をうけとった。

門人たちが左右の壁ぎわに二列にならんで正座し、ざわめきがおさまった。

「それでは見せてもらいましょうか」

「お願いいたします」

真九郎は、神前にむかって右がわに位置する源之進の正面にまわって一礼した。

源之進が声を発した。

「いざッ」

青眼に構える。

真九郎も青眼にとった。

源之進は両足を肩幅にひらいた自然体だ。木刀を微動だにさせずゆったりと構えている。

真九郎もまた自然体にとり、肩の力をぬいて源之進の眼を見た。背丈は二寸（約六センチメートル）ほど真九郎のほうが高い。

源之進は、真九郎のさらにむこうを見ているかのようであった。

竹田作之丞の剣はするどかった。しかしそれは、鍛錬すればいずれはおのれも到達できると思えるするどさだった。

いっぽうで、団野源之進の剣には、底の窺い知れぬ深みがある。樹齢数百年の巨木に対しているかのごとき畏怖の念を、真九郎はおぼえた。

額に汗がにじむ。

しわぶきの音さえないなか、ふたりは微動だにしなかった。

やがて、源之進の手もとがかすかに動いたのを、真九郎は感じた。

小手に隙がある。誘いだ。踏みこめば、逆に小手を喰う。とっさにでようとするおのれをおさえ、真九郎は木刀をわずかにひいた。

「まいりました」

源之進が、見つめ、微笑をうかべた。

張りつめていた気が左右から波紋のようにゆらいできた。

源之進が静かな口調でうながした。

「もどりましょうか」

「はい」

真九郎は、師範代に一礼して木刀を返し、懐の手拭で額の汗をぬぐった。

客間でふたたび座につくと、案内してくれた少年が茶をはこんできた。

少年が去るのを待って、源之進が口をひらいた。

「そこもとは、人を斬ったことがありますね」

真九郎は、眼を伏せ、こたえた。

「上意により、やむをえぬ仕儀にいたり、立ち合いました」

「ならばふかくは問いますまい。竹田どのからの書状には、仔細があって国もとをたちのくことになったとありましたが、事情の許せる範囲でお聞かせ願えますかな」

「わたしには妻があり、名を雪江と申します」

源之進が、承知しているというふうにうなずいた。

「雪江とは親どうしが約束した許嫁で、殿のご帰国を待ってお許しを願うことになっておりました。ところが、この三月末、大坂蔵屋敷をあずかる老職の嫡子が城下にもどってまいり、母親の墓参に行った雪江を見かけたらしいのです。そして、人をたてて嫁にほしいと申しこんできました。すでにわたしとの約束があると断っても、届けがまだなら、それは正式の話ではないとの無理押しです。殿のご帰国まで待ってくれるようたのむと、かえって、いやそのおりに当方としても大坂の蔵屋敷でお許しを願いたいとの強引な催促でした。それで、ひそかに両家だけであつまり、祝言をあげて、翌朝、城下をたちのきました」

話しながら、真九郎は未練がましいとうけとられてもしかたがないと思った。許嫁をともなって逐電した。結果だけをとらえるなら、主君への奉公をないがしろにした武士にあるまじきふるまいである。

ややあって、源之進が問うた。

「して、ご妻女はいまいずこに」

「旅籠に待たせております」

「ご妻女がいっしょとなると、道場にお泊めするわけにもまいらぬな。たちいったことを訊くようだが、数日は旅籠住まいでもだいじょうぶかな」

真九郎は安堵した。

これで、雪江とふたり、江戸で路頭に迷わずともすむ。心中で師の竹田作之丞に感謝し、眼前でおだやかな表情をうかべている源之進の懐のふかさに感じいった。

「はい。路銀をじゅうぶんに用意してまいりましたゆえ」

「でしたら、明日からでも道場にかよってきなさるとよい。竹刀と防具はここにあるのでまにあうから、稽古着だけを用意してもらいましょうか。住まいのこともふくめ、近日ちゅうにまた相談しましょう。失礼」

源之進が二度手を叩いた。

障子があけ放してある。廊下のむこうに、ひろくはないが手入れのゆきとどいた庭がある。

さきほどの少年がやってきて、廊下で膝をおった。

「喜三郎（きさぶろう）を呼んでまいれ」

少年が一礼して去った。

源之進が顔をもどした。

「師範代の吉岡（よしおか）喜三郎にひきあわせておきましょう」

それから小半刻（三十分）ほどして、真九郎は団野道場を辞去した。

吉岡喜三郎は内弟子でもあった。歳は三十すぎで、浅黒い顔に涼しい眼をしていた。

喜三郎に教えてもらった古着屋をまわって稽古着を三着あがない、旅籠へもどった。

住まいが日本橋長谷川町の裏店にきまった。

路地にめんして、奥行が三尺（約九〇センチメートル）、幅が一間半（約二・七メートル）に、土間と流しと竈《へっつい》があり、四畳半の板間、奥に六畳の畳間がある割長屋だった。六畳間つきあたりの障子をあけると、縁側で、庇《ひさし》のしたに物干し竿《ざお》があった。両隣とは竹垣で仕切られ、正面六尺の黒板塀までは四尺（約一二〇センチメートル）ほどだった。

小火《ぼや》のあとで建てなおしてまもない木の香りのする住まいであった。できうれば新しいところをとの先生のお指図です、と案内した喜三郎が言った。

得心がいった。道場にちかい本所ではなく、なにゆえ離れたところなのかと、内心でいぶかしく思っていた。

風通しをふくめ、日々をすごす雪江への心くばりだ。

翌日、源之進に礼を述べた。

休みをもらって旅籠をひきはらい、雪江とふたりで寝具などを買いもとめて店《たな》の者にはこばせた。

家主《いえぬし》（大家）に案内されて長屋の住人たちに挨拶をしたあと、町内を見てまわり、通りにあった蕎麦《そば》屋で遅い中食《ちゅうじき》をすませた。

新居にもどると、留守だった者が家主にともなわれて挨拶にきた。

となりの大工の女房も顔をだした。名をたねという。三十歳すぎのまるい顔をした小柄な女で、満面の笑みをほとばしらせながらけたたましいほどによくしゃべった。

真九郎は、いつ息をするのだろうと感心しながらたねの口もとを見ていた。

しゃべりつづけながらよこをむいたたねが、眼をみひらき、黙りこんだ。

雪江が、あっと声をもらした。

真九郎は首をめぐらせた。

眼差をおとした雪江が、羞恥に頬をそめている。

真九郎は、土間よこの厨（くりや）に眼をやった。

べつだん、恥じいらねばならぬようなものはなにもない。

いや、ほんとうに、なにひとつなかった。鍋（なべ）、釜（かま）、米櫃（こめびつ）。厨にあるべきものがなにひとつとしてない。

あらたな暮らしをはじめるのに、そのことにまるで思案がおよばなかったのは、真九郎と雪江の迂闊（うかつ）である。

雪江の家は四百石、真九郎の家は三百石取りの上士である。屋敷には、家士のほかに女中や下男下女がいる。刻限になれば、女中が食膳をはこんできて、食べ終わるとさげる。

国もとを離れてからは、旅籠で朝餉をすませて弁当を用意させ、街道の水茶屋などでひらいた。夕餉は、つぎの旅籠だ。江戸へきても、昨日までは日本橋馬喰町の旅籠にいた。

雪江が、たねに案内をたのんで買物にでかけた。

ふたりは一刻（二時間）ほどでもどってきた。雪江にはわずかな荷をもたせ、たねは両腕でかかえてきた。

荷をおき、ふたたびでていった。

日暮れには、水瓶をはじめとしてあらかたそろい、いかにも厨らしくなった。

雪江がていちょうに礼を述べ、たねは帰っていった。

土間からあがってきた雪江が膝をおった。たねが挨拶にきたときも、ふたりしてぽつねんとしていた。

それを想いだし、真九郎は大笑いした。つられて、雪江もふきだした。

前年の晩秋に亡くなった雪江の母は、琴と生花のほかに書もよくする才媛だった。雪江は、もっぱら稽古におわれていたので、料理は見よう見まねていどであまり自信がないという。

旅のあいだ、そのことを考えもしませんでしたと詫びた。

「わたしもだ。江戸についてどうなるかさえわからなかったのだ、しかたあるまい。気にやむことはない」

「はい。おたねにおたのみし、いろいろと教えていただくことになりました」

「それはよかった」

「わたくしも安堵いたしました」

しばらくして、暮六ツ（秋分時間、六時）の鐘が鳴った。

小田原提灯と蠟燭を懐にいれ、たねから聞いたちかくの一膳飯屋に行った。

朝からなにかとあわただしかったので、早めに休むことにした。戸締りをして六畳間に夜具をのべた。

よこになったが、真九郎はなかなか寝つけなかった。

父母は寝所をべつにしていた。それが武家の暮らしだと思っていた。だが、江戸までの道中、雪江とはずっとひとつ部屋だった。しかし、それは旅籠だからだ。

食事も、母は男たち三人の世話をしたあと、別室でひとりで食べていた。

最初の旅籠に泊まったとき、女中がはこんできた二つの食膳を見て、雪江がこまったような顔をした。

ぎごちない食事になったが、数日とたたぬうちに気にならなくなった。

武士の心得と節度はたいせつである。だが、竹刀稽古がそうであるように、古い因習に拘泥しすぎるのもよくないことなのかもしれぬと、真九郎は考えるのだった。

「お休みになられたのですか」

雪江がささやいた。

「いや」

部屋の隅に火をちいさくした有明行灯がある。薄暗がりのなかで、雪江は天井に顔をむけていた。

真九郎は枕をよせた。

「こっちにおいで」

かたわらに枕がおかれ、雪江が寝具にはいってきた。

腕をのばして肩を抱きよせる。雪江の肢体はほのかに火照っていた。うえになる。雪江が眼をとじている。口を吸い、帯をほどいて衿から手をいれ、椀を伏せたような胸乳にふれる。

翌朝、真九郎は暁七ツ半（五時）まえにおきた。

今治城下にいたころの習慣だ。昨日まではそれができなかった。

稽古着にきがえて刀をもち、長屋からすぐのところにある三光稲荷に行く。

直心影流の形の稽古をし、竹田作之丞の指導をうけながら研鑽した技に汗をながす。

明六ツ（六時）の捨て鐘で稽古をやめ、長屋にもどった。職人や女房たちでにぎやかな井戸のかたわらで諸肌脱ぎになり、手拭をしぼって汗をふく。

雪江は、たねにてつだってもらいながら、朝餉のしたくに余念がない。

真九郎が道場に行っているあいだ、雪江の日々は一変したようであった。炊事、洗濯、掃除、裁縫。それらをすべて一から憶えるのである。

「毎日がお稽古です」

雪江は楽しげであった。

こまったことが出来したり、わからないことがあると、駆けるようにしてたねを呼びにいく。

「お師匠さまぁっ」

「ほんとにやめてくださいよお。お師匠さまなんて言われると、なんだか、くすぐったいじゃないですか」

たねが、声高に言いながら、まんざらでもなさそうに鼻孔をふくらませ、ふんぞりかえりぎみにやってくる。

真九郎は、脇坂の家にいたころの雪江を想起した。

雪江は、もっとはるかにしとやかだったような気がする。たねのけたたましさに感化されたのだろうかと考え、そもそもは江戸生まれの江戸育ちなのだと思いいたった。雪江のあらたな一面を見たようで、新鮮な驚きだった。

たねにつきそわれて古着屋でもとめてきた着物に前垂（前掛け）をした雪江も、想像もしなかっただけに、真九郎は別人を見る思いだった。

雪江も当惑げなようすだった。

「似合いませぬか」

「いや、そんなことはない、まるで町家の娘のようだ」

真九郎はあわててうち消した。

「そういう意味でない。よく似合うと思う」

弁明を聞いているふうもなく、雪江は睫をおとして頬をそめ、やけに嬉しげであった。

ふたりの静謐なひとときを、たねがにぎやかにかき乱す。雪江は楽しんでいるようであり、真九郎も慣れた。

たねのけたたましさは、長屋暮らしの一部であった。

三

下谷御徒町にある立花家上屋敷道場で稽古をつけるのは、朝五ツ（八時）から昼九ツ（正午）までの二刻（四時間）である。

真九郎は、両国橋西広小路の蕎麦屋で中食をすませて橋をわたり、団野源之進をたずねた。

帰路で小柄をもとめたため、日本橋長谷川町の住まいにもどったのは、昼八ツ（二時）すぎであった。

木戸からはいっていくと、井戸のよこで亀吉が待っていた。

「きておったのか」

「へい」

「師のお許しをえてきた」

「旦那、それどころじゃねえんで。すぐにあっしときておくんなさい。桜井の旦那に、お帰りしだいおつれするように言われておりやすんで」

「わかった。しばし待っておれ」

「へい」

声をかけて腰高障子をあけ、土間にはいる。雪江が困惑げな顔をしている。真九郎は、うしろ手に腰高障子をしめ、稽古着を包んだ風呂敷を上り框においた。

雪江が立ちあがり、茶簞笥のよこから風呂敷包みをもってきた。

「半刻（一時間）ほどまえに、和泉屋が手代とまいりました。あなたのお留守にお預かりするわけにはまいりませぬとお断りしたのですが、ほんのかたちばかりのお礼です、またあらためておじゃましますので、と逃げるように帰ってしまいました」

真九郎は、宗右衛門がしきりと感謝していたのを想いだした。

「ひろげてみなさい」

着物のしたに、菓子折があった。

小紋の小袖と羽織袴だった。

「やはりそうでした」

日本橋にほどちかい駿河町にある呉服問屋の越後屋では、生地をえらんで注文すると、すぐに裁断して仕立てた。

駿河町の越後屋は、三井呉服店ともいった。現〝三越〟の前身である。場所も現在の日本橋三越の所在地。三井はもと武家だが、出身は越後ではなく近江である。高俊が武士の身分をすて、松坂(まつさか)で酒屋をはじめた。父親が三井越後守高安(たかやす)であったことから〝越後どのの酒屋〟と呼ばれた。屋号の由来であろう。のちに高俊末子の高利(たかとし)が興(おこ)した江戸の三井越後屋は、呉服のほかに両替商もはじめ、屈指の豪商となる。

宗右衛門は、斬られかけ、蒼ざめ震えていた。気持ちはわからぬではない。しかし、菓子折だけならともかく、高価な衣服まで黙ってうけとるのはためらいがある。

「着物は包んでおきなさい。菓子はたねにもわけてあげるとよい。世話になっているし、子どももいる。喜ぶだろう」

「そうします。あなた、申しわけございませんでした」

真九郎は、おだやかな口調で言った。

「雪江のせいではない」

ようやく、雪江の顔に笑みがもどる。

「昨夜(さくや)の件できてほしいそうだ」

「はい。さきほど、顔をだしておりました」

「行ってくる。遅くなるようなら、桜井どのにたのんで亀吉を報せによこす」

亀吉は、背丈が五尺三寸（約一五九センチメートル）ほどで、陽焼けした卵形の顔に人なつっこいまるい眼がある。

「待たせたな。まいろうか」

「お願えしやす」

通りにでたところで、真九郎は訊いた。

「亀吉。そのほう、年齢はいくつだ」

「二十二になりやす」

「あの駕籠舁はどうなった」

亀吉が悲しげに首をふった。

「そうか」

なにゆえ駕籠舁を斬ったのかはわかる。自身番屋に報せに走らせぬためだ。たしかに退路の猶予はかせげる。しかし、人の命をなんとも思わぬ非情なやりように、真九郎は怒りをおぼえた。

亀吉は気が急いているようであった。

真九郎は足をはやめた。

斜めうしろをついてくる亀吉が道順をしめす。

江戸の隅田川は大川と呼ばれた。まさに大川であった。河口の永代橋のつぎに架かる新大橋で、長さが百十六間（約二〇九メートル）もあった。

新大橋をわたった正面は、幕府の御籾蔵（おもみぐら）である。

河口へむかう。二町（約二一八メートル）余の小名木川（おなきがわ）を万年橋（まんねんばし）でわたる。

四町（約四三六メートル）ほど東へ行った高橋を背にしたところで右へまがる。

桜井琢馬は、霊巌寺門前町（れいがんじもんぜんちょう）の自身番屋で待っていた。あとは、藤二郎と、昨夜も見かけた若い手先がひとりいた。

玉砂利に戸板がおかれ、死骸に筵がかぶせてある。

真九郎はおもい気分になった。

柵のなかにはいっていくと、縁側にいた琢馬が腰をあげた。

「さっそくだが、こいつを見てもらいてえんだ」

手先が筵をめくる。

袈裟懸け（けさが）のみごとな太刀筋で斬られている。

背丈は五尺五寸（約一六五センチメートル）ほど。身の丈と肩幅はほぼ一致する。顔を見た。しかし、死相では、殺気のこもっていた前夜の眼と比較のしようがない。

真九郎は、かがんだ。

脾腹に刀疵がある。琢馬を見あげる。

「ふれてもよろしいですか」

「かまわねえよ」

疵口に左手の小指をいれてさぐる。一寸（約三センチメートル）たらずの深さだ。

立ちあがり、懐紙の一枚で小指をぬぐい、手をだしている亀吉にわたす。

和泉屋宗右衛門を襲った者たちは冷酷だ。足手まといになる仲間を平気で斬り殺している。琢馬にとっては厄介なことになったなと、真九郎は思った。

「それがしが斬った相手のようです」

琢馬が、いくらか眉間(みけん)をよせて一重の眼をほそめかげんにしている。

「そいつをたしかめたかったんだ。藤二郎、あとの始末をたのんだぞ」

「承知しやした」

「行こうか」

琢馬がうながす。

ならんで自身番屋の敷地をでた。琢馬が、足を仙台堀(せんだいぼり)のほうへむける。

「おめえさん、あれをどう思う」

「どこで見つかったのです」

「どこだと思う」

「まわりは寺社だらけです」

琢馬が、立ちどまり、躰をむけた。

「さっきの疵のさぐりかたといい、おめえさん、何者なんだ」

「師の許しをえてきました。本所亀沢町、団野道場の団野源之進先生です」

琢馬が、口をすぼめて息を洩らす。

「なるほどねえ。あそこから代稽古に行くほどの腕なら、相手が四人でもとびこんでいくわけだ」

「それと、国もとでは目付をしておりました」

「ご同業ってわけか。どうりでな。死骸が見つかったのは、浄心寺の境内よ。たまにあるんだが、寺社方の口うるせえのがつべこべぬかすんで、自身番へはこばせるのに手間どっちまった」

仙台堀にでた。正面が海辺橋。

琢馬が、大川のほうへ足をむける。

仙台堀は幅二十間（約三六メートル）。大川とのかどに、陸奥の国仙台藩六十二万五千六百石松平（伊達）家の蔵屋敷があることからそう呼ばれている。

左に仙台堀を見ながら堀橋をこえた。大名屋敷へ荷をはこぶための入堀だ。通りにのびた松の枝が白壁に影をおとしている。

琢馬が言った。

「おいらが訊いたことにこてえてもらいてえな」

「深手ではありませぬが、脾腹を断ちましたゆえ医者にかからねばなりませぬ。おそらくは、口封じかと」

大川に達した。

仙台堀にかかる上之橋をわたるまで、琢馬は黙っていた。

「今朝から、手分けして町医者のところをまわらせてた。そしたら、浄心寺で死骸が見つかったっていうじゃねえか。仙台堀両岸の町家をあたらせたよ。居酒屋の親爺が、大川にむかう猪牙舟を見てる。侍が四名のってたそうだ。侍も船頭もほっかむりしてたが、船頭は爺さんだとよ」

おのれが指図するのであれば、と真九郎は思う。

手先たちに仙台堀の上流方面をさぐらせる。いったん大川にでて、小名木川あたりから、本所か深川にもどってくる。仲間を始末したことといい、それくらいの用心はしそうな相手だ。

「和泉屋を襲った四人は、あらかじめ役割を分担しているかのようでした。手掛りになりうるひとりは一味によって消された。にもかかわらず、舟にのっていたのは四人。つまり、五人だったことになります。初老の商人を襲うのに、武士が五人に船頭風体の老人がひとり……」

突然、琢馬が豪快な高笑いを発した。

会釈をしてすれちがおうとしていた商家の若旦那ふうが、愕然と立ちすくみ、胸もとにもっていた風呂敷包みをおとした。

法被にねじり鉢巻姿の魚売りが怒鳴った。

「このすっとこどっこい、いい年齢こきやがって往来で物落として遊ぶんじゃやねえ」

理不尽な言いがかりに、若旦那ふうが口をとがらせるが言葉がでてこない。

魚売りが、よこをとおりすぎ、駆けていく。

琢馬はわれ関せずであった。

「風体か。たしかめるまでは信用できねえってわけだ」

「…………」

琢馬の哄笑にはいらだちの棘がある。真九郎にたいしてではない。駕籠舁ふたりが無惨に殺されている。その貴重な手掛りを失ったのだ。冷酷なやりように、真九郎もいきどおりをおぼえていた。

天秤棒をかついだ魚売りが、路地に消えた。

琢馬が、ちらっと顔をむけた。

「すまねえ、勘弁してくんな。後手ばっかりでいらついてんのよ。仙台堀は、浄心寺や霊巌寺の裏手までつづいている。そこで、もうひとりが待ってた。小柄の疵なら医者にかからずともなんとかなるだろうが、あの脾腹の疵はそうもいかねえ。で、おめえさんも言ってたように始末した」

「手数をそろえ、舟まで用意している。しかも、仲間さえ邪魔とあらば無情にも斬る。ただならぬ相手です」

「ちげえねえ」

中(なか)之橋、下(しも)之橋とわたると、河岸(かし)にならぶ土蔵のあいまに、まるみをおびた永代橋が見えてきた。

「桜井どの、ご助言をいただきたいのですが……」

「どのはやめてもらえねえかな。こそばゆくっていけねえ。で、なんでえ。おいらでわかることかい」

「和泉屋が、留守ちゅうにまいり、昨夜の礼だと申し、菓子折と高価な着物をひとそろい残しております。江戸の暮らしはいまだ半年余でよく知らぬところもあり、お教え願いたいのです」

琢馬が首をかしげる。

「おかしいな」

「なにがでしょう」

「和泉屋はけちじゃねえ。命を助けてもらったんだ、ひょっとして、その菓子折の中身、小判じゃねえのかい」

小判なら重さでわかる。

真九郎は、雪江の表情を想いだした。

「たしかめてはおりませぬが、菓子折のはずです」

「なら、もらっておくがいいさ。おめえさんにゃ気が重いことかもしれねえが、それで和泉屋は気が軽くなる。なあ、おいらは三十俵二人扶持の御家人だ。それが内職もせずにこうして江戸の町を歩き、役目をはたせるのも連中のおかげよ。気になるんなら、おいらはこれから和泉屋に行くんだが、いっしょにくるかい」

「お供します」

永代橋をわたる。

春風に、汐の香りがふくまれている。

真九郎は、昨夜の料理茶屋では芸者たちにからかわれそうで口にできずにいた疑問を訊いてみることにした。

「桜井さん、もうひとつ教えていただきたいのですが」

「なんでえ」

「昨夜の芸者たちは、みな男名でした。あれは、なにか理由があるのでしょうか」

「そりゃあ、おめえ……」

琢馬が首をひねる。

「そういやあ、なんでだろうな。おいらが知らねえくらいだ、きくに訊いたって昔からそうだったって言うにきまってる。調べておくよ」

「いや。そこまで……」

琢馬がさえぎった。

「なあに、おいらが調べるわけじゃねえ。御番所に、知らねえことはねえって威張ってるご老体がいる。訊いてみるが、それでわからなけりゃあ、あきらめてくんな」

「ご雑作をおかけします」

永代橋は、深川と、大川の上流から下流にむかって裾広がりの三角形をした島とをむすんでいる。御三卿田安家下屋敷のほかに大名屋敷や町家のある島の名は永久島で、箱崎と呼ばれていた。もともとは寄洲だったのを埋めたてたもので、名の由来は筑前の国の筥崎宮にちなむとも、島に箱崎池があったからだともいう。

昨夜は、崩橋をわたって武家地から銀座うらをとおり、長谷川町へ帰った。

永代橋のたもと右に高尾稲荷があり、左には御船手番所がある。

船番所からすぐのところにある豊海橋をわたれば霊岸島だ。

深川の霊巌寺は、明暦三年（一六五七）の大火で移転するまでこの地にあった。島の名はそれにちなむ。当初は、霊巌島であったがやがて書きやすい霊岸島になった。

霊岸島は、河村瑞賢によって掘削された新川で南北にわかれている。

その新川北岸にめんした四日市町にある蔵造り二階建ての和泉屋は、驚くほどの大店だった。

横道との角地を占め、間口だけで二十間（約三六メートル）ほどもある。大店の問屋が軒をつらねる新川にあって他を圧する構えだ。

昨夜の自身番屋で、霊岸島の和泉屋と名のっただけで町役人の対応がていちょうになった。これならそうであろうと、真九郎は得心がいった。

幾台もの大八車がならべられ、人足たちが酒樽をはこび、積んでいる。

店のなかは、両側にひろい土間があり、片側には酒樽が、反対側には味噌や醤油の樽が山積みされていた。小売りもしているようで、手代たちが客の応対をしている。

琢馬がはいっていくと、帳場から四十代なかばの番頭がでてきた。

「桜井さま、ご苦労さまにぞんじます」

番頭が、問いたげな眼差になった。

琢馬が言った。

「昨夜、和泉屋を助けたおかただ」

とたんに、番頭の顔が愛想笑いになる。

「ぞんじませぬこととはいえ、とんだ失礼をいたしました。番頭の芳蔵と申します。主がお喜びになると思います。どうぞおあがりくださいませ」

琢馬にならって懐からだした手拭で足袋の埃をはらってから腰の刀をはずし、左手にさげた。

手代が案内に立った。

井戸と庭があり、松や椿などが植えられ、庭師が梅に鋏をいれていた。庭の奥は、通路をはさんで敷地いっぱいに白壁の土蔵がならんでいる。

宗右衛門が、満面の笑みをうかべ、廊下で待っていた。

招じいれ、上座をしめす。

「ただいまお茶を」

「おいらはすぐに行かねえとならねえ。気をつかわねえでくんな」

「かしこまりました」

宗右衛門が膝をおった。

「桜井さま、鷹森さまをおつれいただき、お礼を申します。まさかおいでいただけるとは思いもしませんでした」

「おいらじゃねえよ、こっちの旦那がきてえって言ったんだ。そっちの話はあとでゆっくりやってくんな。で、和泉屋、どうなんだ。おめえに恨みをふくんでいる奴に心あたりはついたかい」

宗右衛門が首をふる。

「いいえ、昨年あたりからのことを想いだしてみました。一番番頭の芳蔵にも訊いてみたのですが……」

「心あたりはねえか」

「はい。商(あきな)いですから、売掛金のことなど、もめごとはしじゅうございます。ですが、お侍を四人も雇って手前に意趣をはらそうとする者がいるとは思えません」

「そうかい、こっちもだめかい」

琢馬は、さほどがっかりしたふうでもなかった。

「まあ、しゃあねえな。ところで、おめえを襲った侍（さむれえ）のひとりが死骸（しげえ）で見つかった。仲間に斬り殺されたらしい。くわしいことは、あとでこっちの旦那から聞いてくんな。じゃあ、おいらは行くぜ」

琢馬が、左脇の刀をつかんで立ちあがる。

「鷹森さま、お待ち願います」

辞儀をした宗右衛門が、腰をあげて琢馬のあとを追っていった。

障子はあけたままだ。

真九郎は、庭に眼をやった。

樹木には鋏がいれられ、すみには朱塗りのちいさな鳥居（とりい）と祠（ほこら）がある。

ほどなく、宗右衛門がもどってきた。うしろに、円盆（まるぼん）をささげた三十代なかばの上品な面立ちをした内儀（ないぎ）をともなっていた。

内儀が、ふたりのまえに茶をおき、宗右衛門の斜め半歩うしろにひかえた。

宗右衛門が、かるく低頭した。

「みねと申します」

内儀が三つ指をついた。

なおって盆を手にして立ちあがり、廊下にでた。膝をおって障子をしめ、去っていった。

宗右衛門が言った。

「後添えです。あれとのあいだに、十四の倅と十歳になる娘がおります。さっそくで申しわけございませんが、桜井さまがあなたさまからお聞きするようにおっしゃっておられましたが……」

真九郎は話した。

宗右衛門が、伏せていた顔をあげた。

「このことにつきましては、手前のほうからのお願いもございますので、またのちほどご相談させていただきます。ところで、わざわざおはこびいただきましたのは、なにか」

「ひとつには、過分なものをちょうだいした。礼を申す」

「とんでもございません。手前のせいでお召し物をよごしてしまいました。あれは、そのお詫びと、ほんのご挨拶でございます」

「和泉屋さん、せっかくのこころざしゆえいただいておくが、今後は無用にしてもらいたい」

宗右衛門の表情がくもる。

「お気に障ったのでしょうか。ご紋のこともございますし、色や柄がお気にめさなかったのであれば……」

真九郎は、苦笑してさえぎった。

「そうではない。高価なものをいただき、かえって恐縮しておる。だから、これっきりにしてほしいのだ。で、和泉屋さんの相談というのはなにかな」

宗右衛門が、安堵したかのように肩をおとした。

「鷹森さま、あと十年、倅が一人前になるまで、手前は死ぬわけにはまいりません。昨夜らい、ずいぶんと思案いたしました。他出せぬわけにはまいりませぬし、口入屋にたのんでご浪人を雇おうかとも考えました。ですが、雇うにしろ、腕前はむろんでございますが、ご覧のような商いをいたしておりますのでお人柄も考えねばなりません。手前も、夜分にわたる他出はひかえるつもりではおりますが、すべてをお断りするわけにもまいりません」

宗右衛門が、眼を畳にさまよわせ、顔をあげた。

「鷹森さまが、さるお大名家の剣術ご指南をなさっておられることはうかがいました。手前は、鷹森さまにでしたら、安心してこの身をお任せできます」

真九郎は、昨夜のことを想起した。

あらかじめ手はずを決めていたかのごとくすぐさま二手にわかれ、片方がむかってきた。逃げられぬように宗右衛門を追いつめたやりようも手慣れている。さらに、ひとりは退路確保のために猪牙舟に残している。

用意周到であり、物取りのたぐいなどではない。あきらかに、宗右衛門は命をねらわれている。しかも、相手は冷徹非情だ。

襲撃をしくじった。あきらめるだろうか。いや、おそらく、また襲われる。しかし、師の名代で上屋敷道場にかよう身である。師と立花家の了解をえなければならない。

「考えてみよう。猶予はあるかな」

「はい。月内（つきうち）は、夜分にわたる他出は断るつもりでございます」

真九郎はうなずき、左脇においてある刀に手をのばした。

翌朝、真九郎は、用人の松原右京に稽古後の面談を願った。

稽古のあと、井戸端で汗をふいてきがえ、右京の用部屋をたずねた。

右京は五十をいくつかこえている。瘦身小柄で、鬢や髷が霜をかぶっている。

料理茶屋からの帰路でのできごととこれまでの経緯（いきさつ）を述べると、右京は驚いたようであった。

「暫時（ざんじ）お待ちあれ」

小半刻（三十分）ほど待たされた。

留守居役の秋山忠左衛門とともにもどってきた。

忠左衛門は四十代なかばで、いささか肥りぎみだ。

「お待たせした」

右京が言い、忠左衛門が訊いた。

「鷹森どの、その和泉屋はなにを商っておる」

「酒のほかに味噌や醤油もあつかっているようです」

「霊岸島の和泉屋か」

「はい」

「さようか」

忠左衛門が、右京にうなずいた。

右京が顔をむけた。

「鷹森どのは当家上屋敷道場のご指南であり、ほんらいであれば町家の者の用心棒がごときふるまいなど容認できようはずもござらぬ。さりながら、和泉屋が害されるようなことがあっては、当方としても寝覚めがわるい。ご家老ともご相談いたしたところ、町奉行所で落着いたすまではやむをえまいということになった。ついては、当方の意をしっかりと了解してもらわねばならぬゆえ、一両日ちゅうに席をもうけるよう和泉屋につたえてもらいたい」

「承知いたしました」

真九郎は、老職ふたりに一礼し、部屋を辞した。

右京の言いようには裏がある。

愉快な気分ではなかった。

帰路、本所亀沢町の道場に師をたずねた。

四

永代寺門前仲町（もんぜんなかちょう）のおおきな料理茶屋の二階座敷で、真九郎は宗右衛門とともに松原右京と秋山忠左衛門の到着を待った。

ほどなく、ふたりが女将に案内されてきた。

茶が用意され、四人だけになった。

宗右衛門が挨拶した。

「まずはお話をうけたまわらせていただきたくぞんじます」

真九郎は刮目した。

言葉づかいこそ慇懃だが、微塵も卑屈さがない。真九郎には見せなかった大店の主の風格があった。

忠左衛門が、咳払いをして、宗右衛門の願いを承知したむねを告げた。

「だが、ひとつだけ注文がある。鷹森どのは、当家上屋敷道場のご指南である。したがって、和泉屋が金子によって雇うようなことはあいならぬ。この一事のみは、当家としての面目もあるゆえ譲るわけにはゆかぬ」

宗右衛門がほほえむ。

「かしこまってございます」

真九郎は、眼をふせ、内心を隠した。

やはりとの思いがある。謝礼をうけとるつもりはない。が、もちだした忠左衛門の本意は、べつのところにある。

宗右衛門が手を叩く。女中たちがはいってきて、茶托ごと茶碗をさげ、食膳をならべる。芸者たちもはいってきた。

深川芸者を辰巳芸者という。江戸城の巽（東南）の方角にあたるからだ。

料理茶屋には一刻半（三時間）ほどいた。贅をつくした饗応と、両側から芸者たちにかしずかれ、右京も忠左衛門もご満悦であった。

顔面をそめ、おぼつかない足取りで駕籠にのる右京と忠左衛門を、真九郎は見送った。

雪江の父の脇坂彦左衛門から江戸のことを聞いてはいた。過度の饗応と贈答が、江戸の武家の生計を苦しくしていることを知らぬではない。国もとにも、城下の商人に饗応を要求し、賄を無心する者はいた。

だが、その手段におのれが利用されたのだ。表情にこそださなかったが、真九郎は汚穢でも浴びせられたかのごとく不快であった。

右京と忠左衛門がのったのは武家用の留守居駕籠だが、町人用の辻駕籠が一挺残っていた。

宗右衛門が、いっぽうの駕籠をてのひらでしめした。

「鷹森さまもどうぞ」

女将と座敷にいた芸者たちがそろっている。

「せっかくだが、酔いざましにすこし歩きたい。そのほうもどうかな」

宗右衛門の眼が、怪訝から理解にかわる。

「お供させていただきます」

財布をだした宗右衛門が、これでいっぱいやっておくれ、と駕籠舁にいくばくかわたした。

そのあいだに、女将が声をかけ、屋号いりの小田原提灯をもってこさせた。

宗右衛門が小田原提灯をうけとる。

「まいりましょうか」

入堀にめんした門前仲町は深川一の花街(かがい)である。堀端には朱塗りの常夜灯と柳。通りには、商人や武士、あでやかな芸者たちがゆきかう。猪牙舟や屋根船が、桟橋によこづけされ、水面(みなも)をすべっている。宵の深川でもっともにぎやかな一郭である。

堀留から表通りを右へ行く。一町（約一〇九メートル）たらずさきに大鳥居がある。

斜め一歩まえを行く宗右衛門がふり返った。

「鷹森さま、手前の考えがたりませんでした」

「万が一の用心だ。駕籠にのっていては動きがとれぬ。それより、かえって、和泉屋さんの負担になったのではないかと懸念しておる」

忸怩(じくじ)たる思いに、おのずと口調が硬くなる。

「秋山さまが申されたことにございますか」

真九郎は首肯した。

宗右衛門がほほえみ、顔をもどした。

「ご懸念にはおよびませぬ。おおかたそのようなことであろうと思い、策は考えてございます」

左右の物陰から抜刀したふたりがとびだしてきた。

油断だ。おのれの思念にとらわれすぎた。

刀を抜きはなつなり、すくんでいる宗右衛門の右にまわる。

宗右衛門への上段からの一撃を鎬で受け流す。反転して踏みこむ。ふたりめの袈裟懸けを弾き、弧を描かせて薙ぐ。

相手がとびすさる。

真九郎は、すばやく青眼にとった。

「やるな」

短身痩軀がうすら嗤いをうかべる。

もうひとりは真九郎より一寸（約三センチメートル）あまり背が低い。猪首で肩幅がある。

ふたりとも面体を隠しておらず、先夜襲撃してきた者たちとは背恰好がちがう。

全身からすさんだ殺気を放っている。

「和泉屋、あれへ」

ふたりに眼をくばりながら、真九郎は猪首がひそんでいた右後方の天水桶へ顎をしゃくった。

「キエーッ」

雄叫びを発し、短身痩軀が下方からの袈裟にきた。

両腕をひろげて、左足をひく。敵の切っ先が左胸の寸毫さきをかすめる。

燕返し。

敵の白刃が落下に転じる。

柄に左手をそえて弾き、そのまま刀を横薙ぎに奔らせる。

宗右衛門を追おうとした猪首が、斜め後方におおきく跳び、舌打ちした。

「ちッ」

短身痩軀に切っ先を擬し、あとずさる。

ふたりが詰めてくる。

宗右衛門が天水桶の陰にはいった。

真九郎は、刀を八相にとった。

直心影流において、八相は攻防自在の構えである。

もともとは仏教用語だ。直心影流では〝八相人を斬るに八ケ所あり〟と教えていた。

すなわち、八相は〝先々の先〟であった。極意では〝上下左右筋違い、それに留めを添えて九重の伝〟という。

ふたりがむぞうさな足はこびで詰めてくる。

猪首は青眼に、短身痩軀は脇構えにとっている。刀身を隠して下段から脇下を撃つ陽の構えだ。

真九郎は、両足を肩幅にひらいた自然体。

ふたりが凄絶なまでの殺気を放っている。いくたびとなく真剣をまじえ、生死をくぐりぬけてきた者の凄みがある。

「トリャーッ」

短身痩軀が裂帛の気合を放つ。

が、とびこんできたのは猪首だ。

上段から面。

柄を頭上につきだして鎬で受け流す。唸りを曳く疾さで刀身に弧を描かせ、逆袈裟懸けに肩さきからしたたかに斬りさげる。

「ぎえーッ」

「おのれーッ」

短身痩軀の刀が脇構えから猪首の絶叫を断つ勢いで襲ってくる。
刀を下段より神速で返し、短身痩軀の刀を弾きあげる。
――キーン。
甲高い音が夜陰を裂く。
がらあきの胴へ切っ先を奔らせる。
「うぐッ」
残心の構えをとる。
ふたりが相前後して崩れおちた。
真九郎は、口をすぼめて息をはいた。
刀身を斜めに奔らせて血振りをくれ、懐紙でていねいにぬぐい、鞘にもどす。
ふり返った。
土蔵造りの壁と天水桶との隙間に宗右衛門が立っている。
「和泉屋さん、すんだ。でてくるがよい」
宗右衛門が小田原提灯の柄を腕いっぱいのばして、おそるおそるやってきた。
顔面が蒼白だ。
「鷹森さま、お礼の言葉もございません。駕籠にしていましたら……」

「言わずともよい。まいろうか」

宗右衛門をさきにして、自身番屋にむかう。

ふたりとも場数をふんだ遣い手だった。剣の修行は、技倆の研鑽はむろんのこと、人を斬る覚悟の修養でもある。容赦なく斬らねば、こちらがやられた。

身を護るためとはいえ、私闘で人の命を奪ってしまった。内奥へ苦いものが沈殿していく。

いっぽうで、疑念にもとらわれていた。


血曇りと刃こぼれのある刀を、桜井琢馬に教えられた八丁堀の研師のもとへもっていき、仕上がるまでの刀を借りた。

二十三日の昼八ツ（二時）すぎ、和泉屋の手代がたずねてきた。できますればお越し願いたいと宗右衛門が言っているという。

真九郎は承知した。

雪江は、たねと夕餉の買物にでていた。たいがいは、毎日やってくる振売りでまにあう。たりないものを町内で買いたすくらいだ。

手代を帰し、雪江がもどるのを待って霊岸島四日市町の和泉屋へ行った。

通りから土間へはいっていくと、言付けをもってきた手代が奥へ報せに消えた。

宗右衛門がきた。

丁稚がそろえた草履をはく。

「鷹森さま、見ていただきたきものがございます。すぐそこですので、ごいっしょ願います」

新川北岸の和泉屋は、東側が横道にめんし、西側には幅一間（約一・八メートル）ほどの脇道がある。脇道のむこうでは、寺社の鬱蒼とした樹木が青空に枝をひろげている。

宗右衛門が脇道にはいっていく。

二階建て土蔵造りの店と住まい、庭、土蔵、さらに裏通りまでの残り十間（約一八メートル）ほどに、脇道にめんして一軒だけ家がある。

和泉屋は、奥行がおおよそ三十間（約五四メートル）、六百坪の敷地である。

土蔵と平家の壁とをつなぐ板塀にくぐり戸がある。

脇道はまっすぐにつぎの表通りにつながり、和泉屋の敷地ぶんだけ横道までの裏通りがあった。

宗右衛門が、裏通りにめんした平家の格子戸をあけてはいる。真九郎がつづくと、宗右衛門が格子戸をしめた。

「どうぞおあがりください」

真九郎は、袂の手拭で足袋の埃をはらい、腰の刀をはずした。

案内されたのは、廊下をまがったところにある十畳間だった。上座に違い棚をしつらえた床の間と襖がある。

上座をすすめた宗右衛門が、廊下から奥に声をかけ、下座についた。

すぐに、初老の下男と下女とがやってきて、廊下にかしこまった。

「下働きの平助ととよにございます。お見知りおきください」

ふたりが廊下に手をついて低頭する。

ぽっちゃりとしたとよは十六か十七で、陽焼けした額に鑿で彫ったような三本の皺がある小柄な平助は五十歳そこそこであろう。

「おとよ、茶をたのみます」

顔面に緊張をとどめたまま、ふたりが再度ふかぶかと辞儀をして去った。

宗右衛門が、斜めにしていた膝をもどす。

「この家は、隠居したおりのために建てました。いまのふたりにつかわせている四畳半の小部屋二つと、戸口よこにある三畳の控えの間をのぞいて、この座敷のほかにあと四間ございます。家はしめきっておくとだめになりますので、あのふたりにめんどうをみさせております」

真九郎は、宗右衛門が話をどこへもっていこうとしているのか理解しかねた。

宗右衛門がほほえむ。

「畳や襖などもすべて張りかえました。この家を、鷹森さまにつかっていただこうと思います」

「それはこまる」

考えるまでもないことだ。浪々の身にあるとはいえ武士である。町人に住まいの世話をしてもらうなど、うけいれられようはずがなかった。

「そうおっしゃるであろうと思っておりました。鷹森さま、手前は商人にございます。鷹森さまは、命の値段はいかほどだとお考えでしょうか」

真九郎は、呆れ、宗右衛門を見つめた。

「なにを言うかと思えば……。まともにこたえる気にもなれぬ」

宗右衛門が、頬に笑みを残したままゆったりと語った。

「あれから、上屋敷にご用人の松原さまをおたずねいたしました。ご記憶でしょうが、お留守居の秋山さまがおっしゃったのは、金子はだめだとのことにございます。お礼をするなとは申しませんでした。いいえ、あれはどうすべきかを考えろとの謎かけでございました」

とよが、漆の円盆をささげてきて、廊下に膝をおった。

宗右衛門が首をめぐらす。

「おはいり」

とよが、硬い表情でふたりのまえに茶をおいた。

廊下でふたたび辞儀をし、腰をあげて去った。

宗右衛門がつづけた。

「来月から、和泉屋が立花家へ出入りさせていただくことになりました。これまでの問屋さんとは、手前のほうで話をつけました。見返りに相応のお得意さまをつけましたので、先方は納得しております」

やはり、用人や留守居役ばかりでなく、老職たちにも相当額の金品をくばったのだ。

胸腔で不快な思いがざわめく。

真九郎は、ふと疑問に思った。

「あの帰りにまた襲われたことも話したのか」

「いいえ。桜井さまに口止めされております」

命と引換えに金品を要求されたにもかかわらず、宗右衛門は平然たる顔をしている。おのれはだしに使われたにすぎない。ふかく息をすることで、真九郎は胸腔のざわめきを消した。

「和泉屋さんにとっては、不利な取引だったわけだ」

「さあ、どうでございましょう。手前どものお得意さまをご紹介したと申しましても、あとはあちらさまの商いしだいでございますから」

おだやかな口調の裏に皮肉がこめられているのを、真九郎は感じとった。

宗右衛門が茶を喫した。

「これで、立花家と和泉屋とはつながりができました。これは、手前の独り言だと思って、お聞き捨てください。鷹森さまは裏長屋の暮らしでもご不自由はないかもしれません。手前もさほど多くをぞんじあげているわけではございませんが、お大名家のご重職がたはいずこもご体面をおもんじになられます」

宗右衛門が、いったん言葉をきった。

「ところで、松原さまに、この家のことをお話しし、鷹森さまに住んでいただこうと思いますがとお伺いしましたところ、たいへんに喜んでおられました。三月の朔日は道場も休みであり、さっそくにも引っ越してもらうようにとおっしゃっておられました。つまり、表向きは、手前は鷹森さまの家主になるわけですから、ごいっしょしても言いわけがたちます」

真九郎は立花家の家臣ではない。どこに住もうがとやかく言われる筋合はない。が、それは理屈にすぎない。知行があり、無役でも暮らしていける身分ではないのだ。代稽古にかようことで給金をもらい、それによって雪江とふたりで生きている。

「松原さまもご承知なわけか」

「はい。ですが、いっときの方便ではございません。鷹森さまがご仕官をなさるまで、ずっとこの家をおつかいくださいい。危ういところを二度も助けていただきました。和泉屋の身代がつづくかぎり、ここは鷹森さまのものにございます。ご遠慮なくおつかいくださいい」

宗右衛門の言いようには腑におちぬ点がある。だが、いまはそれを詮索するときではない。

矜持としてはうけいれがたい。しかし、宗右衛門が言ったように、すでに二度も襲われている。しかも、一度めと二度めはことなる者たちであった。命を狙っているのが何者にせよ、つぎもしかけてくるということだ。

「かたじけない。お受けいたす」

「ご承知いただけますか。ありがたきことにございます。では、家のなかをご案内いたします」

武家屋敷とまではいかないが、さすがに大店の主が隠居用に建てた家であった。東側に庭があり、土蔵のあいだをとおって行き来ができるとのことであった。

——雪江は喜ぶまいな。

真九郎は、内心でつぶやいた。

春の陽射しが西にかたむきつつあった。

歩きながらの雑念はつつしむべきだが、またしてもおのれの周辺があわただしくなりつつある。帰路をたどりながら、真九郎はこれまでのことを想いだした。

五

団野道場での初日から、真九郎は吉岡喜三郎とともに門人たちに稽古をつけた。源之進の命であった。

喜三郎は、おおらかな性格で、その剣もまっすぐだ。背丈は五尺六寸（約一六八センチメートル）ほどで、ひきしまった体軀が鍛錬のほどを物語っている。

稽古は、残っている者がいても夕七ツ（四時）には終える。

十日と二十日と晦日は、代稽古にでている師範代格の高弟四人が道場にやってくる。その日は、門弟たちが帰ったあとに高弟どうしで研鑽し、その後、奥でかんたんな酒宴をもつ。真九郎は歓迎された。

ひと月になろうとするころ、稽古後に居間へくるようにと源之進に言われた。

井戸端で汗をぬぐい、きがえて源之進の居室にむかった。

廊下で膝をおって声をかける。

「先生、鷹森です」

「うむ。はいれ」

入室して障子をしめ、源之進の正面に坐した。

「じつはな」

源之進の口端に、柔和な笑みがうかぶ。

「今朝、竹田どのから返書がとどいた。真九郎と妻女どの宛のものもあったゆえ、まずはそれをわたしておこう」

腰をあげた源之進が、文机から二通の封書をとってきた。

真九郎は、驚きをおさえきれぬままにちょうだいし、かたわらにおいた。

源之進が安心させるかのようにうなずく。

「承知のように、わたしはいま、立花家上屋敷道場に二日おきにかよっている。以前からたのまれていたのだが、代稽古にだせる者がいないのでお断りしていた。しかし、この五月、立花侯からじきじきのお使いが見えられたので、三日に一度ということでお受けした。だが、そうなるとやはり道場が手薄になり、こまっておった。そこに真九郎がきた。わたしは、竹田どのに書状をしたためた」

源之進の眼に、遠くを見るかのごときなつかしげな表情がうかぶ。

「竹田どのの書状を読んだあと、上屋敷に使いをたてた。代稽古の者が見つかったとつたえたら、明日(あす)にでも会いたいとのことだ。あちらに異存がなければ、明後日(みょうごにち)からは上屋敷にかよってもらいたいのだが、どうかな」

「先生にお任せいたします」

「よろしい。では、明日の朝、同道してもらう。道場には顔をださずともよい。それだけだ、早く帰って妻女どのと国もとからの便りを読むがよかろう」

江戸へむかったことは家の者も承知している。だが、当分のあいだは文など無用にせよと言われていた。

迷惑がおよぶのをおそれ、竹田作之丞への礼状すら遠慮していた。

真九郎は、師の配慮に胸がつまった。

「先生」

「なにも言わずともよい。行きなさい」

「お言葉にあまえます」

真九郎は、低頭し、師の居室を辞した。

本所亀沢町から回向院のよこを行き、大川に架かる両国橋をわたって日本橋長谷川町へいそいだ。


雪江の父の脇坂彦左衛門は、二十年以上も江戸留守居役の職にあった。国もとを離れていらい、三十年余の江戸在勤だった。

彦左衛門は、冬に風邪をこじらせてひと月ちかくも臥せってしまった。

主君は、彦左衛門が五十もなかばに達する年齢であることから健康を案じ、長年の勤めをねぎらい、江戸よりは国もとのほうが暖かいゆえしばらくはじゅうぶんに養生いたせと留守居役の任を解いた。

今治松平家七代めは、壱岐守定剛。隠居した先代の定休も健在であった。

享和が文化になる元年（一八〇四）の仲春二月、彦左衛門は江戸を離れた。

彦左衛門には、一男二女があった。妻女の静は、旗本四百五十石の三女だ。嫡男の小祐太は俊英との評が高く、噂は国もとにも達していた。

晩夏六月に帰国した壱岐守は、みずから幾名かの登用をおこなった。

そのひとつが、隠居を願いでた彦左衛門にこれを許し、二十二歳の小祐太をいきなり普請奉行に抜擢したことだった。

真九郎も召しだされた。

年齢は小祐太と同じ二十二歳だが、次男である。数年まえに隠居した父にかわって嫡男の太郎兵衛が馬廻組頭として出仕していた。

馬廻組は大将の本陣をかためる。いわば、主君の親衛部隊である。

城下にあった竹田道場で師範代をつとめている真九郎の剣名は、家中に知れわたっていた。目付を拝命したが、わずか十人扶持であり、主君のおぼしめしはいずれどこぞの家の婿養子にとのご所存なのであろうということになった。

同時に召しだされたこともあって、真九郎と小祐太はたがいの家を親しくたずねあうようになった。

しかし、翌年の仲秋八月、小祐太が亡くなった。家中の人望をになった俊英のあまりにあっけない死であった。

暴風雨が襲来し、堤の見まわりにでて、供侍ともども行方不明になったのだ。二日後の朝、海岸に漂着しているふたりの死骸を村人が見つけた。

江戸の主君が、小祐太の死を聞き、ことのほか嘆いたとの話もつたわってきた。脇坂の家については帰国後にみずから沙汰するとの達しであった。

翌文化三年（一八〇六）初秋七月上旬、帰国した壱岐守は、隠居していた彦左衛門を側用人として召しだした。

真九郎は、月命日は欠かさずに脇坂の家をたずねていた。小祐太のかざらない人柄もあって笑い声の絶えなかった家が、火が消えてしまったかのようであった。彦左衛門の失意は隠すべくもなかった。

嫡男を喪った寂しさをまぎらわすためか、彦左衛門はしばしば隠居した父と語りに鷹森家へやってきた。

いつのころからかは判然としない。

気がつくと、雪江は美しい娘に成長していた。真九郎は雪江を見つめ、雪江もまた含羞のある上目遣いの眼差で真九郎を見つめた。

彦左衛門は、それを察したようであった。それいらい、三度に一度は雪江をともなって鷹森家をおとずれるようになった。

小祐太の死後、静女はどことなく影が薄かった。翌年の秋口から臥せがちであったが、高熱を発し、看病のかいもなく晩秋九月に他界した。

年が明け、彦左衛門が真九郎と雪江の縁組を相談にきた。

父も兄も異存はなかった。しかし、真九郎を召しだした主君の内意がはっきりしない。意中の家があるのであれば、意向にそむくことになる。静女の一周忌があけたら、彦左衛門が願いでることで話がまとまった。

そこへの横車だった。

先方の仲立ちをしたもと中老も、主君の意向を言いたてた。内意があって真九郎を召しだしたはずであり、かってに縁組をまとめるなど不届き千万であるとねじこんできた。

――ぜひとも内諾をえて大坂にもどり、蔵屋敷でご帰国途中にお寄りになられる殿に目どおりを願い、許しをえてのち、大坂なり国もとなりで祝言をあげたい。脇坂の家については、妹の小夜もいることであり、当方からも殿に言上し、しかるべき家から婿がもらえるようにはからっていきたい。

それが先方の言いぶんとのことであった。

晩夏六月も中旬になろうとするある夜、彦左衛門がたずねてきた。

「殿のご帰国まではなんとかと頑張ってきたが、相手の言いようにも一理あり、断りつづけるにもかぎりがある。雪江の気持ちをたしかめると、生涯の夫は真九郎どのと心に誓っているという。老骨にも意地がある。いざとなれば、小夜をどこぞへ養女にやり、それがしの老い腹で責めをおう所存。ついては、このようなことをおたのみするのは心苦しいかぎりではあるが、異存がなければ内々に祝言をあげ、ふたりをたちのかせたい」

父と兄は承知した。が、真九郎は首をふった。主君の意向に背いての出奔となると、なにごともなくすむはずがなかった。

兄の太郎兵衛が説得した。

「真九郎、もはやおまえ一人のことではないのだ。あの横車は憤激にたえん。鷹森の家とて脇坂さまと同様だ、家名の面目にかけてもいまさら後へはひけぬ。ここで屈することがあっては、今後のお役目にもさしつかえる。だから、おまえと雪江どのにはどうあっても夫婦になってもらいたい。殿のお怒りがあれば、いかようにでもちょうだいしよう。だが、おまえも知っておるように、殿はご聡明であらせられる。それに、おまえが断れば、雪江どのは自害しかねないぞ。それでもよいのか」

彦左衛門も頭をさげた。

「真九郎どの、たのみまする」

兄の太郎兵衛は表裏がなく、配下の者たちに慕われていた。ここで雪江を奪われては、真九郎とて面目を失する。なによりも、雪江をうしなうのは、耐えがたいことだった。それでも、主君の意向がほかにあるのなら、縁がなかったものと堪えるつもりでいた。しかし、家長である兄がそこまで肚をくっている。

真九郎は浪々の身となる覚悟をかためた。

翌日、道場をたずねた。師である竹田作之丞に事情を説明し、これまでの御鞭撻への御礼と永の暇を述べた。

つぎの日、下城すると、作之丞が待っていた。ほかにあてがないのであれば、江戸に行って団野源之進をたずねるようにと、書状と餞別をわたされた。

真九郎は、門まで送っていき、師のうしろ姿が消えるまで見つめていた。ひきたててくれた主君への目どおりは二度とかなわない。生まれそだった山河や知己たちとも、永久の別れとなるやもしれぬ。

万感の思いが胸をふさいだ。

だがそのとき、雪江はどうであろうと考えた。年ごろとはいえ、いまだ十九である。それが、真九郎ひとりをたよると決意したのだ。

真九郎は思いをあらたにした。

数日後、明るいうちに雪江と小夜が普段着でやってきた。

小夜は雪江と二つ違いで、雪江しか眼中にない真九郎は知らなかったが、脇坂の姫百合二輪と城下の若侍たちに騒がれていた。

陽がおちてから、彦左衛門がふらりと立ちよったふうをよそおってやってきた。

雪江は、真九郎の母が嫁いできたときの白無垢（しろむく）にきがえていた。家士や女中たちにも知られぬように杯だけの祝言をすませ、雪江は脇坂の屋敷に帰った。

翌未明、真九郎はしたくをして待っていた雪江とともに城下を離れたのだった。

長屋にもどった真九郎は、雪江とふたりでさっそくに封をきった。真九郎には兄の太郎兵衛から、雪江には父の彦左衛門からであった。

太郎兵衛は、ふたりが城下を離れた以後のできごとを仔細に書いてあった。

鷹森家は真九郎の病（やまい）届けをだした。それで数日はごまかせた。

四日後、目付の者が屋敷にきた。

教えてもらいたきことがあるので、いまだ臥せっておられるのでしたら、ご迷惑でしょうがお部屋まで案内願えないかという。

太郎兵衛は、もはやこれまでと、じつは四日まえから行方知れずなのだと告げた。

その日のうちに、大目付からの使者がきた。太郎兵衛は、父や彦左衛門との打合せどおりに、真九郎が雪江をともなって逐電したらしいこと、思いなおしてもどってくるのを期待してとどけなかったのだとこたえた。

脇坂の屋敷にも使者が走った。

両家はそのまま謹慎(きんしん)した。

翌日、城中で評定があった。

城代家老の鮫島兵庫(さめじまひょうご)が、すぐさま追っ手をさしむけるべきと主張した。しかし、大目付の戸田左内(とださない)が、ご帰国途上にある殿の到着を待つべきと反対した。

兵庫は承伏しなかった。

「そもそも、鷹森真九郎は殿の格別の思(おぼ)しめしがあって出仕した身である。それがなんたる不始末。ただちにつれもどし、糾問すべし」

左内もひかなかった。

「であるがゆえにこそ、殿のご裁可を仰ぐべきだとぞんずる。ご城代は追っ手とおっしゃる。が、鷹森真九郎は、竹田道場第一の高弟として家中でも聞こえた遣い手。追うとなると、それなりの人数を繰りださねばなりませぬ。いずれへむかったやも知れぬものを、たとえすぐに追いつけたとしても、かの者も必死の覚悟であろうゆえに、万が一にも手向かいいたさば犠牲がでるは必定。外聞もござりまする。殿のご判断を仰ぐべきだとぞんずる」

「たしかにそのとおりでござるな。いや、感服つかまつった」

兵庫はてのひらを返したように自説をひっこめた。

帰国した主君の御前に老職がそろい、戸田左内がふたりが出奔するにいたった理由をふくめてことのしだいを言上した。

主君は、しばし瞑目(めいもく)していた。

「小祐太の思いであろう。あの者たちの好きにさせるがよい。予も、いずれ、真九郎を小祐太の妹にと思わなんだでもない。すぐさま謹慎したのは神妙である、彦左衛門と太郎兵衛には明日(みょうにち)より登城せよと申しつたえよ」

主君が鮫島兵庫に顔をむけた。

「そのほうともあろう者が、これはいかがしたことじゃ。かの者はそのほうが外孫(がいそん)であろう」

静かな声だが、口調におさえかねた怒りが底流しているのを、老職たちは感じとった。

「面目しだいもござりませぬ。事情を知り、呼びだして問いただしましたところ、あまりの美しさに懸想し、前後の分別を失ってしまいましたと申します。きつく叱りつけ、ただちに大坂の蔵屋敷にたちもどり、殿のお許しがあるまで謹慎するよう申しつけました」

これらは、登城した彦左衛門に月番老中がそっと洩らしてくれたことだった。

太郎兵衛は、いずれ帰参のお許しがあるやもしれぬので吉報を待つようにと記してあった。

真九郎は、沈痛な思いで兄の願望を見つめた。そして、それを断つかのごとくゆっくりと書状をまいていった。

こぼれおちる涙のために、雪江はしまいまで読むことができずにいた。

「父からの文も読んでください。わたくしはのちほどゆっくりと読ませていただきます」

彦左衛門からの便りもほぼ同様の内容であった。

末尾のほうに、小夜によき婿を迎えてやるようにと殿からお言葉をちょうだいし、過分なるご恩顧に感涙にむせんだとあった。

真九郎も、目頭が熱くなった。

そして、つぎのようにしたためられていた。

――殿のお許しがあったからには、そなたと真九郎どのは晴れての夫婦であり、しばしばでは憚りもあるが、たまには小夜に便りをよこすがよい。また、母の実家にも文をだして都合をお訊きし、たずねてみるがよかろう。ただし、ほんらいならば母親が諭すべきことながら、そなたはいくつになっても娘じみたところがぬけきれぬので、家中のことは他聞を憚らねばならぬ点も多々あり、なにごとも真九郎どのとよくよく相談するように。父のことは心配いらぬゆえ、そなたたちが末永く健勝にすごすことを願っておる。

翌々日から、真九郎は立花家上屋敷道場にかよった。

前日の上屋敷からの帰路、高弟がつどう日以外は稽古着姿で道場にでてはならぬと源之進に告げられた。代稽古にでている者が気ままに稽古をつけては、道場の師範代である吉岡喜三郎の立場がなくなるからだ。

上屋敷道場は、毎月の朔日と十五日と五節句などの式日が休みだ。

毎月の晦日は、団野道場でその月の給金をいただく。

真九郎は、月に三両だ。年に三十六両である。これに閏月がくわわる年はさらに三両ふえる。

たねの夫の留七は棟梁の右腕で稼ぎもあるようだが、ふつうの大工で年に二十五両くらいである。雪江とふたりで暮らすぶんには、じゅうぶんすぎる給金であった。

団野道場で家内を仕切っているのは、用人の徳田十左である。

小柄な白髪の老人で、吉岡喜三郎から、とたんに不機嫌になるのでくれぐれも年齢のことは話題にしないようにと注意された。真九郎は還暦前後であろうと思っていたが、喜三郎によると、何年もまえからそう言われているとのことであった。

彦左衛門からの便りいらい、雪江は国もとにいたころのようにしとやかな挙措にもどった。

それでも、日に何度かはたねがけたたましくやってきて、雪江をにぎやかな喧騒にまきこむことにかわりはなかった。

引越の話に落胆するであろう雪江のことを考えながら、真九郎は霊岸島の和泉屋から日本橋長谷川町に帰ってきた。

朝稽古でかよっている三光稲荷のまえをすぎると、長屋への木戸口よこで壁にもたれかかった浪人がいた。

袖口に両手を隠して人待ち顔の気楽さをよそおい、通りをゆきかう者に眼をやっている。が、寸分の隙もない。容易ならざる遣い手である。

雑念をふりはらい、真九郎は浪人とのあいだにじゅうぶんな間合をおいて木戸口にむかった。

浪人が壁から離れた。

左頬から顎にかけて疵痕（きずあと）がある。背丈も肩幅も、真九郎とほぼ同様である。年齢もそうだ。

真九郎は立ちどまった。

眼があう。

双眸（そうぼう）に、他をよせつけぬ孤高の翳（かげ）りがある。突き刺す眼差は、氷の刃だった。

真九郎は身構えた。

浪人が眼光の刃を消した。

「待っていた」

「人違いではござらぬか」

「どうかな。鷹森真九郎に警告にまいった」

「ほう」

「人違いかな」

「いや」

「女の涙はよいものだ。美人の後家となれば、なおさらにそそられる」

浪人が冷笑をうかべる。

猛(たけ)り狂わんとする内奥の憤激を懸命におさえ、真九郎は無表情に見返した。この相手の挑発に激すれば斬られる。

無言の火花が散る。

しばらく、睨(にら)みあっていた。

浪人の両手はいまだ袖口のなかにある。それでも、どちらかがわずかにでも身じろぎしようものなら、瞬時に抜刀して斬りあうことになる。

だが、真九郎とおなじく浪人もまた、微塵(みじん)の殺気も放っていない。

ふたりの師と団野道場の高弟のほかに、これほどの遣い手に遭遇したことはない。

真九郎は、低い声で言った。

「警告とやらを聞こうか」

孤高の双眸が、ふたたび突き刺す。

「なかなか遣うようだ。やりあってみたい気もするが、いまはおぬしを斬りたくない。妻女を後家にしたくないのであれば、和泉屋にはかかわらぬことだ」

浪人が、袖口から両手をだし、背をむけた。

敵に背後をみせる。すさまじいばかりの自信である。斬りかかるのを待ちかまえ、ふり返ることもなく悠然と去っていく。

いずれ、決死の覚悟でやりあうことになる。

妻を愚弄した敵のうしろ姿を、真九郎は脳裡（のうり）に刻印すべく凝視しつづけた。

第二章　隅田堤の血飛沫

一

晩春三月朔日の朝。

雲ひとつない快晴だった。いよいよ引越だが、真九郎と雪江はなにもすることがなかった。いや、なにもさせてもらえなかった。

たねと長屋の女房たちが、たちまち荷造りを終えてしまった。しばらくして、和泉屋の手代が大八車をひいた人足ふたりときた。誰に聞いたのか亀吉までがてつだいにきた。

これ、つぎはあれ、というたねの指示で人足と亀吉とが荷をはこびだし、あっけないほどかんたんに終わってしまった。

たねが言った。

「さきに行っててください。あたしは、この人たちにお茶をさしあげ、あとで荷物といっしょに行きますから」

ふたりは、さからわなかった。

昨日、真九郎は雪江と家を見にいった。

宗右衛門によれば、敷地が八十坪、家が五十坪とのことであった。

縦長の家は、おおよそ、一間半（約二・七メートル）の押入つきの六畳間と、七畳半の座敷がある。十畳間とのあいだは、六畳間が壁で、七畳半は襖だ。

七畳半の障子三枚までが庭にめんしている。そこから廊下の庭がわには、襖で区切られた六畳が二間。奥の六畳間には二間（約三・六メートル）の押入。

廊下のつきあたりが後架（便所）で、よこが湯殿（風呂場）だ。

後架にいたる脇道がわが厨だ。壁と板戸で仕切られている。多少の客があってもしたくができるようにひろくしたと宗右衛門が話していた。

畳四枚ほどの縦長の土間があり、八畳の板の間は囲炉裏がきってある。

庭のすみには屋根つきの井戸があり、反対がわの裏通りにめんしたかどには一本だけ梅の木があった。

家の造りからして、奥の六畳間が寝所で、七畳半が居間だ。

ふたりが霊岸島四日市町の家についたあとを追うようにして、たねたちがやってきた。たねは、おおきな家に驚き、あたしの手にあまる、ともっぱらとよとともに厨の整頓をした。

雪江の指示で、荷がそれぞれの部屋にはこばれた。

真九郎は、終わったところで紙に包んで用意してあった謝礼を人足ふたりと、遠慮する亀吉にはむりやりにぎらせた。そのあたりの機微は目付をしていたころにおぼえた。

夕方からの引越祝いに、亀吉にはかならずくるように念をおし、たねのところは亭主と子ども招いた。

とよが朝のうちに用意していたおにぎりとお茶とで遅い中食をすませ、荷を解いた。

途中で、宗右衛門がようすを見にきた。

宗右衛門とは引越祝いの相談もし、仕出をたのむことにした。

引越祝いは暮六ツ（六時）からはじめ、遅れてきた大工の留七もくわわり、一刻（二時間）あまりつづいた。

真九郎は、宗右衛門に残ってもらった。とよに平助がてつだって客間の食膳をすべてさげたあと、雪江とともにあらためて礼を述べた。

宗右衛門があわてた。

「どうかおなおりください。お礼をしなくてはならないのは手前のほうでございます」

ふたりは頭をあげた。

宗右衛門がほっとした表情をうかべる。

「しかし、鷹森(たかもり)さまのお人柄でしょうな。留七の子どもたちまでもがすこしの遠慮もなく、じつに楽しそうでした」

真九郎は、かるく笑みをうかべた。

「江戸にきて長屋で暮らすようになり、みなで食する楽しさを知ったように思う」

「今宵は手前も学ばせていただきました。では、これで失礼させていただきます。おやすみなさいませ」

宗右衛門が帰っていった。

夜四ツ（十時）の鐘を、真九郎は寝具のなかで雪江の背中を撫(な)でながら聞いた。

胸に頬をあずけている髪があまやかに匂う。さきほどのなごりで気怠(けだる)そうであった。

肢体はいまだに火照(ほて)っている。息をするたびに、襦袢(じゅばん)をとおして胸乳(むなぢ)がおしつけられる。

真九郎は、その感触を楽しんでいた。

雪江がちいさな声をもらした。

「あなた」

「ひろくなったぶんだけいろいろとたりませぬので、買いととのえねばなりません。明日より、とよをともない、そろえることにいたします」

武家の妻女があまりに出歩くのもどうかと思う。しかし、いまは国もとではなく江戸の町家で暮らしている。真九郎ができないからには雪江がやるしかない。

「そうしなさい。それと、引っ越したことを国もとに報せないとな」

「はい。……二つもあいた部屋があります。もったいないような気がします」

真九郎は、ふと眉をひそめた。

脇坂の屋敷は鷹森の屋敷よりもひろく、あいている部屋がいくつもあった。二間しかなかった長屋とくらべたのだろうかと考え、雪江が言いたいことに思いいたった。

「子は神からの授かりものだ。そのうちにできる」

「早くほしゅうござります」

子をなさぬ嫁は去れという。真九郎は、雪江の不安を察した。

「脇坂の父上に、生涯の妻は雪江だけときめていると話したそうだな。わたしも、生涯の夫はわたしだけと心に誓っているる」

雪江はこたえなかった。

「なんだね」

そのうち、肩のあたりが濡れているのに気づいた。雪江が泣いている。

「どうした」

雪江がかすかに首をふる。

「嬉しいのです」

内奥から愛おしさがこみあげてくる。

真九郎は、華奢な躰を抱きしめた。


翌二日、庭の影が東のほうへ長くなりだしたころ、表の格子戸があいた。

「ごめんよ」

桜井琢馬だ。

厨から板戸をあけてでてきた平助を制し、真九郎は戸口へむかった。

格子戸をあけたまま土間に立っている。

「ちょいとそこまでつきあってもらいてえんだ」

「したくしてきます」

真九郎は着流しだった。

「となり町までだ、そのままでかまわねえよ」

「では、しばしお待ちを」

雪江はとよをともなって買物にでかけている。厨の平助にでかけるむねを告げ、寝所の刀掛けから刀をとった。

四日市町から大川方面へ二町（約二一八メートル）ほど歩いた。

琢馬はあいかわらずの早足だった。健脚ですねと話しかけると、定町廻りになるまえは足腰の鍛錬のためにいくども日帰りで鎌倉まで行ったと、冗談とは思えぬ口調でこたえた。

江戸八百八町を南北わずか六名ずつの定町廻りで見まわっている。真九郎は舌をまく思いだった。

この時代、町家の数は、実際には倍をこえていた。寛政三年（一七九一）の調べで、千六百七十八町、人口が約百十万人。当時のヨーロッパ二大都市であったロンドンが約九十万人、パリが約五十五万人。江戸は世界最大の都市であった。

若草色に〝天麩羅〟〝料理〟〝酒〟〝菊次〟と白抜きされた暖簾の両側に連子格子がある見世へ、琢馬がはいった。

真九郎は、暖簾をわけてつづいた。

「おきく、あいてるかい」

「あい。お好きなところをどうぞ」

富士額に柳眉。瞳に艶があり、すっとした鼻筋に、ちいさな口とほそい顎。首もほっそりとしている。

真九郎は、芸者たちを想いだした。抜衣紋ぎみの衿のこしらえかたがどことなく似ている。

見世は、土間をはさんだ右側が衝立てで仕切る縦長の畳敷きで、左側には障子がならんでいる。

きくが、琢馬に小首をかしげる。

「和泉屋を助けた例の剣術遣いだ」

艶然とほほえみ、ちかづいてくる。匂わんばかりの色香は苦手だ。真九郎は、思わず腰がひけそうになった。

きくが、首をかしげる辞儀をした。

「お噂は亀から聞いております。鷹森さま、どうぞこちらへ」

亀吉は、たのんだわけでもないのに仲間に斬られた侍の身元がいまだにわからないことなどをわざわざ長谷川町まで報せにきていた。

きくが、障子をあける。

六畳間だ。窓のしたに、混んださいに座敷を仕切る衝立てがある。

琢馬が、袂からだした手拭で足袋の埃をはらい、座敷にあがった。真九郎はたいして歩いていない。そのまま草履をぬいだ。

「酒と、てきとうに天麩羅をたのむ」

きくが、かるく会釈して障子をしめた。

「膝をくずしてくんな。おいらもそうするから」

あぐらをかいた琢馬が、障子へ顎をしゃくる。

「こねえだも、四十くれえの御用聞きがいたろう」

「藤二郎ですね」

「ああ。歳はまだ三十八だがな。おきくは藤二郎の女房よ。もとは辰巳芸者でな、五年めえに藤二郎と所帯をもち、この見世をだしたってわけよ。見世の名の菊次ってのは、おきくが芸者をしてたころの通り名よ。ここまで言やあ、おいらの用件はわかったろう」

真九郎は、微笑をうかべた。

「雑作をおかけしました」

「なあに。物知りのご老体がさっそくにも調べてくれたんだが、おいらもひまがなかったもんでな。深川の芸者は延宝（一六七三～八一）あたりまでさかのぼるんだそうだ。最初は、踊子も女郎も区別がつかなかったらしい。寛保（一七四一～四四）のころに、これをきびしく取り締まったってわけだ。それで、羽織をきて男用の東下駄をはき、男名にした深川芸者ができたってわけよ。三味線をひき、舞を見せる。が、躰は売らねえ。たてまえは、女じゃねえわけだからな。それも、表向きは、だ」

「かたじけない」

琢馬が、やめてくれというふうに手をふった。

「ご老体に言われておいらも合点がいったんだが、そもそも女の羽織が禁じられたのは辰巳芸者のせいだそうだ。羽織芸者って評判になっちまった。で、延享五年（寛延元年。一七四八）に、女の羽織はまかりならねえってことになった。ほとぼりがさめてまた着だしたらしいんだが、寛政のご改革でふたたびご法度になったってわけよ」

「桜井の旦那」

「かまわねえよ」

きくが、食膳をもった女中ふたりをしたがえてはいってきた。女中たちが食膳をおく。銚子と杯に小鉢が二皿。酢蛸と香の物だ。

「鷹森さま、おひとつどうぞ」

真九郎は杯を手にして酌をうけた。きくが、膝をめぐらし、琢馬にも注いだ。

障子がしまり、きくの下駄の音が離れていく。

「さっきの話だがな、おきくには七五郎ってひとつ違いの二十七になる弟がいる。深川の料理茶屋の厨にいたんだが、こいつがなかなか庖丁をつかうし、くふうもする。七五郎の料理とおきくの愛嬌とで繁盛してる。だから、藤二郎もこころおきなく御用がつとまるってわけよ。ここを建てたんは霊岸島の商人たちで、そのまとめ役になったのが和泉屋ってわけだ」

琢馬が、小鉢の酢蛸を食べ、諸白（清酒）で喉をうるおす。

真九郎も、国もとでは探索に町人をつかっていた。いい働きをする者もいるが、なかには御用をかさにきて商家などに害をなす者もおり、町人をつかうのは痛し痒しだった。

藤二郎とは三度会っている。が、口をきいたことはない。亀吉のようすから信頼がおけそうであり、琢馬の口調からも無理強いをして建てさせたのではないことがうかがえる。

ふたたびきくが声をかけて障子をあけ、女中たちが食膳をもってきた。

一膳めのよこにならべておく。角皿に、ころもで包まれた揚物。そして、出汁の小鉢と、大根おろしを盛った小皿。

「そいつは醬油とみりんのだし汁で、その大根おろしをいれる」

琢馬にならい、真九郎は箸で大根おろしを小鉢にいれた。女中たちがでていき、きくが障子をしめた。

「おめえさん、屋台で売ってる串刺しの揚物を食ったことあるかい」

真九郎は首をふった。

「いいえ」

「こんなふうにころもで揚げたんを天麩羅という。屋台のはうどん粉（小麦粉）と水だけだが、七五郎は卵もくわえている。能書はこれくれえにして、温けえうちに食ってみてくんな」

「いただきます」

海老、三枚におろした小魚、きざんだ莢隠元、榎茸、椎茸の衣揚げがある。

真九郎は、小魚を小鉢のだし汁につけ、食べた。

ころもとだしと魚との微妙なかねあいが口腔にひろがる。これまで食したことのない珍味であった。

「これは美味です」

琢馬が得意げにほほえむ。

「おめえさんに、こいつを食ってもらいたかったんだ」

小麦粉をまぶして揚げる料理は古くからある。徳川家康も鯛の揚物を食べての下痢が遠因で死んだとされる。小麦粉を溶いてころもをつくるという現在のかたちにつながる天麩羅ができたのがこの文化年間（一八〇四～一八）である。天麩羅も、つぎの文政年間（一八一八～三〇）に江戸で考案されるにぎり鮨も、屋台ではじまった庶民の食べ物であった。

海老を食べた琢馬が、諸白を飲み、杯をおいた。

「家内のことだから話していいもんか迷ってたんだが、おめえさんもかかわりができたんだからやっぱり聞いてもらおうか」

「なにごとでしょう」

「和泉屋の内儀が後添えだってことは」

真九郎はうなずいた。

「和泉屋から聞きました。ごいっしょさせてもらったおり、桜井さんがお帰りになったあとで茶をもってまいりました」

「それなら話が早え。和泉屋は子どものことは言ってなかったか」

「たしか、嫡男が十四で、娘が十歳だと聞きました」

琢馬が、一重の眼をほそめ、左手で顎をなでる。

「そうじゃねえんだ。和泉屋には、死んだ先妻とのあいだにもうふたり子がある。うえの娘はふじって名で、日本橋小伝馬町にある両替屋の遠州屋に嫁いだ。倅の名は長太郎で、年齢は二十五か六。勘当されて遠州屋にいる」

宗右衛門は倅と娘と言ったのであり、嫡男とは言わなかった。倅が一人前になるまでは死ぬわけにはいかないと話していたので、てっきりそうだと思ってしまった。勘違いである。

あの家を隠居所として建てた理由には得心がいった。しかし、琢馬の真意がわからない。

怪訝な表情をうかべたようだ。琢馬が笑みをこぼす。

「もうちょい待ってくんな。四年くれえになるかな、長太郎が悪所がよいをはじめた。吉原の花魁にすっかりのぼせあがっちまった。そんときは、和泉屋に説教されて吉原がよいをやめた。ところが、二年めえにまたはじめちまった。跡取りだ、番頭たちは主に知られねえようにかばってたらしいが、店の金をつぎこみすぎて隠しきれなくなった。で、倅とは思わねえからでてけって追いだしちまった。ここまではいいかい」

真九郎はうなずいた。

「くわしくは知らねえが、和泉屋はあそこのほかにもあっちこっちに地所をもってる。噂じゃあ、長太郎は心をいれかえて、遠州屋の手代をやりながら熱心に商売の修業をしてるってことだ。和泉屋は、商人としての評判はわるくねえ。が、このことにかんしちゃあ、長太郎に同情する奴のほうが多い。つまりは、そういうこった。あそこに住むからには、おめえさんも知っておいたほうがいいと思ったのよ」

「和泉屋との仲立ちに利用されかねないわけですか。さらなるめんどうはごめんこうむります。礼を申します」

「ふじってのは、かなり気の強え女らしい」

「心しておきます」

真九郎は、左よこの障子にちらっと眼をはしらせた。気づいた琢馬が、顔をむける。

声がかかった。

「桜井の旦那」

「おめえもへえんな」

「よろしいので」

「かまわねえよ。ついでに杯もな」

「へい」

藤二郎が障子をあけた。

背丈は五尺六寸（約一六八センチメートル）ほど。眉が濃く、鼻筋がとおり、薄い唇のにがみばしった男ぶりである。

食膳をおいた女中がでていき、障子をしめた。

「藤二郎と申しやす。お見知りおきを願（ねげ）えやす」

真九郎も名のった。

琢馬が言った。

「和泉屋の一件をちっとばかし考（かんげ）えてみてえんだ。おめえさんにも知恵を貸してもらいてえ」

「わたしもお話ししておきたいことがございます」

「なんでえ」

真九郎は、左頬から顎にかけて斜めに疵痕（きずあと）のある剣客のことを語った。

雪江には団野（だんの）道場の者だと言ったという。真九郎がもどったのは、それから半刻（一時間）ちかくたってからだ。

琢馬が眉間に皺（しわ）をきざんで腕をくむ。

藤二郎がつぶやく。

「いってえどういうことで」

真九郎は、ゆっくりと首をふった。たしかなのは、和泉屋を襲った者たちを知っているということのみだ。

琢馬が腕組みをとく。

「厄介な奴が一名ふえたってことだ。最初の和泉屋襲撃、おめえさん、どう思う」

「襲ってきた者たちは、人数をそろえて待ち伏せておりました。和泉屋のみが遅くなるのを知っていた何者かが、あの者たちをひそませた」

「おいらもそう思った。あの夜あつまったんは、霊岸島の酒問屋の主たちだ。手分けしてあたらせたが、和泉屋と揉め事をおこしてる者はいねえ。こねえだ、最初のときにおめえさんに斬りかかってきたふたりめはかなり遣うって話してたよな」

真九郎は首肯した。

斜めにとびこんで脾腹を浅く断ったあと、いっきに踏みこまれてしまった。それでも、まっ向上段からの太刀筋をうけることはできた。だが、鍔迫合いになると、たがいに動けなくなる。それをさけるため、とっさに跳んだのだが、駕籠舁の頸を刎ねた太刀捌きといい、なまなかの遣い手ではない。

　琢馬がつづける。

「小柄をうけた奴をのぞくとしても、まだ三名残ってる。そのうちの一名は遣い手だ。おめえさんのとこにきたのが、あんときの五人めだとも思えるんだが、こねえだのことがあるから、それもたしかじゃねえ。おめえさん、どう思う」

「二つほど考えられます。ひとつは、失敗した者たちをみかぎり、あらたに雇った」

「もうひとつは、ほかにも和泉屋に恨みをふくんでる者がいるかもしれねえってんだろう」

　真九郎は、ほほえみ、うなずいた。

　琢馬とのやりとりを楽しみはじめていた。

「和泉屋は心あたりはねえって言ってる。だが、あれだけの大店をきりもりしてる商人だ、一筋縄じゃいかねえ」

「寄合ででかけたときの相手をひかえておいたらどうでしょう」

　一重の眼が光る。

「今度襲われたときにおんなし名があったら、そいつをさぐればいいわけか。それも策だな。いっぽうで、二度めは寄合じゃねえ」

「和泉屋のなかに報せた者がいることになります」

「そういうこった。いま、藤二郎の手下(てか)にあたらせてる」

藤二郎が顎をひく。

「去年の秋あたりからあらたに雇った下男下女をさぐらせておりやす。それに人足までくわえると、相当な数になりやす」

つぎの寄合でどうするかを話し終えたころ、銚子がからになった。

「藤二郎、今宵はちっと遅くなる。五ツ（八時）じぶんに御番所に迎(むけ)えにきてくんな」

「かしこまりやした」

膝をめぐらせた藤二郎が障子をあけ、きくを呼んだ。

懐(ふところ)に手をいれようとすると、琢馬が制した。

「ここはおいらの顔をたててくんな」

藤二郎ときくに見送られ、菊次をでた。

琢馬が、よこにならぶようながした。

「馳走(ちそう)になりました」

「なあに」

「天麩羅は珍味でした。妻をつれてきて食(しょく)させようと思います」

琢馬が、ふいに顔をむけた。眉をひそめている。

「妻って、つまり、おめえさんの奥かい」

真九郎はいささかむっとした。

「むろんです。ほかに妻はおりません」

「うん、まあ、てえげえはそうだよな。わるかったな、行こうか。……ふむ、そういう策もあるのか、なるほどな」

最後は、歩きながらの独り言であった。

思案げな琢馬と、四つ辻で別れた。

琢馬については宗右衛門から聞いている。

三十六歳で二女一男の子がある。十六歳から見習で出仕していたが、過労に熱発がかさなって亡くなった父親の跡を継いで十八歳で本勤になった。定町廻りに抜擢されたのは七年まえである。

二

三日、居間で中食の食膳をはさんだとたんに、雪江が言った。

「わたくし、これまでなにも知らずに生きてきたように思います」

真九郎は、驚いて雪江を見つめた。

「なにごとだ」

「長屋にいたころは、あれも、これも、とおたねに言われるがままにもとめておりました。なにが要るのかを考え、おちついてえらぼうとすると、いろいろといくつもあって迷ってしまうのです。家の者は、あのように品をえらびながら買いもとめる楽しさを知っていたのですね。わたくし、ちっとも知らなくて、とても損をしたような気がいたします。あとでまた、おとよをつれて行ってみたいのですが、よろしいですか」

「わたしは、厨のことはなにも知らぬゆえ、雪江の思うようにしたらよい」

雪江がにっこりとほほえんだ。

それいらい、雪江は、とよをともない、嬉々としたようすで連日でかけている。

八日は雨もようの一日だった。晩春三月になってはじめての雨だ。さきほど、雪江がうらめしげに空を眺めていた。

真九郎は、廊下の柱にもたれて風にながれる霧雨を見ていた。

梅の木も土蔵の白壁も、雨に濡れ、ひっそりとしている。

空は薄墨をながした青だった。

とよが茶をもってきた。いまだに緊張するようであった。

真九郎は、笑みをうかべ、話しかけた。

「訊いたことがなかったが、おとよはいくつになるのかな」

「十七にございます」

「そうか。平助の歳はぞんじておるか」

「はい、五十です」

表情が硬いままだ。慣れるのを待つしかなさそうであった。

「もういいよ」

とよが辞儀をして厨へ去った。

夕刻、和泉屋が寄合にでかける。場所は、両国薬研堀の料理茶屋だ。すこしまえに、宗右衛門が蛇の目傘をさしてやってきた。雨だから和泉屋まえの桟橋に屋根船を迎えにこさせるとのことであった。

宗右衛門がもどったあと、平助を菊次へ使いにやった。

天麩羅を馳走になったとき、琢馬にたのまれた。

おそらく、和泉屋には内通者がいる。であるなら、琢馬や藤二郎がしばしば和泉屋に顔をだすわけにはいかない。

この日の寄合についてはすでに報せてある。最初に襲ってきた者たちは猪牙舟で逃げた。だから、歩いて行くことになっていた。

真九郎は、頬疵の剣客が言ったことを考えた。

敵には深川の遣い手のほかにも手練がいるのかもしれない。宗右衛門を襲撃させている者の執念も知っているように思える。

それならばなおのこと、なにゆえ待つ必要があるのか。

頬疵の剣客の言いようは、狙いが宗右衛門ではなく真九郎だとうけとれないこともない。だが、宗右衛門を救ったのは偶然である。

日暮れになっても、雨はやまなかった。

この夜は、新川をはさんだ銀町と四日市町の酒問屋の寄合だった。

宗右衛門が用意させた別座敷で、真九郎は漢籍を読んで待った。

寄合は一刻（二時間）あまりで終わった。

薬研堀の桟橋から屋根船にのった。

雨は本降りになっていた。漆黒の闇夜である。川ぞいのわずかな灯りをたよりに、屋根船が大川をくだっていく。

舳がおおきく右へまがって霊岸島新川にはいったところで、宗右衛門が訊いた。

「鷹森さま、十四日もお願いしてよろしいでしょうか」

「承知した」

「断るつもりでしたが、やはり顔をだすことにしました。つきあいもございますので」

気のりしない口調だった。

「場所はどこかな」

「向島(むこうじま)です」

宗右衛門が沈んだ声でこたえた。

向島は桜の名所である。水戸(みと)徳川家の二万三千坪余もある広大な蔵屋敷のほかに、隅田堤(すみだづつみ)にそって料理茶屋や水茶屋などがならんでいる。しかし、江戸のはずれであり、田畑の多い寂しい土地だ。

桜井琢馬に言われたのであろうことを、真九郎は察した。宗右衛門がひっこんでいるかぎり、襲撃の機会はない。餌(えさ)にしておびきよせる。菊次で会ったおり、真九郎も考えた。しかし、危険であり、口にするのはひかえたのだった。

雨は屋根を叩(たた)くほどに激しくなっていた。宗右衛門が雪洞(ぼんぼり)から小田原提灯(おだわらぢょうちん)に火をうつした。

屋根船が和泉屋まえの桟橋についた。

宗右衛門が障子をあけた。雨が障子を濡らさぬように庇(ひさし)から簾(すだれ)がさがっている。

真九郎は、蛇の目傘をひろげ、舳にでた。

土砂降りだ。

宗右衛門がつづく。

そのとき、篠突く雨音を、木の擦れあう音が破った。

屋根船がおおきく揺れる。

真九郎は、蛇の目傘を捨て、抜刀しながら叫んだ。

「和泉屋、早くゆけ」

屋根船の座敷がにわかに明るくなった。四隅の雪洞が倒れ、燃えだしたのだ。

抜刀した浪人たちが、猪牙舟からのりこんでくる。いずれも襷掛けだ。が、面体は隠していない。

つっこんできたずぶ濡れの敵が、悪鬼の形相で間合を割る。

逆袈裟にくる。

左足をひいてかわし、片手斬りで頸の血脈を薙ぐ。

雨をはじいて血飛沫がとぶ。

真九郎は見ていない。

呻き声を発することもなく簾と障子を突き破った背後から、二番手の切っ先が胸を狙って奔ってくる。

——キーン。

諸手で弾きあげた刀身に疾風の弧を描かせる。腰をおとしながら脇下から斜めに断りさげる。

「ぐわぁッ」

敵が両眼を見ひらき、苦悶の叫びをあげる。

燃えはじめた畳に頭からとびこんでいく。

背後から殺気。

反転——。

両腕をひろげ、まっ向上段からの太刀筋を見切る。敵の切っ先が雨滴を裂いて胸もとをかすめおちる。

すばやく左手を柄にもっていく。

「ヤエーッ」

満腔からの気合を放ち、三人めの右手首を断つ。

「ぎゃあーッ」

手首から血をほとばしらせ、倒れかかってくる。

蹴りとばす。

三人めが猪牙舟に転がりおちる。

真九郎は、さっと血振りをくれて八相にとった。

残るは二名。

ひとりは青眼に、ひとりは上段に構えている。屋根船が音をたてて燃え、宵闇を舐める炎が憤怒にゆがんだふたりの形相を照らす。

ふたりが、摺り足で左右にひらいていく。

挟撃する気だ。

真九郎は待った。琢馬に、できればひとりは手疵だけですませてくれとたのまれている。じゅうぶんにひらかせ、機先を制する。

――ピリピリピリピリ……。

雨音を、呼子の音が突き刺した。

「退け」

片方が叫び、ふたりが猪牙舟に跳ぶ。蓑笠をまとった船頭が、棹を使う。ふたりが、身をひねり、さっと切っ先をむける。

猪牙舟が艫をさきに滑っていく。

炎が唸(うな)りをあげている。叩きつける雨脚(あまあし)をへだてても熱いほどだ。

真九郎はふり返った。

川岸には土蔵がならんでいる。雨の闇にほの白い土壁のきれめを、向けた方角のみを照らす三つの龕灯(がんどう)が猪牙舟を追って駆けていく。

蛇の目傘をさした宗右衛門が、提灯をもって川岸にいる。よこに蓑笠姿の老船頭。桟橋の石段に、番傘と弓張提灯(ゆみはりぢょうちん)をかざした藤二郎。琢馬が、桟橋のなかほどで、炎に照らされ、十手をにぎっている。傘もささず、ずぶ濡れだ。

真九郎は、刀に血振りをくれた。濡れた懐紙(かいし)で刀身にぬぐいをかけ、鞘(さや)にもどす。

桟橋にあがる。

琢馬が詫(わ)びた。

「すまねえ。ふいに大降りになりやがり、猪牙舟が見えなかった」

真九郎は首をふった。

「わたしも、雨音のせいでぶつけられるまで気づきませんでした」

激しい雨脚が川面と桟橋を叩いている。

「あとはおいらがやる。おめえさんは帰(けえ)ってくれ」

真九郎は、うなずき、肩越しにうしろを見た。

ふりしきる雨のなか、屋根船が紅蓮の炎をあげて燃え、湯気が白い靄をつくっている。足場を確保し、宗右衛門を追わせぬためとはいえ、またしてもふたりの命を奪ってしまった。暗然たる気分だった。

夕餉をすませて雪江と茶を喫していると、表の格子戸が音をたてた。

「ごめんくださいやし。亀吉でございやす」

真九郎は、寝所から刀をとってきた。

雪江が訊いた。

「おでかけですか」

「菊次に行くことになると思う」

「あそこの天麩羅は美味しゅうございました」

真九郎はほほえんだ。

「そのうちにまた行こう」

「はい」

雪江の瞳が嬉しげにかがやく。

宗右衛門の依頼を話したときは、あきらめたようにため息をついた。和泉屋の離れへの引越も、たねと遠くなることもあって沈んだ表情でうけいれた。

二度めの襲撃があった夜は不安げに眉を曇らせ、豪雨のなかで襲われた夜はそのことよりも風邪をひかぬかと心配した。湯殿で髪の水気を乾いた手拭で吸いとってもらいながら、ここで見放したら生涯悔やむことになると言うと、わたくしも武家の妻にござりますとこたえた。そのとき、雪江なりに覚悟をかためたようであった。

真九郎は戸口にむかった。

雪江がついてきた。

口をひらきかけた亀吉が、雪江に気づいてぺこりと頭をさげた。

「桜井の旦那に、ご足労願いたいって伝えてくれってたのまれやした。あっしが、なにをお願えするんでやすかって訊きやしたら、そう言やあわかるって怒鳴られてしまいやした。どういうことでやしょう」

「きてほしいってことだ」

亀吉が、まるい眼を見ひらき、口をとがらせる。

「なら、そう言やあいい。お侍はややこしくていけねえ。あっ、申しわけありやせん。旦那、いまのは内緒にしておくんなさい」

真九郎は、苦笑し、草履をはいた。

「わかっておる。まいろうか」

「行ってらっしゃいませ」

雪江にうなずき、格子戸をしめた。

和泉屋の裏通りはすべて戸締りがされている。

横道にでた。

一膳飯屋や居酒屋などは夜がふけるまで商いをしている。女たちが仕舞い湯にくる湯屋(銭湯)からも灯りがもれていた。

長谷川町の長屋にいたころは、雪江はたねに教えられてすこし離れた町家にある女湯にかよっていた。

数町に一軒くらいのわりで、女専用の湯屋があった。娘や、祝言をあげてほどない新造、二十歳すぎの年増などがかよったのであろう。湯屋は番台で男湯と女湯とに仕切られているが、女専用の湯屋なら男に肌を見られるおそれがない。

亀吉が、弓張提灯を右よこにして斜め一歩さきを行く。

新川にめんした四日市町の大川よりの北どなりが塩町で、菊次はその裏通りにある。

屋根船で襲われた翌夕刻に藤二郎がきて、土間の上り口にすわって話した。

大川にでたところで、猪牙舟は雨の帷に消えた。朝、大川の河口さきにある石川島の浜にうちあげられている右手のない浪人の死骸（しがい）を漁師が見つけた。

「またしてもか」

「へい。背中から一突きで殺（や）られておりやした」

真九郎は首をふった。

それが四日まえだ。

亀吉が菊次まえをとおりすぎ、よこの路地をおれた。菊次との境にある格子戸をあける。

「親分、おつれしやした」

奥へ細長い土間だ。正面に二階への階（きざはし）、右が見世との壁で板戸があり、左は廊下と柱をはさんで障子がならんでいる。

柱のこちらに四枚ある障子のなかの二枚が左右にあけられ、藤二郎がでてきて膝をおった。

「鷹森さま、どうぞおあがりなすっておくんなさい」

八畳間の上座で、琢馬が食膳をまえにあぐらをかいていた。

「そちらへ」

藤二郎が路地を背にする場所をしめした。

真九郎は、膝をおり、左脇に刀をおいた。

藤二郎がふり返る。

「亀、きくに鷹森さまのぶんをおもちするよう伝えてきな」

「へい」

藤二郎が障子をしめて膝をおった。

琢馬が、一重の切れ長な眼をなごませる。

「呼びだしたりしてすまなかったな。いくつか話しておきてえことがあるんだ」

屋根船で焼けたふたりをのぞき、最初に仲間に殺された者から石川島に漂着した者まで高札を立ててあるが、いまだ知っていると名のってでてきた者がいない。誰ひとりとして身元が判明しない。かかわりあいになるのをさけている。それもありえなくはない。

「……幽霊じゃねえんだ。みょうだと思わねえかい」

「たしかに」

きくが声をかけ、障子をあけた。

はいってきて、まえで膝をおり、食膳をおく。

「鷹森さま、おひとつどうぞ」

媚をふくんだしぐさに、琢馬が呆れ顔をうかべる。

「おきく、てえげえにしねえと、藤二郎が焼くぜ」

藤二郎が片頬に笑みをきざむ。

「桜井の旦那、面目ねえ。深川で女伊達を張ってたころの癖がぬけねえようで。七五郎に言わせりゃ、きくがてめえに気があると思ってかよってくるまぬけが何人もいるそうでやす。こいつが間男するんなら、あっしがそのてえどの男だったってことで。そんときゃあ、世間に顔向けできねえんで頭まるめて願人坊主にでもなりやす」

きくが、藤二郎に流し目をおくる。

「鷹森さま、堪忍しておくんなさいね。ちょいとからかってみたかっただけです。張りあって射止めたこのひとに坊主になられちゃかないませんので、これっきりにします」

琢馬が言った。

「のろけなら、あとで気のすむまでやってくんな。七五郎の手がすいたらでかまわねえから腹にたまらねえやつをたのむ」

「あい。なにかつくらせます」

きくが、笑みを残して見世に去った。

真九郎は、肩の力をぬいた。

諸白をあおった琢馬が、杯をもどして真顔になる。

「まずはたしかめさせてくんな。新川の連中は、深川で駕籠舁を斬った奴らとはちがうんだな」

「あの雨です。断言はできませんが、そのように思えます」

琢馬がうなった。

「するってえと、これで三組ってことになる。あれいらい、和泉屋は夜でかけるたんびに襲われてる。深川で二度、新川で一度だ。そのつどちがう奴らだ。こいつは、ただごとじゃねえ。逃げる猪牙舟をおいらも見てたが、あの船頭は爺(じじい)じゃなかった」

真九郎も憶えている。

笠をかぶり、ほっかむりもしていた。が、蓑からでていた腕はたくましく、猪牙舟をあやつった膂力(りょりょく)も老人のものではなかった。

藤二郎がかぞえた。

「侍(さむれえ)が、最初に五名(めえ)、つぎに二名、新川で五名。それと、船頭が二名になりやす」

「藤二郎、これがどういうことかわかるかい」

「へい。和泉屋を狙ってるのが誰にしろ、堅気の商人にできることじゃありやせん」

「ああ。そんだけの者(もん)をあつめられる奴にたのんだんだろうよ。はっきりしてんのは、そいつがどうあっても和泉屋を始末する気でいるってことだ」

　琢馬が、眉間をよせる。

「わからねえのは、頬疵の奴と深川の遣い手よ。頬疵の奴は、理由はおいとくとして、まだおめえさんとやりたくねえだけかもしれねえ。だが、深川の遣い手はなんであれっきりでてこねえんだ」

　真九郎は首をふった。

「わかりません。わたしも理解しかねております」

　琢馬がつぶやく。

「おめえさんの腕はとっくにわかってるはずだ。手数をかけてるのに、遣い手はとってある。わからねえ」

　しばらくは、それぞれの思いにしずんだ。

　琢馬が、杯に諸白を注ぎ、いっきにあおる。

「わからねえことをいくら考えたってはじまらねえ。ところでよ、明日、向島までどう行くか、和泉屋から聞いてるかい」

「銀町の船宿まで行き、そこから竹屋ノ渡まで舟をたのんであるそうです」

「船宿の名は」

「浪平です」

「わかった。やはり竹屋ノ渡まで舟か。和泉屋に伝えてもらえねえか、舟は吾妻橋あたりまでにするようにってな。奴らが渡を見張ってるかもしれねえ。表向きはその目眩ましだがな……」

翌夕暮れ、真九郎は宗右衛門とともに新川をこえて銀町の船宿浪平に行った。

二階の座敷で琢馬と藤二郎が待っていた。

堀をめぐらした対岸は、越前の国福井藩三十万石松平家の二万九千余坪もある中屋敷である。

広大な庭園が、夕陽を浴びていた。

琢馬が、宗右衛門に八日とこの日の寄合の顔ぶれを訊き、藤二郎が全員の名をひかえた。そして、八日にこなかった者がいないかたずねた。

宗右衛門が、いくらか眉をよせて首をふる。

「いいえ、みなさまお揃いでした。なにゆえそのようなことを」

「そいつはあとでそっちの旦那から聞いてくんな」

真九郎は呆気にとられた。

「わたしは町奉行所の者ではありませんが」

「気にすんな。おいら、おめえさんをあてにしてるんだ」

真九郎は苦笑した。

宗右衛門とふたりで浪平の桟橋へおりていった。

大川で襲撃されたときのために船足の速い猪牙舟が用意されていた。船頭も、三十歳くらいで、がっしりとした体格だった。

越前堀から大川にでて、上流にむかう。西空が茜色に燃え、夕陽が江戸城のかなたに没しようとしていた。

海からの夕風をうけ、猪牙舟が川面をすべっていく。猪牙舟や屋根船、荷を積んだ幾多の舟がゆきかっている。

永代橋、新大橋、両国橋をくぐる。左岸に、上流の一番堀から八番堀まで六町（約六五四メートル）ほどもつづく広大な浅草御蔵も背にした。

船頭が、吾妻橋たもと本所がわの河岸に猪牙舟をつけた。

吾妻橋を境に、上流が隅田川、下流が大川である。

川ぞいのひろい通りは、往来する人でにぎわっていた。吾妻橋から上流に二町（約二一八メートル）あまり行くと、源森川に架かる源森橋がある。

源森橋をわたれば、水戸徳川家の蔵屋敷だ。塀ぞいの小川と蔵屋敷の池にいたる掘割とがまじわるところに、ちいさな橋がある。名を小梅（こうめ）橋という。男橋と女橋とが枕をならべているように見えることから、源森橋を源兵衛（げんべえ）橋と言い、両方あわせて艶（つや）っぽく〝枕橋〟と呼ばれていた。

人通りは源兵衛橋までだ。橋をわたれば、向島小梅村である。

蔵屋敷の門前をすぎたところで、真九郎は琢馬が寄合にあつまった者を訊いた理由を話した。

宗右衛門が眉間にふかい皺をきざんだ。

蔵屋敷をすぎると、道ぞいに桜が枝をひろげている。隅田堤の桜並木は、八代将軍吉宗（よしむね）が植えさせた江戸名所のひとつである。

夕闇が迫りつつあった。

竹屋ノ渡まえに三囲稲荷（みめぐりいなり）への参道があり、それをすぎたところに今宵の料理茶屋があった。

薬研堀のおりとおなじように、宗右衛門が用意した別座敷で持参した書物をひらいた。むろん、料理も三の膳まであった。

一刻（二時間）あまりで、廊下を足音がちかづいてきた。

真九郎は、漢籍に栞をはさみ、袱紗で包んだ。

襖があいた。宗右衛門がひざまづいている女中のよこをまわってはいってきた。そして、膝をおるのもそこそこに言った。

「鷹森さま、よろしければまいりましょう」

真九郎はうなずき、漢籍を包んだ袱紗を宗右衛門にわたした。

女中が案内に立つ。二歩うしろを宗右衛門がついてくる。真九郎は、左手に刀をさげ、あたりに気をくばった。まさかとの思いが不覚をまねく。

草履をはいて土間から表にでる。

料理茶屋の者とほかの客たちが待っていた。迎えの手代に提灯をもたせている者もいれば、料理茶屋の小田原提灯の竹の柄をみずからにぎっている者もいる。

ほかの商人たちを行かせ、真九郎は宗右衛門と最後にならんだ。

月があり、星明かりもある。

夜風がそよぎ、真九郎は心なつかしいような野原の匂いをかいだ。

竹屋ノ渡に待っている屋根船の一艘に四人がのり、残りはそれぞれの舟にのった。渡までおりた宗右衛門が去っていく舟に頭をさげ、もどってきた。

「古くからつきあいのある醬油問屋仲間にございます。みなさま、手前が危難に遭ったのを知っておられ、案じてくださいました。桜井さまがおっしゃるような者がいるとは、手前には信じられません」

「桜井どのの立場としては、ありとあらゆることを考えねばならぬのであろう」

真九郎は、宗右衛門を川がわにならばせた。

宗右衛門が、表情をこわばらせてしたがう。右手でにぎる小田原提灯がこきざみに震えている。宗右衛門が、肩でおおきく、二度、三度と息をした。

震えがおさまる。

左を小川が流れ、そのむこうに水茶屋や百姓家がある。

さっと二歩まえにでて、宗右衛門を制する。

水茶屋の背後から、人影がいっせいにとびだしてきた。

「渡に走れ。桜井どのがいる」

「は、はい」

宗右衛門が、ふり返って駆けだす。

真九郎は、鯉口（こいぐち）を切ってつづいた。が、逃げると見せかけるためだ。

背後から数人の足音が迫ってくる。

刀を抜くなり身をひるがえす。

六人だ。袖も裾もしぼらずに抜刀して駆けてくる。

瞬時に相手の技倆を見てとる。

間合を詰める。

「オリャアーッ」

「キエーッ」

気合を放った正面ふたりが、振りかぶってとびこんでくる。

弧乱を舞う。

雷光と化した刀身が左右に奔る。反転、さらに反転。刀身が前後左右に唸る。国もとで師の竹田作之丞に伝授され、いまだ修行ちゅうの剣だ。

刀を合わすことさえなかった。たちまち、四名が苦悶の呻き声をもらして刀をおとした。

残るふたりが、驚愕に顔をこわばらせて立ちどまる。

切っ先が震えている。

真九郎は、残心の構えからふたりに躰をむけ、青眼にとった。ふたりがあとずさり、背をむけて水茶屋のほうへ走った。

動く気配に、真九郎はふり返った。

ひとりが身をかがめ、刀に手をのばそうとしていた。

真九郎は、冷たく言った。

「今度は容赦せぬ」

浪人の手が凍りつく。

四名とも、肩口から手首にかけて一箇所から三箇所の疵をおっている。いずれもふかくは斬らなかった。

——なにゆえだ。

真九郎は自問した。

これまでのなかで、もっとも腕の劣る者ばかりだ。

御用提灯を先頭に琢馬たちが駆けてくる。浪平から屋根船をしたて、竹屋ノ渡で客待ちをよそおっていた。

琢馬が命じた。

「藤二郎、こいつらに縄をうてッ」

四人に縄がうたれるまで待ち、真九郎は血振りをした刀に懐紙でていねいにぬぐいをかけて鞘にもどした。

琢馬が、笑みをこぼす。

「やってくれたな。ありがとよ」

「ふたりは逃げられてしまいました」

「なあに、こいつらに吐いてもらう。これで目処がつきそうだ」

それならよいのですがと言いかけた言葉を、真九郎はのみこんだ。これまでなんの手掛りもなかったのだ。琢馬の喜色をそこないたくなかった。

御用提灯をもった亀吉ともうひとりに前後を護られて宗右衛門もやってきた。

琢馬が上機嫌な声をだした。

「おいらは、こいつらをしょっぴいてく。亀に舟まで送らせようか」

亀吉は愛敬があり、真九郎は気にいっている。

真九郎は、笑顔をうかべた。

「いえ。それにはおよびません」

「そうかい。礼はあらためてするよ。じゃあな」

琢馬たちが去っていく。

宗右衛門がふかぶかと頭をさげた。

「鷹森さま、いくたびもお救いいただき、お礼の申しようもございません」

宗右衛門も安堵しきっている。

真九郎は、疑念を隠してほほえんだ。

「気にせずともよい」

「それにしても、桜井さまや藤二郎親分が渡におられるとはぞんじませんでした」

「すまぬことをした。敵に悟られぬためだ。まいろうか」

さきになろうとする宗右衛門を制し、真九郎はよこにならばせた。宗右衛門が眉をよせて見あげる。

「用心のためだ。舟にのるまでよこにいてくれ」

「かしこまりました」

水戸徳川家の蔵屋敷まで二十間（約三六メートル）ほどになったとき、真九郎は脇差を抜きはなって宗右衛門のまえにとびだした。

風を切って飛来する鏃（やじり）を弾く。

二の矢。弾く。三の矢。はたく。

十間（約一八メートル）ほどさきの桜の木陰から、面体を覆った侍がとびだし、下屋敷のほうへ駆けていく。

真九郎は、残った懐紙で脇差にぬぐいをかけて鞘におさめた。そして、左手を刀の鍔にかけていつでも鯉口を切れるようにして、左の小川のほうへ一歩、二歩とすすんだ。

宗右衛門がもつ小田原提灯をさえぎったおのれの影が、橋をこえ百姓家のほうへのびていく。

百姓家の陰から、ふっと人の気配が消えた。

真九郎は、もどりかけた足をとめた。

隅田川に背をむけ、半弓を手にして水戸家蔵屋敷の塀ぎわを駆けていく者がある。月光をあびてよこぎっていく黒っぽい人影を、しばし眼で追う。

宗右衛門が、蒼(あお)ざめた顔で見つめている。

「では……」

真九郎はうなずいた。

「わたしが逃げた者を追えば、和泉屋さんはひとりになる」

はたきおとした矢が土に刺さっている。半弓の矢だ。

「まいろう」

「は、はい」

しばらくして、宗右衛門が言った。

「鷹森さま」

「なにかな」

「手前は、これほど人に恨まれるおぼえはございません」

夜分におよぶ他出のたびに襲われている。気の毒には思ったが、こたえようがなかった。

三段構えで待っていた。

一味には策士がいる。

まずは技倆の劣る者たちに襲撃させ、捕らえさせる。捨て駒だ。その者たちを捕縛した町奉行所の手の者はいなくなる。

安堵した直後を弓で狙う。それが失敗したとみるや、追えといわんばかりに身をさらす。そして、百姓家の陰に刺客をひそませる。

容易ならざる相手だ。しかしいっぽうで、それだけの手間と策をめぐらせながら遣い手はひっこめたままだ。理解できぬやりようである。

三

陽射しが、日に日に強さをましていく。

晩春三月の十七日と十八日は、浅草にある金竜山浅草寺(きんりゅうざんせんそうじ)の三社祭(さんじゃまつり)である。一年おきの本祭の年であった。

御輿が船で浅草橋から駒形堂まで浅草川（大川）をさかのぼる三社祭は、江戸城に御輿をいれて将軍家も上覧する神田明神の神田祭と山王権現（日枝神社）の山王祭との両天下祭、そして深川富岡八幡宮の祭などとともに江戸っ子の血をわきたたせる行事であった。

十九日、中食を終えるのを待っていたかのように、たねがきた。

雪江が瞳をかがやかせて迎えにでた。什器をそろえるのもいちだんらくしたとみえ、ここ数日は手持ちぶさたにしていた。

真九郎は、居間から客間にうつった。

障子を両側にひらき、書見台を廊下ちかくにおいて漢籍を読む。

たねは、半刻（一時間）あまりも休むことなく三社祭の昂奮を話しつづけた。ときおり、けたたましく笑う。そのたびに、真九郎は書見に集中しきれないおのれを叱咤した。

ようやく話し声がやんだ。

たねが挨拶して帰っていった。送っていった雪江が客間にきてすわったとたんに、格子戸があいた。

「奥さまっ」

たねだ。

雪江が、くすっと笑い、戸口へ行った。すぐに格子戸のしまる音がして、もどってきた。封書をもっている。

「表にでたところで、浪人に声をかけられ、たのまれたそうです」

膝をおった雪江が、封書をさしだす。

真九郎はうけとった。

表にはなにも記されていない。裏を返す。左封じだ。

雪江が顔をこわばらせる。

「おちつきなさい」

真九郎は、ていねいに包みをといて書状をひらいた。

鷹森真九郎殿

遺恨の儀あり。倶(とも)に天を戴(いだ)かず。雌雄を決するを欲す。

明日(みょうにち)明六ツ、寺島(てらじま)ノ渡(わたし)にて待つ。

佐和大助(さわだいすけ)

高山信次郎(たかやましんじろう)

書状をおり、包みなおす。

「団野先生にお会いしてくる」

武家の妻らしくひかえてはいる。が、表情が語っている。

真九郎はほほえんだ。

「心配せずともよい。もどったら話す」

なにか言いたそうであったが、黙ってうなずいた。

真九郎は、したくをして雪江に見送られた。

うしろ手に格子戸をしめたとたんに、おだやかな表情を消した。脳裡で、疑念が暗雲のごとく渦巻いていた。

文化三年（一八〇六）は晩春三月四日に江戸で大火があり、松平壱岐守が今治に帰国したのは初秋七月にはいってからであった。

雪江の父の脇坂彦左衛門を側用人として召しだした数日後、壱岐守は野駆けにでた。

そのおりのできごとを、真九郎は夜になって兄の太郎兵衛から聞いた。

供をしたのは、太郎兵衛のほかに四騎だった。城下を離れ、しばらく馬を駆っていると、大勢の村人がならび歩いていた。

葬列だった。太郎兵衛は、馬を主君のよこにすすめ、言上した。

「殿、お止まりくだされ。不浄の列にござりまする」

壱岐守が馬をおさえた。

太郎兵衛は、風上である左手の丘陵をしめした。

「どうか、あれへ」

「いや、待て」

壱岐守が葬列を見つめる。

「あれにおるは、八兵衛ではないか」

棺桶のまえを歩いているのは、たしかに八兵衛であった。

苗字帯刀をゆるされた宮原八兵衛は、近在の村の世話役もつとめる有力庄屋である。

野駆けのおりに、屋敷にたちよって茶を所望することもたびたびであった。いや、むしろ領内の有力庄屋の屋敷をおとなうために野駆けをするようなものであった。

「八兵衛の身内の者とみゆる。見知ったからにはすててもおけまい。太郎兵衛、まいるぞ」

「はっ。おさきをごめん」

太郎兵衛は馬を駆った。

駆けてくる騎馬武士に、葬列は歩みをとめた。

すこし離れて供をしたがえているのが城主だと気づき、百姓たちがあわててその場に平伏する。

太郎兵衛は、馬をおさえて並足にし、平伏している百姓たちの二間（約三・六メートル）ほどてまえでおりた。

壱岐守が到着した。

太郎兵衛は主君の馬の手綱をとった。

主君が下馬し、八兵衛のもとへむかう。太郎兵衛は、両馬を後続の若侍にあずけ、主君のあとにしたがった。

壱岐守が、八兵衛のまえに立った。

八兵衛の斜めうしろに棺桶がある。太郎兵衛は、主君と棺桶とのあいだをさえぎるべく、腰をかがめてすばやく背後をまわり、主君のよこ一歩まえで躰を横向きにして片膝をついた。

壱岐守が声をかける。

「八兵衛、そちが身内の者か」

返事はなかった。

八兵衛は、地べたに両手をつき、ふかぶかと頭をさげたままだ。肩が震えている。嗚咽をこらえているようであった。

太郎兵衛は、いぶかしく思いながらもやさしくうながした。

「殿が仰せである。八兵衛、おこたえせよ」

「………」

周囲を見ていた壱岐守の顔がこわばる。

「八兵衛、つるの姿が見えぬが、よもやつるではあるまいな。こたえよ」

つるは、十七歳になる八兵衛の娘である。前年の野駆けのおりも、庄屋屋敷の縁側に腰かけた壱岐守のもとへ、茶をもってきた。片頬にえくぼのできるぽっちゃりとした可愛い娘だ。

八兵衛の肩がおおきく震える。

「あのつるが病で亡くなったとも思えぬ。理由を申せ」

「………」

「八兵衛ッ」

「申しあげます」

泣き声だった。

つるは自害したのだった。部屋に書置きが遺(のこ)されていた。辱(はずかし)めをうけ、生きてはいけないとつづられていた。三日(みっか)まえの昼間、村ちかくを流れる川原の茂みでてごめにされたのだ。

相手を問いつめると、家中の者だと認めた。

「名を申せ」

壱岐守の声が憤怒をおびる。

八兵衛がためらう。

「言わぬかッ」

叱りつけられ、ようやく相手の名を告げた。

上士の柿沼吉之介(かきぬまきちのすけ)だった。

吉之介も、野駆けのおりに屋敷にたちよっていた。つるは吉之介の顔を見知っていたが、吉之介はつるの顔を知らない。

八兵衛がださなかったのだ。

壱岐守はしばし黙っていた。

やがて、静かな口調でやわらかく告げた。

「ていちょうに葬ってやるがよい。あとで、予の使いをつかわすであろう」

それ以降、壱岐守は無言であった。一言も発しないだけに、太郎兵衛はかえって主君の心中を察した。供の若侍たちもいちように緊迫した顔だった。

「他言無用」

太郎兵衛は、供の若侍たちにきつく申しわたした。

翌日、真九郎は、城中で大目付の戸田左内に暗くなってから屋敷にひとりでくるようにと言われた。

戸田左内は頑固な一徹者として知られた老人である。陽がおちてから半刻（一時間）ほど待ち、真九郎は左内の屋敷をたずねた。

すぐに書院にとおされた。

左内が待っていた。

ひそかに、かつ早急に柿沼吉之介の日ごろの行状を調べるよう命じられた。しかも、主君じきじきに真九郎を名指ししての内命であるとのことだった。

真九郎は拝受した。

城下に古くからある樋口道場の門人たちは、竹田道場を〝竹馬道場〟と蔑称していた。竹刀剣術など子どもの遊びだと言いたいのだ。柿沼吉之介は、その樋口道場でも聞こえた遣い手だ。

目付には内偵につかう町家の者たちがいる。真九郎は、そのなかから口が固い者をふたりえらんだ。

ひとりには城下での吉之介の評判と噂をあつめさせ、もうひとりには近在の村をまわらせて家中の被害に遭った者がないか、若い娘が辱めをうけた噂がないかをさぐらせた。

報告がもたらされるにしたがい、真九郎は眉をひそめ、みずから足をはこんでたしかめた。

吉之介に凌辱された者は、確認できただけでも三名いた。噂をかたくなに認めようとしない件をくわえると、倍をこえる数であった。噂にもならずに泣き寝入りしているかもしれない者までふくめると、いったいどれほどの数になるのか。

真九郎は暗澹たる思いだった。

ひとりは夫婦になってほどなく、もうひとりは十五歳の乙女だった。

若い百姓も十五の乙女をけがされた父親も、おらたちになにができるだ、と怒りに震える声で叫んだ。その眼の底に、真九郎は、いたたまれなくなるような怯えと、いざとなったらおまえだって同類の獣ではないかとの憤りを見た。

三人めの娘には、祝言の日取りまできまった相手がいた。噂がたち、娘は海に身を投げた。

真九郎が注目したのは、三人めの娘がお侍三人に辱められたと話していたという母親の言葉だった。

城下における吉之介の行状も判明しつつあった。

吉之介には腰巾着(こしぎんちゃく)と揶揄(やゆ)されるふたりがいた。下士(かし)の佐和大助と高山信次郎である。町人への無体(むたい)な打擲(ちょうちゃく)や居酒屋での狼藉(ろうぜき)。いずれも、民の範たるべき武士のふるまいとしては捨ておけぬ所行だった。

真九郎は、庄屋の八兵衛もたずねた。

八兵衛がつるをださなかったのは、やはり吉之介のよからぬ評判を耳にしていたからであった。

半月ほどかけたうちのたしかな事実のみを、真九郎は書付にして戸田左内に提出した。

数日後の昼、真九郎は左内の屋敷に呼びだされた。

城内では昨日(さくじつ)から、いまだ出仕もしていない佐和大助と高山信次郎が大目付に喚問されているとの囁(ささや)きがかわされていた。

左内は、上意書をしめし、真九郎ひとりで吉之介の屋敷に行くよう命じた。

通常であればこのような使者は二名である。真九郎は、上意書をしめすことなく切腹させよとの意をさっした。

佐和大助と高山信次郎への処置を問うと、両人は国払い、両家はあらためて沙汰あるまで謹慎とのことであった。

真九郎は、屋敷にもどって衣服と刀をあらため、柿沼の屋敷をおとずれた。

上意書を懐にしたままですべてが露顕したことを告げると、吉之介が冷笑をもって応じた。

「腹を切るのはかまわぬ。だが、そのまえに、冥土への土産に忠義面してつまらぬことを嗅ぎまわる犬をかたづけてやる。竹刀剣法がどれほどのものかみせてもらおう。庭にでろ」

「やむをえませぬ。ぞんぶんに用意なさるがよろしい」

吉之介が怒気を発した。

「愚弄する気か。おぬしなど始末するのに助太刀はいらぬ。まいれ」

刀をつかんだ吉之介が、乱暴に障子をあけ放ち、庭へとびだした。

そういう意味ではなかった。着衣をあらためるなり、襷掛けをするなり、したくをするようすすめたつもりだった。

真九郎は、肩衣をぬいできちんとたたみ、そのうえに上意書をおいた。そして、股立を浅めにとって庭におりた。

「いざッ」

刀を抜く。

吉之介が青眼に構えた。

真九郎は、八相にもっていった。

吉之介の顔面が朱にそまる。上体が破裂せんばかりの殺気を放つ。真九郎は自然体で微動だにしなかった。吉之介がいらだつ。

「オリヤーッ」

裂帛の気合を放って刀を振りかぶる。

おのれの技倆を過信した一撃であった。尋常の腕前なら、大柄な吉之介がまっ向上段から渾身の力で斬りおろす刀身をうけることすらかなわず、面を割られる。

そのはずであった。

が、真九郎は、疾風のごとく間合に踏みこむなり一文字に腹を薙いだ。そして、吉之介の刀身をかわし、返す刀でまえのめりに崩れかかる躰から首を断ち斬る。

真九郎は、懐紙で刀にぬぐいをかけ、鞘におさめた。

吉之介の母親とおぼしき婦女が、顔面を蒼白にして廊下の柱にすがりついていた。

真九郎は、わずかに低頭した。

「上役には、みごとな最期であったと申しておきまする。あとのご始末を」

沓脱石で懐から手拭をだして足の裏をぬぐってから座敷にはいり、衣服をととのえた。

襖のむこうに殺気だった家士たちの気配があった。

真九郎は、廊下にでて一喝した。

「上意。手向かい無用」

柿沼吉之介を上意討ちにしたのは三年まえだ。

そのとき国払いとなった佐和大助と高山信次郎が江戸にいることに驚きはない。真九郎も、雪江とふたりで江戸にきた。

当時、佐和大助は二十三歳で、高山信次郎は二十二歳。大助は長男で、信次郎は次男だ。

柿沼家は、末娘が婿養子をとり、跡目相続をした。佐和の家も高山の家も、ふた月で謹慎がとけた。柿沼が家名断絶にならぬからには、予測された処置であった。

しかし、大助には弟妹がいない。噂ではいずれ親戚の者を養子にするとのことであった。

身分がちがい、道場もちがう。だが、あのおりの探索で、真九郎はいくたびかふたりをひそかに見ている。

真九郎は竹田道場の師範代として家中で知られていた。ふたりが、真九郎の顔を知っていたとしても不思議はないし、逆恨みしているのであればなおさらだ。

水戸家蔵屋敷の塀で見た侍は、背恰好が高山信次郎と合致する。しかも、信次郎の父親は弓をよく遣うとの風聞であった。

真九郎は、おのれは運がよかったのだと承知している。旧師のってであらたな師をえて、職もえた。

佐和大助も高山信次郎も、みずからの素行がもとで追放された。

三年の歳月はながく、ふたりとも悪事に手をそめる素地がある。片方だけなら偶然もありうる。しかし、深川で和泉屋を斬ろうとしていたふたりは、背恰好が大助と信次郎の両名とおなじだ。

ふたりは驚いたように逃げていった。

あのときは、敵には遣い手もおり、真九郎がくるのが早すぎたことに驚愕したのだと思っていた。しかし、真九郎だと気づき、愕然としたのかもしれなかった。

「皮肉なめぐりあわせだ」

真九郎は独語した。

ひろい江戸で、三年のあいだ想いだすことさえなかったふたりと、またしてもかかわりができてしまった。

和泉屋を始末するには真九郎が邪魔である。となると、待ちうけているのは大助と信次郎だけではあるまい。

源之進(げんのしん)は道場にいた。

真九郎は客間にとおされた。ほどなく、源之進がはいってきた。

上座で膝をおったとたんに柔和な表情がひきしまる。

「なにかあったようだな」

真九郎は、懐から果し状をだして畳におき、師のほうへさしだした。

「これがとどけられました」

源之進が封書を手にとって裏をあらためる。眉ひとつうごかさない。

読んだ書状をおって包みなおし、まえにおいて顔をあげた。

「遺恨とは、どのような」

「先生にはじめてお会いしたおり、上意討ちのことをお話しいたしました」

源之進が首肯する。

「わたしは、国もとでは目付をしておりました。上役の命により、ある者の素行を調べました。結果、その者は切腹を命じられ、その者に追従して、ともに悪行をかさねておりましたふたりは国払いとなりました。しかし、その者はわたしに遺恨をいだき、切腹のまえに道づれにしてやると言われ、やむなく立ち合いました。国払いとなった両名が、佐和大助と高山信次郎です」

「どこぞで真九郎を見かけ、住まいをつきとめたというわけか。仔細はわかった。果し合いを挑まれたからには応ずるよりあるまい。どうやら神仏は、真九郎に阿修羅道を往けと命じておるようだな」

源之進が眼をおとす。

「これはわたしがあずかっておこう。ご府内での刃傷沙汰だ、町奉行所がでてくる。果し状はわたしにあずけてあると言いなさい。出稽古については、案ずるにはおよばぬ。長くはかからぬと思うが、真九郎が行けるようになるまではわたしがかよう」

配慮が身にしみるだけに、師をだます結果となっているのがいっそう心苦しかった。だが、和泉屋の一件と、佐和大助と高山信次郎の両名はきり離さねばならない。

真九郎は両手をついた。

「ご迷惑をおかけします」

「果し合いではなにがおこるかわからぬ。油断せぬことだ」

「肝に銘じます」

「喜三郎（きさぶろう）にはつたえておくから報せてくれ。万が一にも連絡がなければ、真九郎の骨はわたしが拾ってやる」

「お願いいたします。先生、したくもありますので、これにて失礼します」

源之進がうなずく。

真九郎は、低頭して退室した。

来た道をいそいでもどる。

雪江には、国もとでのいきさつをかんたんに説明し、ふたりともたいした腕ではないからと安心させた。

「かならず帰ってくるが、雪江も武士の妻であるからには万一の覚悟だけはしておくように」

「わかっております」

平助に、いるならお会いしたいと宗右衛門を呼びにやった。

宗右衛門がきた。

真九郎は、居間から廊下にでて膝をおり、てのひらで宗右衛門に腰かけるようながながした。

辞儀をした宗右衛門が、沓脱石に足をのせて廊下に腰をおろした。

「呼びたてて申しわけない」

「ご用がおありでしたら、いつなりともお声をかけてください。それで、なんでございましょうか」

「じつは……」

真九郎は、雪江に話したよりもさらに簡略に、国払いとなった者二名に逆恨みされて果し合いを挑まれたことを語り、刻限と場所を告げた。

「そのような理由(わけ)で他聞をはばかる。刻限にまにあうよう今宵は浪平に泊まり、寺島ノ渡まで行こうかと考えておるのだが、口添えを願えまいか」

「承知しました。よろしければこれよりごいっしょいたしましょう。先夜の多吉(たきち)は腕のいい船頭ですし、無口で信用がおけます。あの者を用意させましょう」

「かたじけない」

「そうですか、よほどのご事情があってご浪人をなさっておいでなのだと拝察しておりました。では、手前は店(たな)でお待ちしております」

宗右衛門がもどっていった。

寝所の刀掛けから刀をとり、真九郎は戸口にむかった。雪江がついてくる。つねより挙措がおちついている。いざとなれば、やはり武家の妻女である。真九郎は安心した。

宗右衛門の依頼を、浪平の亭主は二つ返事で承知した。

夕餉のあと、風呂にはいり、まあたらしい下帯（褌）を締めた。

雪江がかいがいしくしたくをする。

用意がととのったところで、平助を呼んだ。

風呂敷包みとぶら提灯を平助にもたせ、真九郎は草履をはいた。

「平助、表で待ってなさい」

「かしこまりました」

平助が、表にでて格子戸をしめる。

真九郎は、ふり返った。

雪江が見あげている。

「案ずるな。雪江を独りにはせぬ」

雪江の顔がゆがみかけ、瞬きをする。

「このようなおりの涙は禁物にござります。お帰りをお待ちしております」

「うむ。では、行ってくる」

格子戸をあけ、家をでた。

かすかに聞こえる暁七ツ（四時）のおさえた鐘の音で、真九郎は眼をさました。

行灯の覆いをとり、芯を伸ばして火をおおきくする。

風呂敷包みをひらいてしたくをはじめた。古着の布子（綿入りの木綿）をきて、おなじく古着の伊賀袴をはく。足袋のうえに脚絆をまき、すぼめた袴の裾をたくしこんでしめる。

きてきた衣服を風呂敷で包んでかたわらにおく。

夜具をととのえ、正座して瞑目し、待つ。

やがて、廊下をちかづいてくる気配があった。

「お客さま」

亭主だ。

「かまわぬ」

襖があく。

「そろそろ刻限にございます。おでかけのご用意を」

真九郎は、立ちあがって腰に大小をさし、袱紗包みと草鞋を手にもった。

「風呂敷包みに、衣服のほかに財布のたぐいがはいっておる。あずかっておいてもらえぬか」

亭主の顔がこわばる。真九郎のいでたちにただならぬ事態を察したようだ。宗右衛門は、明六ツ（六時）までにまちがいなく寺島ノ渡まで送るよう依頼しただけで、理由（わけ）は告げなかった。

「かしこまりました。ご案内いたします」

亭主が手燭（てしょく）をもってさきになる。

階下におりる。

土間の上り口に腰をおろし、真九郎は草鞋をはいてしっかりとむすんだ。

猪牙舟には、すでに多吉がいた。

亭主に案内され、真九郎は桟橋へおりた。

多吉は中背だが肩幅があり、ひきしまった体軀をしている。払暁（ふつぎょう）のなかでも、ほそい眼と顎のあたりに意思の強さが見てとれた。

猪牙舟が桟橋を離れた。

越前堀から大川にでる。

東の空が、わずかに白みはじめている。

大川にあるのは多吉が漕ぐ猪牙舟のみだ。寺島ノ渡は、竹屋ノ渡のさらに上流にある。

多吉が力強く艪をあやつり、猪牙舟が水面をすべっていく。

真九郎は、袱紗包みをひらいて竹で編んだ縦長の弁当行李（弁当箱）をあけた。

浅草海苔で包んだにぎりめしが三個ある。雪江が心をこめてにぎったおむすびだ。よく嚙みしめて、一個だけ食べる。川の水で手を洗い、竹の吸筒（水筒）から冷めた白湯を飲んだ。

吾妻橋をすぎた。

懐からだした紐で襷をかけ、手拭で額に汗止めをする。

多吉が黙々と艪を漕ぐ。

船足がいくらか速くなった。

竹屋ノ渡をすぎた。

東の空が、白さに青みをおびはじめている。夜明けがちかい。川面をわたってくるそよ風がすがすがしい。朝の息吹を感じる。

真九郎は、ふかく息を吸い、ゆっくりとはいた。

猪牙舟が岸と寄洲とのあいだをすすむ。

桟橋に人影がある。

猪牙舟がちかづくにつれ、着古した着衣の浪人が岸のほうへ歩をすすめる。大柄な体格だ。襷掛けをしている。しかし、額に汗止めはしておらず、足もともしぼっていない。

さらに助太刀をあつめたようだ。

どれほど加勢があり、深川の遣い手と頬疵の剣客までそろっていても、佐和大助と高山信次郎の両名を討ちはたさねばならない。

遠くで明六ツ（六時）の捨て鐘が鳴った。

猪牙舟が渡の桟橋によこづけされた。

真九郎は、立ちあがり、ふり返って多吉を見た。

「にぎりがある。よければ、食べて待っててくれ。一刻（二時間）ほどたってももどらぬようなら帰るがよい。そのほうに手出しはせぬはずだが、物騒（ぶっそう）な者があらわれたらすぐに舟をだして逃げろ。よいな」

硬い表情の多吉が、無言でうなずく。

猪牙舟をおりる。

桟橋のはずれで待っていた大柄な浪人が、背をむける。

正面に水茶屋と桜の木がある。

花見の時期はとうにすぎた。

浪人が道を下流にむかう。数歩ごとにさっと首をめぐらせる。

空は、青さをましつつある。川ぞいには葦が繁茂し、河原は雑草に覆われている。一陣の朝風が、葦と雑草をざわめかせてすぎていった。

道が川ぞいから土手の方向にまがる。河原に大小の池がある。

隅田堤の桜並木が左右につらなっている。

享保（一七一六～一七三六）のころ、八代将軍吉宗が、梅若塚伝説で有名な木母寺にいたる隅田堤に、桜のほかに桃や柳も植えさせた。時代をへるにしたがい、桃や柳は桜に植えかえられ、花見の名所ができた。

桜並木のむこうは、法泉寺、白鬚明神、諏訪明神と寺社がならんでいる。

坂道をのぼり、堤にでた。

堤の両側に桜がならぶ道を下流方向へ数歩のところで、背後に気配を感じた。するどい眼差が背の盆の窪あたりを刺している。

桜の木陰にとびこむ。

右手で柄をにぎり、左手で鯉口を切る。

刀を抜きはなつ。

桜並木の河原がわを上流へ駆ける。十間（約一八メートル）ほど離れた桜の木陰から、半弓を手にした高山信次郎があらわれた。

並木の反対がわへ走る。

信次郎がこちらがわにくる。

ふたたび反対がわへ。

距離が縮まる。六間、五間、四間……。

真九郎は叫んだ。

「おなじ手はくわぬ」

信次郎が、半弓と矢を放りだし、刀を抜く。

「遅いッ」

構えきれぬ刀を弾きざま、袈裟に斬る。断たれた左腕が血を噴き、裂けた小袖の胸に血がにじむ。

驚愕から苦悶。眼から光が喪われ、膝から崩れおちる。

刀に血振りをくれ、ふり返る。

法泉寺山門まえの土手を浪人たちが駆けあがってくる。六名。佐和大助はいる。頬疵の剣客はいない。六名とも襷掛けのみだ。

堤にあがった先頭のふたりが抜刀。

真九郎は、刃を外向きにして刀身を右肩にかついだ。左手で両刀の鞘をおさえ、河原に駆けおりる。

雑草を蹴り、踏みつぶしながら、土手ぞいを上流へ二十間（約三六メートル）ほど走ってふりむく。

朝陽は左よこだ。

六名が追ってくる。佐和大助が叫ぶ。

「おのおのがた、あやつを仕留めた者に、さらに二十両だしまする」

「その二十両、もらったッ」

先頭の中背が猛然と駆けだす。

真九郎は動かない。八相に構え、待つ。

中背が眦をけっする。

「死ねーッ」

叫び、躍りあがる。

切っ先が天を刺し、刀身が朝陽に光る。

静から動。左斜め前方におおきく踏みこむ。がらあきの胴を疾風の太刀筋で一文字に薙ぐ。

「ぐえっ」

中背が声をもらし、上体から叢につっぷす。

二番手が脇構えからの一撃。切っ先が毒蛇の牙となって襲いくる。

──ガキーン。

刀を烈しく撃ちあわせ、身をひるがえす。刀は八相。敵が残心の構えをとるまをあたえず袈裟に斬りさげる。

「ぎゃあーッ」

敵が絶叫を放ってよろめく。

駆けてくる四人が、勢いを減じる。

残心からすばやく血振りをくれた刀を青眼に構え、わずかに返す。刃こぼれがある。

二番手と刀を撃ちあわせたときのものだ。

腕も、返り血を浴びている。

四人が立ちどまる。

右端の佐和大助が、憎悪の眼で睨む。

「おぬしのせいで、おれも信次郎も国をでざるをえなかった。吉之介どのと信次郎の仇だ。殺してやる」

真九郎は、黙っていた。ふかく吸ってゆっくりとはき、息をととのえる。そのあいだも、四人の構えを見ていた。

なかのふたりは腕がたつ。修羅をくぐりぬけてきた凄絶な構えだ。そのつぎが佐和大助。そして、迎えにきた左端の大柄がいちばん劣る。

大助のよこにいる痩身が言った。

「かこめ。かこんで仕留めるのだ」

四人が、油断なくゆっくりとひろがっていく。

真九郎は、やや眼をおとして、微動だにしない。涼気をふくんだ朝風が、春の草花をなびかせながらとおりすぎる。

汗がひいていく。

ふたたび、風がきた。

さいころの五の目のかたちになったせつな、真九郎は身をひるがえした。左後方に走る。眼の端で、左前方にいた浪人がとびだすのをとらえる。

大柄が、青眼の切っ先をわずかにあげてひく。防(ぼう)の構えだ。受けに徹し、助勢を待つ気だ。

「ヤエーッ」

直心影流の気合を放つ。撃つとみせかけ、雷光の疾さで弧を描き、敵の刀を弾きあげる。返す刀で左肩口へ。

刀と上体をもどしかけた大柄の頭が、刀身の真下に。

渾身の力をこめる。面を割る。

ガツッ。

刀が額にくいこむ。

背に殺気。

剣風――。

よこに跳ぶ。刀がおれる。脾腹のうしろに痛み。

敵が踏みこんでくる。

おれた刀を敵の顔面めがけて打ち、脇差を抜く。

敵が弾く愚をおかさず顔をふる。瞬間、真九郎は脇差の間合にとびこんだ。袈裟にきた敵の小手(こて)を撃ち、脇差を腹にめりこませる。

胴をつらぬき、鍔(つば)が腹で止まる。

またしても背に殺気。

斜め前方に頭から跳んで手をのばす。面を割った大柄の刀が叢で朝陽をはねている。

柄をつかみ、頭から斜めに回転。片膝立ちになり、切っ先を斜めよこ上方にむける。

上段に振りかぶって突っこみかけた敵の足がとまる。

切っ先を敵の喉もとに擬したままゆっくりと立ちあがる。

眼がすさみ、頬もこけた痩身が、上段から青眼に構える。

真九郎は、青眼から八相へもっていった。脾腹のほかに、もう一箇所痛みがある。背後からの袈裟懸けをかわしきれなかったようだ。

佐和大助が背後にきた。忍び足だが、睨み殺さんばかりの眼差だ。痩身は青眼にとっている。肩の力をぬき、攻防いずれにも応じる構えだ。

大助が、摺り足でじわっ、じわっと迫ってくる。

痩身の眼を見る。痩身が睨みかえす。

背後で殺気がはじけ、大助が叫ぶ。

「死ねえッ」

左足を軸に半転。踏みこんでの渾身の一撃が空を裂き、大助がつんのめる。さらに躰を反転させながら、大助の背を袈裟に斬りさげる。

「ぎゃあーッ」

絶叫を放ってのめっていく大助のよこから、とびこんできた痩身が水月への突き。切っ先が鏃と化して迫る。

刀を燕返しに奔らせる。切っ先から血の滴がとぶ。敵の刀を弾く。腰を沈め、脾腹から胴のはんぶんを斬る。

「む、無念」

痩身が、鮮血をほとばしらせて、丸太のごとくまえへ倒れる。

緑の葉に朱がふりそそぎ、地面に血の池ができる。

真九郎は、腰をあげ、肩でおおきく息をした。

脾腹よこと背を血がしたたっている。が、かまっているいとまはない。刀をその場に突き刺し、腰から大小の鞘も抜き、捨てた。

高山信次郎が倒れている桜の木の根本へいそぐ。駆けおりたときの倍も距離があるかのようであった。おちている矢を矢筒にいれ、半弓も拾う。

刀を突き立てたところにもどり、半弓の弦を刃にあてて切る。

河原を斜めにつっきり、葦の生い茂る川辺へむかう。

寺島ノ渡のほうへ歩きながら、遠くの茂みに半弓を投げ、つぎつぎと矢をおって投げ、最後に矢筒も投げた。

水茶屋があいている。

栈橋には渡し船も人影もない。多吉が艫に腰をおろしている猪牙舟があるだけだ。

水茶屋からでてきた前垂姿の娘が、棒立ちになり、悲鳴をあげた。

真九郎は、栈橋へいそいだ。

多吉が腰をあげる。眼を見ひらいている。

猪牙舟にのる。

「多吉、ゆけ」

「へい」

多吉が棹をあてる。猪牙舟が栈橋を離れる。

真九郎は襷をはずした。

「お侍さま、お背中が」

「かすり疵だ」

額の汗止めをはずし、川で濡らしてしぼる。

顔をぬぐう。血でよごれた。川で洗い、顔と腕の血をおとした。

多吉が、力強く艪を漕いだ。

幾多の舟がゆきかっている。多吉が、ほかの舟にちかづきすぎぬようにたくみにあやつり、川面をすべっていく。それでも、怪訝な顔や驚いた顔で見つめる船頭たちがいた。

四

猪牙舟が越前堀にはいった。

栈橋にいた若い船頭が、浪平へ駆けていく。

宗右衛門がでてきた。亭主、そして女将がつづく。

三人の表情が、いちようにこわばる。鼠色の布子も唐茶色の伊賀袴も、乾いた返り血でどす黒くよごれている。

猪牙舟がちかづくにつれ、女将の顔が蒼ざめる。

多吉が、栈橋に猪牙舟をつけた。

「世話になった」

声をかけ、袱紗包みを手にして猪牙舟をおりる。栈橋から岸へあがる。

宗右衛門が、ほっとしたふうに肩で息をした。

「いささか遅いので案じておりました」

真九郎は、宗右衛門にうなずき、亭主に顔をむけた。

「手盥と手拭を何本か所望したい。それと、古いものでもかまわぬゆえ、晒があればありがたい」

「す、すぐにご用意させます」

亭主がこたえて首をめぐらす。女将がうなずき、踵を返した。

顔をもどした亭主に、真九郎は言った。

「井戸に案内してもらいたい」

「こちらでございます」

真九郎は、宗右衛門を見た。

「和泉屋さん、背に浅手をおった。てつだってもらえぬか」

「だいじございませんか」

案じ顔の宗右衛門に、真九郎はほほえんだ。

女将がもってきた手盥を宗右衛門がうけとった。なかからだした手拭の束を脇におき、釣瓶で水を汲んで手盥に満たす。

真九郎は、下帯一本になった。

宗右衛門がしぼった手拭をさしだす。

「これでお髪を」

真九郎は、顔と首、胸をぬぐい、月代、髷、鬢に手拭をあてた。背後にまわった宗右衛門が、疵のまわりをふいている。

亭主が、あずけた荷と晒をのせた乱れ箱をもってきた。宗右衛門が、駕籠を二挺(ちょう)たのんだ。

「鷹森さま、手拭を洗うまでおさえていただけますでしょうか」

左手で脾腹のうしろにあてられた手拭をおさえる。よこと斜めに疵がある。斜めのほうはかすり疵だが、よこのほうがいくらか長い。

宗右衛門が、真九郎の手拭もうけとり、腰をかがめた。

真九郎は訊いた。

「和泉屋さん、伊予(いよ)の今治松平家にぞんじおりの者はあるまいか」

宗右衛門が、手拭を洗う手をやすめ、見あげる。

「伊予今治のご家中にでございますか。いいえ、いっこうに。それがなにか」

「果し合いを挑んできたふたりは、もと今治家中の者だ。これは秘して他言無用に願いたいのだが、おそらくあのふたり、最初に和泉屋さんを襲った者たちだ」

宗右衛門が、愕然とする。

「では、国もとでの遺恨は口実……」

「おそらくな。放逐された者たちだからこそ、主家の名にかかわる。国もとでの沙汰が甘かったことになってしまう。和泉屋さん、たのみいる」

真九郎は頭をさげた。

「どうかおなおりください。鷹森さまをこのような騒動にまきこんでしまったのは、もとはといえば手前です。手前の口から洩れることはけっしてございません」

「かたじけない」

宗右衛門が、手拭を洗い、水をかえてゆすぎ、きつくしぼった。そして、晒を脇にはさんで背後にまわった。

疵の血をふきとり、乾いた手拭をあて、晒でおさえる。手渡しで、腰に晒をまいていく。

宗右衛門が言った。

「すると、相手はふたりだけではなかったのでしょうか」

「助勢が五名いた」

宗右衛門が、驚きの声をあげる。

「それでは七人もいたのではありませんか。なんという無謀なことを」

「果し合いを挑まれて背をむけるわけにはゆかぬ。だが、和泉屋さんを襲った一味はあのふたりだけであった」

「残りの者もごぞんじのように聞こえますが……」

真九郎は、晒の端を水月に押しこんだ。

「ひとりは太刀筋を憶えている。五人めかどうかはわからぬが、長谷川町にいたころに手をひけと脅しにきた者がいる。どちらにしろ、家中の者にかかわりのないことが判明するまでは秘しておいてもらいたいのだ」

「承知しました」

「すまぬ」

「なにをおっしゃいます。奥さまが案じておいでのこととぞんじます。いそぎましょう。手前は、お医者を迎えにまいります」

真九郎が身なりをととのえているあいだに、宗右衛門が血のついた布子や伊賀袴などをたたみ、袱紗包みをのせて風呂敷にまとめた。

亭主に見送られて浪平をでた。

駕籠が待っていた。宗右衛門が、駕籠舁に行きさきを告げ、できれば揺らさずにたのみます、と言った。

「わかりやした。まかせておくんなさい」

こたえた先棒ばかりでなく、後棒も、真九郎の腰へ当惑げな眼差をおくっていた。むりもない。武士が、船宿から無腰ででてきたのだ。

風呂敷包みをうけとって駕籠にのり、背中をつけぬように吊り紐をつかむ。

駕籠がかつがれた。

いくらも行かぬうちに、気鬱に襲われた。

柿沼吉之介は上意討ちであった。あのおりは、君命をはたした安堵のほうがおおきかった。

だが、今回は私闘である。これまでも、四名もの命を奪っている。佐和大助と高山信次郎はやむをえない。しかし、ふたりをのぞくとしても、ひと月たらずで九人もの命を奪っている。

暗澹たる気分だった。

ふかく息を吸ってはき、気力をふるいおこした。

――それにしても。

佐和大助と高山信次郎の両名は、最初に宗右衛門を襲撃した一味である。それはほぼまちがいない。にもかかわらず、なにゆえ深川の遣い手はいなかったのか。あれいらいあらわれようとせぬ頬疵の剣客は一味ではないのか。

駕籠がとまり、我に返った。

おおきく息をして顔を左右にふる。雪江に気どられてはならない。

駕籠をでて懐から巾着をだすと、先棒が、和泉屋の旦那からいただくことになっておりますのでと言った。

真九郎は、うなずいて巾着をしまい、ふり返って格子戸をあけた。

雪江が小走りにやってきた。

唇をひきむすび、涙をこらえている。

真九郎は、笑顔をうかべた。

「もどると約束したろう。手疵をおったが、案ずるにはおよばぬ。かすり疵だ。ほどなく医者がくる」

「はい」

雪江が、目頭を指でぬぐい、風呂敷包みをうけとる。

真九郎は、吉岡喜三郎宛に結果だけをしるした書状をしたため、藤二郎への言付けとともに、平助を使いにやった。

やがて、医者がきた。

疵口を焼酎でふいてから膏薬を塗った油紙をあてて晒をまいた。そして、疵口がふさぐまでおとなしくしているようにと言い、待たせていた駕籠で帰った。

宗右衛門は姿を見せなかった。

雪江をともなって湯殿に行き、下帯をほどいて腰の血の跡をぬぐってもらった。頭もあらためさせたが、ほかには返り血の跡はなかった。

新しい下帯を締める。小袖をきて帯をむすぶ。腰のあたりが、そこだけ裸ででもあるかのようなとまどいをもたらした。家のなかでは無腰でいる。が、寝所の刀掛けには大小がある。それがないのだ。

戸口の格子戸があき、藤二郎がおとないの声をだした。

とよが、戸口へ行き、もどってきた。

「旦那さま」

雪江が板戸をあける。

「桜井さまと藤二郎親分がお見えになっております」

「客間へ案内(あない)しなさい」

「かしこまりました」

とよが、辞儀をしてふり返り、戸口へ行く。

「雪江」

「はい」

「町奉行所に出向くことになるやもしれぬ」

「したくをいたしておきます」

真九郎は、うなずき、客間へ行った。

琢馬と藤二郎が廊下を背にしていた。琢馬がまえで、藤二郎は斜めうしろだ。

真九郎はためらった。

琢馬が、首をめぐらして見あげ、笑みをうかべた。

「屋敷の主はおめえさんだ、かまわねえよ」

真九郎は、一礼して上座にすわった。

「で、火急の用ってのはなんでえ」

「今朝がた、隅田堤で果し合いをしてまいりました」

おだやかだった琢馬の表情がひきしまる。一重の眼がほそめられ、刃のごとくするどくなる。

「まずは大雑把に話してくれ」

真九郎は、昨日からのいきさつをかいつまんで話した。

琢馬が、藤二郎に顔をむける。

「何名かつれて猪牙舟で行きな。大騒ぎになってるにちげえねえ。御用聞きがいて、しのごのぬかすようなら、おいらにかかわりのある一件だと言いな。おいらは……そうさな、日暮れじぶんにはおめえんとこに行けるはずだ」

「承知しやした」

藤二郎が腰をあげる。

「くわしく聞こうか」

「茶を用意させます」

真九郎は、廊下にでて雪江を呼んだ。

上座にもどり、団野源之進に語った内容と果し状もあずけてあるむねを告げた。そして、隅田堤を話した。

琢馬は、思案顔であった。

「二、三人ならともかく、七人。こいつは、おおごとになるにちげえねえ。それだけの人数を相手にして、おめえさんは浅手が二つだけか」

「いまだ未熟です。かわしきれませんでした」

「呆れけえった奴だな、それで未熟ってことがあるかい。ところでよ、知ってるのは和泉屋と浪平の者と町医者だけだな。医者の名は」

「申しわけありません」

「わかった。そっちは、おいらがなんとかする。だがな、月番は南だ。おいらも、おおっぴらには動けねえ。が、おめえさんは和泉屋の一件にかかわりがある。あとで団野道場に行って果し状はおいらがあずかり、お奉行にお話ししてみる。団野源之進といやあ、お江戸でも聞こえた剣客だ。その口添えがあれば心強え。果し合いだしな、なんとかなるとは思うんだが、相手が多すぎる。どれほどの騒動になるか、おいらにもちっとわからねえ」

「ご迷惑をおかけします」

「いいってことよ、気にすんな」

雪江ととよが茶をはこんできた。

真九郎は雪江を紹介した。

挨拶を終えた雪江が去るのを待ち、琢馬が言った。

「さっきの国もとの話だがなあ、腑におちねえことがあるんだ。おめえさんを見てりゃ、家格の察しはつく」

琢馬が眼で問う。

「家は上士です」

「で、果し合いの相手はどっちでえ」

「下士です」

「となると、わからねえんだ。おめえさんに手疵をおわせたくれえだ、遣える奴がいたにちげえねえ。助太刀料のほかに、仕留めた者に二十両だすって言ったんだよな。三年もめえに放逐されたんなら、食うのにせいいっぱいなはずだ。そんだけの大枚が用意できるとは思えねえんだがな」

「上意討ちのあと気づいたのですが、廊下でその者の母親が見ておりました」

あの日、肩衣をきて廊下にでると、柱にしがみついた母親が瞳に憎悪の炎を燃やして睨みつけた。やむをえなかったとはいえ、眼のまえで息子を斬った。しかも、介錯の作法どおり首も断った。

五名の浪人のなかに、深川の遣い手はいなかった。最初の襲撃からひと月余になる。国もとの柿沼家に連絡をとり、母親が吉之介の仇討ちをふたりに依頼して大金を送った。ふたりは真九郎を恨んでいる。和泉屋の一件とはかかわりなく助勢をあつめた。ありえなくはない。それなら、頬疵の剣客と深川の遣い手がいなかった説明になる。だが、どこか釈然としない。

琢馬が、眉根をよせ、考えぶかげに言った。

「女、ことに母親の執念ってのは怖いぜ。なにをするかわからねえ。せいぜい気をつけるんだな。この件が落着するまで、あんまり出歩かねえでくんな」

「髪結（かみゆい）に行きたいのですが」

「それくれえならかまわねえよ」

　琢馬が茶を喫した。

「ものはついでだ。なあ、これが無事におさまったら、おめえさんにたのみてえことがあるんだ」

「なにごとでしょうか」

「うん、まあ、そんときになったら話すよ。てえしたことじゃねえんだ。じゃあ、おいらは行くぜ。なにかあったら藤二郎んとこに使いをよこしてくんな」

　帰る琢馬を上り口まで送っていき、真九郎は再度礼を述べた。

　遅い中食を終えて一刻（二時間）ほどたったころ、格子戸が開閉し、おとないの声がした。

　団野源之進だ。

　真九郎は、雪江に茶のしたくをするように言い、廊下で平助を制した。

　土間に、源之進がひとりで立っていた。

　真九郎は膝をおった。

「先生、わざわざのおはこび、おそれいります。どうぞおあがりください」

「どうしているかと思ってな」

客間の上座に源之進を案内し、下座の正面につく。

源之進が言った。

「書状には手疵をおったとあったが、だいじないようだな」

「はい。不覚をとりました」

「左脾腹のうしろあたりか」

真九郎は首肯した。

「四、五日もすれば癒(い)えるかと思います」

「焦らずともよい。ご用人の松原(まつばら)どのには、内聞にということで事情をつたえてある。役儀じょうのことで遺恨をいだくとはと憤慨しておられた。刀疵はふたたびひらくと厄介だ。医者の許しがあるまではじゅうぶんに養生することだ」

「おっしゃるようにいたします」

静寂がおとずれた。

源之進が、ふかみのある口調で言った。

「新陰流を世にひろめた上泉伊勢守(かみいずみいせのかみ)にこのような歌がある。よしあしと思う心を打ちすてて何事もなき身となりてみよ」

真九郎はうなだれた。

師に心底の迷いを見ぬかれている。

源之進が語を継いだ。

「真九郎にはやさしさがある。人としてはわるいことではない。むしろ、称すべきであろう。わたしはこう思う。刀は抜かぬにこしたことはない。だが、いったん抜いたならば、生か死か、それしかない。刀に生きるとは、つまりはそういうことではあるまいか」

「お言葉、身にしみました」

真九郎は畳に両手をついた。

「手をあげよ。ご妻女がまいる」

障子は両側にあけてある。

廊下を衣擦れの音がちかづいてきた。

真九郎は、上体をなおした。

雪江は源之進に会ったことがある。長谷川町におちついたころ、住まいの礼をかねてふたりで道場をたずねた。

上屋敷の門人たちには体調がすぐれぬのでしばらく休むことになるとつたえ、果し状は桜井琢馬に託したとのことであった。

それからほどなく、源之進が帰った。

見送って客間にもどった真九郎は、師が残した言葉を反芻した。つねならやってくる雪江が遠慮していることにさえ気づかなかった。

いつのまにか、陽が西空にかたむいていた。

真九郎は、廊下にでて平助を呼んだ。

平助がやってきてかしこまる。

「和泉屋さんに、お目にかかりたいとつたえてくれ」

そのまま廊下にたたずみ、空を見あげる。

晩春の澄んだ青空に、白いすじ雲がたなびいていた。

――おのれの剣に慢心していることにさえ気づかず、未練であった。私闘もなにもない。数もかかわりはない。すべからく人の命は尊い。おのれの刀が人の命を奪った事実のみを厳然とうけとめればよいのだ。

宗右衛門がやってきた。

果し合いの凄絶な返り血と背中の疵を眼にしている。案じていたが、へいぜいの表情にもどっていた。

客間で対座した。

「和泉屋さん、今朝ほどは雑作をおかけした」

宗右衛門が、笑みをうかべて首をふる。

「すこしでもお役にたてれば、手前はそれで満足にございます」

「いささか相談したきことがあってきてもらったのだが……」

格子戸ががらっとあいた。

「旦那、亀吉でやす」

平助が、廊下をとおりすぎ、もどってきて膝をついた。

「亀吉さんが読売（かわら版）をもってまいりました。藤二郎親分からだそうにございます」

「よこしなさい」

入室してきた平助から読売をもらう。

ひろげたとたんに、真九郎は渋面をうかべた。

〝血闘隅田堤の七人斬り〟

おおきな字と絵。説明はほんのわずかだ。

真九郎は、読売をさしだした。宗右衛門が膝をすすめてきてうけとり、もとの座にもどって眼をとおした。

「桜井さまもこれを案じておいででした」

「早く忘れてもらいたいものだ」

宗右衛門が笑みをこぼす。

「そうはまいりますまい。お江戸じゅうで大評判となりましょう」

真九郎は気をとりなおした。

「じつは、無腰のままでは他出もかなわぬ。おいで願ったのは、刀剣をあつかっている店(たな)をごぞんじないかと思ったのだが」

「手前もお腰のもののことは気になっておりました。神田鍛冶町(かじちょう)のお得意さまで刀剣類や木刀、竹刀防具などもそろえた大店がございます。ご都合がよければ明日にもご持参いただくようお願いいたしてみます」

「かたじけない。だが、高価なものはこまる。名の知られておらぬ刀工の作でかまわぬゆえ、みてくれではなく、しっかりとした拵(こしら)えのものがほしいとつたえていただきたい」

「承知いたしました。さっそくにも使いをたてます。ほかにご用がなければ、手前はこれで失礼いたします」

「船宿のこともそうだが、和泉屋さんには世話になりっぱなしだ。恩にきる」

「なんのこれしき」

宗右衛門は笑顔を残し、庭を去っていった。

この日、琢馬はふたたびあらわれず、南町奉行所からもなにも言ってこなかった。

五

翌日、朝四ツ（十時）の鐘を聞いてほどなくだった。

「鷹森さま」

真九郎は、居間の障子をあけて廊下にでた。

手代の伊助（いすけ）が、庭にめんした六畳間のよこに立っている。

引越の日に人足ふたりをともなってきた。人足たちに指図をすると、荷を見張っていますと大八車のそばを離れず、真九郎と雪江がさきに行くことになると、さっさと案内に立った。

その要領のよさに、真九郎は呆れるよりも感心した。

「伊助か、ひさしいな」

「おそれいります。旦那さまが、美濃(みの)屋さんがお見えになりましたが表からでは人目もあるのでこちらからご案内したいと申しております。よろしいでしょうか」

「かまわぬとおつたえしてくれ」

伊助が辞儀をしてもどっていった。

真九郎は、居間の雪江をふり返った。

「昨夜(ゆうべ)話した刀のことであろう」

雪江がうなずき、手にしていた生地をおいて立ちあがった。

たねに教わりながら、真九郎の夏の単衣(ひとえ)を縫っている。たねは褒(ほ)めじょうずだった。今朝も、雪江の上達ぶりを褒め、冗談を言い、隅田堤で七人も相手に果し合いをした侍のことを話し、きっと熊のような大男で鬼のような顔をしてるんですよと言って、雪江を噴きださせた。

さきほど、半刻（一時間）ほどのけたたましさが去り、静謐(せいひつ)さがもどったところだった。

客間の障子を左右にひらき、真九郎は上座で待った。

宗右衛門に案内され、美濃屋が手代ふたりに刀袋をもたせて庭さきをやってきた。辞儀をして、沓脱石からあがる。

戸口がわの壁を背にした宗右衛門が、着座した美濃屋たちから顔をむけて言った。

「鷹森さま、神田鍛冶町の美濃屋さんにございます」

宗右衛門と同年輩で背丈もおなじくらいだが、頬がこけ、ほっそりしている。ふたりの若い手代は廊下ちかくにひかえている。

「美濃屋七左衛門と申します。お見知りおきを願います。ご用命をちょうだいし、用意できるかぎりのお品を持参いたしました。お気にめしていただけるものがあればと願っております」

「さっそくだが、拝見したい」

大小の組合せで六振りもってきていた。そのひと組ずつを、手代からうけとった七左衛門が刀袋からだす。

真九郎は、作法どおりに丹念に見ていった。

ひとあたり見終わったところで、三振りをのぞいた。

七左衛門が、満足げな声をだした。

「店にお見えになるお武家さまがたは、ほとんどがただいまおはずしなられたほうをえらばれます」

真九郎はうなずくにとどめた。

江戸に幕府ができたのは慶長八年（一六〇三）。大坂冬の陣、夏の陣、島原の乱はあったが、泰平の世が二百年余もつづいている。

刀は重い。脇差の重さもくわわる。ちゃんとした拵えのものは、鞘に小柄と笄がくわわるので大小で二キログラム余もある。抜くこともなく差しているだけなら、軽いにこしたことはない。

柿沼吉之介を上意討ちにした刀は、屋敷にあるもののなかでも名のある刀工の業物だった。しかし、家伝の一振りであり、ふだんの大小のみで国もとを去った。

残った三振りから、さらに一振りの大小をはずす。

七左衛門が、わずかに身をのりだす。

「鷹森さま、できますれば理由をお聞かせ願いたくぞんじます」

「刀身はみごとだ。が、柄のにぎりぐあいがしっくりせぬ」

「おそれいりました。手前は、刀身ばかりを見ておったようです。すぐにも拵えなおさせることにいたします」

「それはどうかな、それぞれに好みがあることゆえ」

「ご謙遜を」

真九郎は、口端をわずかにほころばすにとどめた。

宗右衛門が言った。

「鷹森さま、その二振りでよろしいでしょうか」

「いや、どちらにするか迷っている」

「お迷いになることはございません」

真九郎は、こわばりかけた表情をおさえた。

宗右衛門が美濃屋に顔をむけた。

「美濃屋さん、さきほどの座敷でお待ちいただけますか」

七左衛門がこぼれんばかりの笑顔をうかべる。

「鷹森さま、研ぎなどのご用命もうけたまわっております。これをご縁におつきあいを願えればさいわいにぞんじます。手前は、これにて失礼いたします」

真九郎は顎をひいた。

刀袋をもった手代ふたりをしたがえ、七左衛門が去っていく。

三人の姿が消えると、宗右衛門がおだやかな口調で言った。

「お怒りのごようすです」

真九郎は、愚弄する気かと怒鳴りたいのを我慢した。

「申すまでもない。刀は武士の魂だ」

「お聞きいただけますか」

「申すがよい」

「手前は商人にございます。お武家さまにとってのお刀がそうであるように、手前にとっては商いが命でございます。ですから、手前も借りはつくりたくございません。いくたびもお助けいただきましたのに、なんのお礼もいたしておりません。もうひとつお聞きください。鷹森さまは、ご自身でおもとめになった以外のお刀はけっしてお腰になさいませんか」

真九郎は、返答に窮した。

これまで、大小をみずから購ったことはない。屋敷にあるものから、成長にあわせて腰にさしてきた。

「すまぬ。浅慮であった」

宗右衛門が笑顔をうかべる。

「鷹森さま、町家の女たちも、おそれながら大奥のお女中がたも、役者をひいきにしているそうにございます。手前は、ますます鷹森さまをひいきにしたくなりました。美濃屋さんを待たせてありますので、手前も失礼させていただきます」

一礼した宗右衛門が、客間から廊下、沓脱石におり、去っていった。

真九郎は、呆然と見つめ、憮然とつぶやいた。

「雪江ならともかく……しかし、それにしても」

宗右衛門は業腹なほどに口が達者である。

雪江がはいってきた。

「お呼びになりましたか」

「えっ。あ、いや、そうではない」

「でも、わたくしの名が聞こえましたが……」

真九郎は咳払いをした。

「独り言だ。こたびは雪江にもつらい思いをさせた」

雪江が眼をふせる。

「うれしゅうございます。茶などおもちしましょうか」

「そうだな、たのむ」

「はい」

雪江が、いそいそとしたそぶりで厨にむかう。

真九郎は、残された二振りの大小を眺めた。

いずれも購えるかどうかあやぶむほどにみごとな刀身である。宗右衛門に返しきれない恩義をこうむっているようで気がおもくなった。高価な贈答とは無縁であった国もとでの暮らしと山河が、なつかしく想いだされた。

この日も、桜井琢馬はあらわれず、南町奉行所からの沙汰もなかった。

つぎの日もなにごともなく終わるかと思えたが、夜になって、南町奉行所の吟味方与力（ぎんみがたよりき）が物書同心（ものかき）をともなっておとずれた。

真九郎は、客間の上座に案内し、平助に命じて書役のための文机（ふづくえ）を用意した。

与力が、夜分の来訪をていちょうに詫びた。

昨日（さくじつ）、団野道場を訪問して、源之進からおおよそは聞いたとのことであった。果し状は北御番所の定町廻りがとどけにきた。ただいま北御番所があつかっている一件に真九郎がかかわりがあることも承知している。

それだけの前口上を述べたうえで、物書同心に合図をおくり、真九郎自身の口から仔細を聞きたいと言った。

真九郎は、果し合いの両名は三年もまえに国払いとなった者たちであり、みずからも事情（わけ）あって国もとを出奔した身であるゆえ、旧主家名はご容赦いただきたいと願った。

「もっともとぞんずる」

話し終えると、与力が物書同心におおきくうなずいた。

物書同心が筆をおく。

顔をもどした与力が、夜分に訪問した理由を述べた。

役儀のうえの書付をととのえるためであって、月番の老中と若年寄に南北両町奉行をまじえた城内での評定において、おかまいなしとの沙汰が決している。

隅田堤の一件は城中でもたいへんな評判であり、相手方に五名もの助勢がありながら一歩もひかずこれを迎え撃ったことに、あっぱれ武士の気概をみたと賞賛する声ばかりであったという。

城内で、南町奉行は幾人もに声をかけられた。いずれも、隅田堤の者について教えていただきたいとのことであった。南町奉行所にも、大名家からの使いの者がつぎつぎとおとずれ、その者が浪々の身にあるなら召し抱えたいとの要望がとどけられている。ために、このような夜分に訪問させていただいた。

南町奉行に、真九郎の意向をたしかめるように命じられているという。

真九郎はこたえた。

「ご辞退いたしまする。ゆえあって国もとをたちのきはいたしましたが、主君のためにも、この一件が一日も早く忘れ去られることを願うのみでござりまする」

「感服つかまつった」

与力が物書同心をうながして帰っていった。

つぎの朝、琢馬がきて、菊次に誘われた。

昼にはまがあり、菊次に客の姿はなかった。小座敷で対座すると、琢馬が眉をひそめぎみにして言った。

「さっそくだが、藤二郎がみょうなことを聞きこんできた。おめえさんが斬った佐和大助の右の二の腕に、ちょうど小柄の痕くれえのあたらしい疵があるってんだ。まさか、深川で和泉屋を襲った一味ってことはねえよな」

返答は考えていた。

「背丈は似ております。ふたりの国もとでの所行を思いますれば悪事にはしることもありえはしますが、なんとも言えません」

「そうだろうな。まあ、仮埋葬もすませてあるし、南で落着した一件だ、いまさら見てもらうわけにもいかねえ」

真九郎はかたちをあらためた。

「桜井さん、口止めやその他で駆けまわっていただき、感謝しております」

「いいってことよ。水茶屋の娘に見られたってことを知ってりゃあ、寺島ノ渡までおいらも行ったんだがな」

真九郎はそのことを悔いていた。

「あれを話さなかったのは、わたしの失態です」

「そうでもねえぜ。今朝も売ってたから、読売屋はぼろ儲(もう)けだろうが、おかげで早くかたがついた。仕官させてえって話がだいぶまいこんでるらしいぜ。おめえさんだってことがばれちまうと、四日市町に大名家からの使いの行列ができちまう。おいらとしては、そいつはちっとこまる。すくなくとも、和泉屋の一件がかたづくまではな」

きくが茶をもってきた。

琢馬が、喉をうるおし、障子がしまるまで待った。

「ところで、南からはなにか言ってきたかい」

「昨夜(さくや)、吟味方与力どのが来宅して事情を聞かれ、城中での評定において沙汰なしと決したとうかがいました」

「南の与力どのが言ったのはそれだけかい」

真九郎は琢馬を見た。

「ほかにもなにかあるのですか」

琢馬がまをおいた。

「おめえさんにもかかわりがあるし、話しておくとするか。ただ、このことは黙っててくんな、南のお慈悲だからよ」

「わかりました」

「寺島ノ渡からさらに行ったあたりに隅田村ってのがある。おめえさんが斬った七名は、そこの村外れの百姓家で夜明かししてる。戸締りがされたまま、そこん家の者が昼すぎになっても姿を見せねえんで、心配した村の者が見つけた。父親と九歳のがきは、猿轡をかまされ、がんじがらめに縛られて転がされていた。連中は、畜生にも劣るぜ。十五の娘と嬶を、父親とがきの眼のまえでつぎつぎとてごめにしやがった。嬶と娘は素っ裸のままおなじように縛られてたそうだ。可哀想に、たちなおってくれるといいんだがな」

真九郎は、衝撃をうけた。

寺島ノ渡に何艘かの舟は舫われていた。しかし、船頭の姿はなかった。あの七人がいかにして隅田堤まできたのかを考えもしなかった。大助と信次郎とが国もとでなしたことを思うなら、じゅうぶんにありうることだ。

「まあ、そんなわけでよ、やった連中はおめえさんが叩っ斬ってくれたし、村の者には堅く口止めがしてあるってわけよ。おいら、果し状をとどけたりしたんでな、南の定町廻りが教えてくれた。お奉行からはなんも聞いてねえが、お城でのご評定にはそれもあったんじゃねえかな」

「………」

「おめえさんのせいじゃねえよ」

琢馬が、気づかわしげに見ている。

真九郎は吐息をついた。

「あの者たちは、国もとでも似たような愚行をいたしておりました」

「そういう屑(くず)はどこにでもいる。百姓一家には、全員天罰をうけたとつたえたそうだ。それよか、おめえさんが言ってた修羅をくぐりぬけてきた剣法って話だが、隅田村での狼藉なんかも考(かんげ)えると、博徒あたりの用心棒をやってた不逞(ふてえ)な浪人どもがご府内にながれこんでるんじゃねえのかってことになって、お奉行から用心するよう達しがあった」

真九郎は迷っていた。

自分のために駆けまわり、これほどに案じてくれている琢馬に隠しごとをしている。そのことが、心苦しかった。

宗右衛門襲撃は誰のさしがねか。背後にいて策をめぐらしているのは何者か。大助と信次郎は、なにゆえ、いつからそのような所行にかかわるようになったのか。それらが分明になるまでは、迂闊（うかつ）なことは口にできない。

琢馬が嘆息した。

「おめえさんには黙ってたほうがよかったかもしれねえ。それよか、聞いてくれ」

真九郎は、琢馬を見つめた。

「お心づかい、かたじけない。しかし、あの者たちがなにをなしたか、わたしは知っておくべきだとぞんじます。ご心配をおかけしました。お話しください」

琢馬がほほえむ。

「向島じゃ、奴らにまんまとしてやられた。まさか、二の矢、三の矢と用意していたとはな。最初のは、やはり捨て駒だった。中間（ちゅうげん）長屋の賭場で、和泉屋と用心棒を殺（や）ったら、前渡しで二両、後金三両で雇われたそうだ。おいらもこけにされたもんだぜ。つぎはこっちの番だ。ところでよ、南の定町廻りから聞いたんだが、隅田堤の浪人五名（めえ）は、懐に五両ずつあったそうだ。その国もとの母親ってのは五十両ちけえ大金をかけたことになる。となると、これであきらめるとは思えねえ。気をつけてくんな」

菊次のまえで、琢馬と別れた。

惨（むご）いめに遭った隅田村の百姓一家のことが脳裡を離れなかった。

上屋敷道場を七日休んだ。

七日めの昼、団野道場に行った。

師範代の吉岡喜三郎は我がことのように喜んだ。

ほどなくもどってきた源之進と居間で対座し、高配にあらためて感謝し、打込み稽古はまだできないが明日より上屋敷道場にかよえると報告した。

源之進がうなずき、左脇においた刀に眼をとめた。

「拝見できるかな」

真九郎は、片方を鎌倉、もう片方を備前と呼ぶことにした。その地の刀匠の業物である。

鎌倉のほうが一寸（約三センチメートル）ほど刀身が短く、そのぶんだけ軽い。当座は交互に腰にし、なじませるつもりであった。

この日は備前を腰にしてきた。

作法どおりに見た源之進が、鞘におさめた。

「よきものを手にいれたな」

「そうではございません」

真九郎は、和泉屋とのやりとりを語った。

源之進が言った。

「十両ある者の一両と、千両ある者の一両とでは、おなじ一両でも等しくはあるまい。和泉屋は商人だ、金子の値打ちと使い道は心得ておろう。裏のある贈答ならともかく、それで先方の気がすむのならいただいておけばよかろう」

団野道場を辞去した。

医者からは風呂の許しもえていた。これまでは、疵口の油紙を雪江に押さえてもらい、しぼった手拭でふくことしかできなかった。

夕餉のあと、真九郎は糠袋（ぬかぶくろ）で躰の垢（あか）をおとし、背中はつねのように雪江にこすってもらった。そして、湯を浴び、ゆっくりと湯舟につかった。

その夜は、しばらくぶりに雪江と情（じょう）を交わし、天井をむいて寝た。

つぎの朝は早めに上屋敷に行って用人の松原右京に面会をもとめ、私事での迷惑を詫びた。

右京はご機嫌であった。

「鷹森どのは、わが上屋敷道場のご指南役。まことに武門の誉れでござる。殿もさぞやお喜びのことでござろう」

「松原さま、なにとぞご内聞に」

「わかっておる。上屋敷で承知しているのはそれがしのみだ。が、団野道場より師範をお招きするは殿のお声がかりであったゆえ、来月ご上府なさる殿には、読売もお見せし、ご報告せぬわけにはまいらぬ」

真九郎は、一礼して道場にむかった。

上屋敷で知っているのがひとりだけというのは方便だ。すくなくとも、何者かが右京に読売のことを告げたか、わたしている。老職たちの幾人かは知っていると考えたほうがよさそうであった。

真九郎は、ため息をつきたい気分だった。

晦日（みそか）は、つねであれば上屋敷道場から団野道場に行き、弁当を食してきがえる。そして、道場にでて、稽古の相手をする。

しかしこの日は、夕刻にきて、高弟どうしの研鑽（けんさん）も見学にとどめるよう源之進に言われていた。

用人の徳田十左（とくだじゅうざ）に、本復してなによりだと気づかわれ、真九郎は恐縮した。

客間に六名の高弟がそろったところで、源之進が口をひらいた。

「話しておきたいことがある。隅田堤の七人斬りはみなも知っていると思う。あれをやったのは、真九郎だ」

吉岡喜三郎以外の四人が、驚嘆から得心へとどよめく。

源之進がつづけた。

「二名の者の連署で果し合いを挑まれ、相手方には五名の助勢がいたというわけだ。なにゆえ果し合いをしたかについては、真九郎が国もとをたちのかざるをえなかった複雑な事情がからんでいるようなので、訊くのは遠慮してもらいたい。それと、このことはいっさい他言無用。真九郎だと知っている者は、町奉行所をふくめて少数しかおらぬ。しかし、泰平の世、じっさいに剣をまじえるのはむろんのこと、一人で多勢を相手にするなど滅多にあるものではない。たがいに剣を学ぶ者、わたしもそのおりのことを聴きたいと思う。みなも同意見であろう。真九郎、話してもらえぬか」

「かしこまりました」

真九郎は、淡々と語った。

最後まで誰も一言も口をはさまなかった。語り終えるといっせいに言いだそうとするのを、源之進が制した。

「まあ、待て。膳をはこばせよう。喜三郎」

朝霞新五郎が立ちあがった。高弟ではもっとも年下で、真九郎より一歳若い。

「先生。気を鎮めたいゆえ、それがしがまいります」

源之進が苦笑した。

「それゆえ喜三郎にたのんだのだ。そのように昂奮した顔を見せてみろ。なにごとがあったかと思うではないか」

「やっ、まことに。面目しだいもございませぬ」

笑いがおこり、緊張がほぐれた。

内弟子の少年たちが、厨とを往復して食膳をはこんだ。

おのおのの銚子から杯に諸白を注ぎ、一口飲んだところで質問がはじまった。

背後にひそんでいた高山信次郎を、相手方の態勢がととのうまえに始末したことについては、みな賛同した。

信次郎は伏兵であった。だが、早すぎた。六名の殺気におしつつまれたあとで半弓を構えられたら、気づかなかったかもしれない。

みなの疑問は、四人がかこむのをなにゆえ許したのかと、最初の手疵をおうもととなった刀の柄をにぎったままの跳躍であった。

相手が多勢のばあい、かこませるのは愚策であり、通常なら左右のどちらかに走る。

だが、なかの二名は遣い手だった。どちらの端にかかっても、背後を遣い手二名に襲われることになる。

したがって、息をととのえながら四人の間隔がもっともひらくのを待ち、かこみ終えた瞬間のゆるみをつき、急襲したのだと説明した。

柄をにぎったままで跳んだことにかんしては、刃こぼれのある刀がおれるか、おれぬまでも自身と相手とのあいだに味方の死骸をよこたえることによって、相手の勢いを減じるのが狙いであったと語った。

みな、理解した。死骸とはいえ、味方を踏むにはためらいがある。とっさに跳びこえては、敵に隙をあたえることになる。

それからは剣法談義になった。

星明かりだけの暗い町家を、真九郎は小田原提灯をさげて家路についた。

菊次で琢馬によってもたらされた衝撃も、いまでは冷静に判断できる。果し合いを翌朝にひかえた気の昂ぶりと血のざわめきとを女体にぶつけたのだ。愚行のきわみであり、人として許せる所行ではない。

第三章　乱舞

一

初夏四月朔日（ついたち）未明、真九郎（しんくろう）はひかえていた庭での稽古を再開した。

国もとの師である竹田作之丞（たけださくのじょう）には、今治（いまばり）城下に道場をかまえてからあみだした弧乱（こらん）の剣がある。

城下はずれの叢林（そうりん）で修行してえた剣である。一刀のもとに相手を斃（たお）す秘太刀ではない。しかし、作之丞にしかふるえぬ剣技であった。

春の突風、夏から秋にかけての暴風雨、そして冬の木枯らし。

暴風雨は、前触れで雲が矢のごとくながれ、強い風が吹く。風にのって飛来するのは、木の葉だけでなく小枝もふくまれる。

疾さは、修行によってあるていどは習得できる。だが、最後は天賦の才である。作之丞は、真九郎には天稟があると語っていた。

十七歳の春から、真九郎は叢林での修行にくわわった。

飛来する木の葉がすくないときは、そのすべてを斬る。乱舞するばあいは、眼をつけたものを追い、それのみを斬る。暴風のおりは、木の葉にまぎれる小枝を斬りはらう。ときには、幹や枝をさけながら刀をふるった。狭い場所で刀を自在にあやつる修行である。

それだけではない。晩秋から冬にかけては、風のない日に叢林に行き、落下する木の葉を斬った。一葉を二葉にし、二葉を四葉にして、四葉を八葉にする。八葉にしてはじめて残心の構えをとる。

弧乱は、その二つをあわせた剣である。

出仕してからも、真九郎は非番の日には作之丞とともに叢林にかよった。

なつかしい日々であった。

ただいまの師である団野源之進に剣理を説かれて、はじめての朝稽古だ。心に迷いが消え、なかなか到達できなかった竹田作之丞の弧乱に、ようやくちかづきえた気がした。

東の空がいちだんとあかるくなり、明六ツ（夏至時間、五時）の捨て鐘が鳴った。

真九郎は、備前の刀身にぬぐいをかけて鞘におさめた。

庭のかどに平助があらわれた。

真九郎はかまわぬと言ったが、主にあわせて鷹森家の朝は早かった。雪江はともに床をはなれ、平助が起床をみはからって雨戸をあける。

やってきた平助が、足をそろえて低頭する。

「旦那さま、お稽古はおすみでございましょうか」

「いま終わったところだ」

「あのう、旦那さま、お願えがございます」

「なにごとかな」

平助がためらう。

「どうした」

「じつは、とよは……あっしの娘です」

「ほう」

真九郎は、とよに平助の年齢を訊いたときのいささか性急すぎる返答を想いだした。

「あっしは桶職人でした。酒で身をもちくずし、苦労をかけた女房にも死なれてしまいました。残されたのはまだちいせえとよだけでした。そのとき、和泉屋の旦那さまに救われました」

「そうであったのか。それで、願いというのはなんだ」

平助が、すがるような眼になる。

「あっしもとよも、ずっと旦那さまと奥さまにお仕えしたいと思っております。ですが、旦那さまのお食事は、奥さまがたいがいはおつくりになり、膳もご用意なさいます。とよは、あれの料理が旦那さまのお口にあわないから、奥さまがみずからおつくりになるのであって、そのうちに暇をだされるのではないかと、こう申しております」

平助もとよも無口だ。

真九郎は、平助がこれほどながくしゃべるのをはじめて聞いた。

「そうか、おとよはそのようなことを案じておったのか。ふたりとも、よくやってくれている。雪江にはわたしから話しておこう」

平助の眼に狼狽(ろうばい)と懇願がやどる。

「旦那さま、けっして奥さまへのご不満を申しあげているのではございません」

真九郎は、笑みをうかべた。

「わかっておる。雪江もわたしも、平助とおとよをたよりにしているのだ。これからもたのむ」

「もったいないことでございます」

低頭した平助がもどっていく。

真九郎は、このひと月のとよの表情が意味していたものを理解した。武家奉公に慣れぬ若い娘の内気さだとばかり思っていた。

井戸のよこに、とよが用意した盥と手拭がある。

真九郎は、ぬいだ稽古着を盥にいれて下帯一本になった。下帯は、晒木綿の六尺（約一八〇センチメートル）褌だ。

草履をぬぎ、井戸をかこむ敷石におりる。

井戸は二本の柱に屋根がのっている。天井から木製の滑車が吊され、麻縄の両端に釣瓶がある。片方の麻縄をひいて空の桶をおろしていくと、水を満たした桶があがってくる仕組みだ。

片膝をつき、右肩から水を浴びる。冷たい水が、躰をひきしめる。水を汲み、左肩から浴びる。それをくり返して、手拭で全身をふき、下帯もしぼる。

下帯姿で手拭と備前をもって居間まえの沓脱石から廊下にあがる。雪江が着替えをもって湯殿についてくる。

この日は更衣である。

着物を綿入りから袷にかえる。裏地つきの袷をきるのは仲夏五月四日までで、五月五日の端午の節句からは単衣（絹と木綿）か帷子（麻の単）をきる。そして、初夏四月朔日から晩秋九月九日の重陽の節句の前日までは足袋をはかない。つぎに袷をきるのは、九月朔日の更衣から八日までである。それから三月の晦日までは、小袖（絹の綿入り）か布子（木綿の綿入り）だ。

下帯をかえ、襦袢のうえに袷をきながら、真九郎は平助の願いをつたえた。

雪江が眼をまるくする。

「わたくしも遠慮をしているのだと思っておりました。さっそくにもとよと話してみます」

「うむ。そうしてくれ」

真九郎は、寝所の刀掛けに備前をおいた。

寝所の襖も居間の障子も左右にあけてある。

雪江が、房楊子（歯刷子）と歯磨き粉と茶碗と手拭をいれた手盥をもってきた。

真九郎は、下駄をはいて井戸へ行った。

朝餉は、いつものように雪江が真九郎の食膳を、とよが雪江のものをはこんできた。

雪江が言った。

「今朝は、ふたりでつくりました」

とよが、はにかんだ笑みを隠すようにうつむいた。

食のあいだ、雪江が、これはわたくしが、それはとよです、と話しかけてくる。食を楽しむ暮らしがすっかり身についてしまったようだ。

真九郎は、相槌をうちながら相手をした。そうしないと、とたんに悲しそうな眼になる。いつまでたっても娘じみたところがぬけない。

許嫁であったころ、脇坂彦左衛門が、母親の静の性格は妹の小夜が、雪江は才能を受け継いだようだと話していた。そのおりはそうですかと聞いただけだが、よくよく考えてみると、義父は自慢しているふうには見えなかった。

朝餉が終わると、雪江が不安げな表情をうかべた。

「お味はどうでしたか、わたくしにはとよのほうがじょうずなように思えますが」

たしかにとよのほうが手慣れている。

「自信がないからそのように思うのだ。わたしには甲乙つけがたい」

雪江の瞳がかがやく。

「母が、なにごとも道にはかぎりがないと申しておりました。わたくし、もっとお稽古いたします」

「それはよいが……」

「わかっております」

真九郎はうなずいた。

季節はこの日から夏である。

夜明けと日没に明六ツと暮六ツの鐘が鳴るため、春分から夏至にむかって昼間が長くなり、時の鐘が間遠くなる。そのぶん、夜の鐘は間隔が短くなっていく。

鐘の間隔は、日ごとではなく二十四節気を境としていた。一年をとおしてかわらないのは、暁と昼の九ツの鐘（午前零時と正午）だけだ。

二日、昼までのひとときを、真九郎はいつものごとく漢籍をひもとき、雪江はこの朝から宗右衛門の娘ちよに習い事を教えはじめた。

神田鍛冶町の刀剣商美濃屋がきた三日後の昼、宗右衛門が快復ぐあいをたずねた。順調だとこたえると安堵の表情をうかべ、月内にあったもうひとつの座敷は断ったと告げた。

「そのこととはべつにお願いがございます」

宗右衛門が語った。

倅の吉五郎と娘のちよの手習いは、宗右衛門と番頭たちでこれまでみてきた。吉五郎はすでに十四歳であり、これは今後もこれまでのようにつづけていく。

「……つきましては、みねがときおりおじゃまさせていただき、おうかがいしたところによりますと、奥さまは母上さまから手ほどきをうけ、書のほかにお琴やお花もおできとのこと。おちよに読み書きとお琴やお花をお教え願うわけにはまいりませんでしょうか。それと、お武家さまの行儀作法も躾けていただければありがたくぞんじます」

最後の行儀作法のほうはどうであろうかと、真九郎は思った。武家の作法からすれば、ふたりの暮らしそのものがすでにだいぶずれている。

真九郎は雪江を呼んだ。

宗右衛門の話を聞いた雪江は、朔日と十五日はだめだがほかの日の朝のあいだだけならと承知した。

それからほどなく、内儀のみねが娘のちよとともにきて、廊下をはさんだ手前の六畳間で雪江と小半刻（三十五分）ほど話していた。

ふたりが帰ったあと、雪江が客間にきた。

真九郎は漢籍をとじた。

「読み書きだけなら控えの間の三畳でまにあいますが、お琴の稽古にお花もあります。六畳二間をつかってもよろしいでしょうか」

「むろんだとも。そうしなさい」

「小箪笥に父上からよぶんにちょうだいした金子がしまってあります。それで文机とお琴をそろえます。商っているお店は、和泉屋さんが調べてくださるそうにございます」

翌日、雪江は、とよをともなってでかけ、文机二脚と琴二帳をもとめてきた。

夕刻、品がとどけられた。真九郎は、一年ぶりくらいに雪江の琴を聴いた。

翌日も、中食を終えて食膳をかたづけた雪江が、奥の六畳間で琴の稽古を半刻（一時間十分）ほどつづけた。

真九郎は楽につまびらかではない。それでも、昨日の琴の音にはぎこちなさがあるように思えた。それが、いまでは古里の山にある小川のせせらぎを聴いているかのごときなめらかさである。あるときはたおやかにささやき、またあるときは岩にぶつかる急流のように強く烈しくなる。その緩急と強弱を、雪江の指が自在に奏でている。

以来、連日稽古にはげんでいた。

初夏の陽射しが西にかたむきかけたころ、沈んだ顔の宗右衛門が、庭をまわってやってきた。

四日、国持大名家の老職たちを深川の料理茶屋に招かねばならなくなったと、気のおもそうな口調で言った。

「……先月末にとの仰せをいったんはお断りしたのですが、手代がご機嫌をそこねたごようすと申しますゆえ、手前が出向いてお詫びし、あらためてお招きすることになりました」

国持二十家という。加賀金沢の百二万五千石前田家を筆頭にした大大名家である。襲撃されるとわかっていても、でかけなくてはならない相手だ。

向島いらい、断れるものはそれでかまわないと、桜井琢馬が宗右衛門につたえている。琢馬も、裏をかいた相手のてくばりに警戒をつよめていた。

これまではしのいできた。だが、つぎもそれができるとはかぎらない。頬疵の剣客の役割が判然としないが、遣い手がふたりもいる。あのふたりをまじえた人数に襲われたら、宗右衛門を護るどころか、おのれがどうなるかさえわからない。

安易になぐさめの言葉をかけるわけにもいかず、真九郎は気の毒に思った。

さらに、よもやと疑いはじめた懸念がある。もしそのとおりなら、宗右衛門を絶望の淵に突きおとすことになる。

「鷹森さま、お願いできますでしょうか」

「むろんだ」

宗右衛門が、肩で息をして表情をやわらげた。

「ありがとうございます。もうひとつ、お願いがございます」

「なにかな」

「おちよの手習いと琴のお稽古のお礼と、鷹森さまの本復祝いをかねて、明日の夕刻、こちらでささやかな膳を用意させていただきたいと思っておりますが、いかがでしょうか」

ほんらいの宗右衛門であれば、昨夜か今宵であったろう。それだけゆとりがないということだ。それで気がまぎれるなら……。

真九郎は笑顔でおうじた。

「よかろう」

「さっそくにもお聞きとどけくださり、ありがとうございます」

宗右衛門がもどっていった。

すこしして、亀吉が、藤二郎のところにきてほしいとの琢馬の言付けをもってきた。

真九郎は、着流しのままでかけた。

菊次よこの路地にはいり、格子戸をあけた亀吉が、声をかけてわきへよる。

土間へはいると、きくが菊次との板戸をあけた。

真九郎は、お茶だけにしてもらえぬかとたのんだ。きくが、笑みをこぼした。

客間におちつくと、琢馬がほほえんだ。

「もう道場にかよってるそうだな」

「おかげさまで」

真九郎は、笑顔でおうじてから表情をひきしめた。

「さきほど、和泉屋がきておりました。四日、深川の料理茶屋に国持大名家の老職たちを招かざるをえなくなったそうです」

琢馬が、項(うなじ)に左手をもっていく。

「明後日(あさって)か。……へたに動くと、気どられかねねえ。……また、おめえさんにたよるしかなさそうだな。ところで、訊きてえことがあるんだがな」

「なんでしょう」

「和泉屋娘のふじはたずねてきたかい」

琢馬もおなじことを考えているようであった。

真九郎はこたえた。

「わたしも気になっておりました」

「おめえさんもかい」

琢馬の顔に、やはりなという表情がうかぶ。

真九郎は首肯した。

「和泉屋はでかけるたびに襲われております。それを知らぬとは思えません。和泉屋に問うわけにもゆかぬのですが、遠州屋とふじは見舞いにおとずれたのでしょうか」

琢馬が、喉をうるおす。

食膳に杯をおき、顔をあげる。一重の眼がほそくなっていた。

「じつはな、和泉屋の者に、それとなくさぐりをいれさせた。去年の冬、和泉屋と娘のふじは派手な喧嘩をやらかしてる。和泉屋の留守にふじがのりこんできて、後添えのみねにあたりちらしたそうだ。長太郎がいまだに許してもらえねえのはあんたのさしがねにちげえねえってな。そこへ和泉屋が帰ってきて激怒した。他家へ嫁いだ者が家内のことに口だしするんじゃねえ、おみねにちゃんと手をついて詫び、今後は母親として孝をつくすことを誓い、吉五郎やおちよを可愛がると約束できねえようなら、二度とこの家に足を踏みいれてはならねえって追いだしちまったそうだ」

あれほどの大店をかまえ、大勢の奉公人をつかっている。立花家の留守居役までが霊岸島の和泉屋を知っていた。商人としては申しぶんのない成功をつかんでいるにもかかわらず、嫡男を追いだし、娘を出入り禁止にせざるをえない。

真九郎は、琢馬が語らんとしていることを思い、宗右衛門に同情した。

「そういうことがあったのですか」

「らしい。おめえさんが言ってたように、遠州屋もふじも和泉屋が襲われたことは知ってるはずだ。その気になりゃあ、おめえさんのことだってすぐにわかる。和泉屋にとっちゃあ命の恩人だ。なんで仲立ちをたのまねえんだ。おめえさんが言やあ、和泉屋だってむげにはできねえ。おかしいとは思わねえかい」

「ええ。あそこに引っ越してひと月になります。宗右衛門のようすを訊くだけでもよいはずです。なにゆえたずねてこないのか、わたしも腑におちぬと思っておりました」

「ふじには後添え憎しもあるだろうが、じつの親子ったって、あれだけの身代がかかってるとなりゃあわからねえ。欲がからむと、人は鬼になりやがる」

琢馬が言葉をきった。

あるいはと怖れていたことだ。事実なら、それを知ったときの宗右衛門の苦悩が思いやられた。

琢馬が、諸白（清酒）を注ぎ、ぐっとあおった。

「遠州屋は、名が権右衛門、歳は三十六。長太郎に和泉屋を継がせ、ゆくゆくはてめえがのっとるつもりかもしれねえ。それなら、ふじは利用されてるだけだ。だが、ふじも承知なら、よっぽどの性悪よ。どっちにしろ、ふじがおめえさんのところにこねえのは、長太郎の勘当が解けたらこまるからじゃねえのかって、おいらは考えたのよ」

「番頭か手代でしたら、和泉屋が、いつ、どこへでかけるかわかりますし、報せることもできます」

「まちげえあるめえよ。あたらせたんだが、下働きや人足におかしな奴はいねえ。おめえさんも会ったことのある一番番頭の芳蔵は、歳は四十五。世帯をもってて、かよいだ。二番番頭の佐助ってのがいるが、歳は三十九で、こいつも世帯持ちだ。このふたりが、長太郎が二度めの花魁狂いをしたときにかばってる。ふたりのどっちかなら、たぶん、長太郎もかかわってることになる」

「妻子があれば、ゆさぶりをかけられると転びやすいように思いますが」

「脅しか。それもあるな。小伝馬町の遠州屋の斜めめえに、千代田稲荷がある。四日めえから、藤二郎の手下に屋台をやらせてる。稲荷にもひそませ、遠州屋のあとを尾けさせてるとこだ」

「明日にでも行ってみたいのですが、よろしいでしょうか」

「かまわねえよ。昼間は天麩羅で、夜は二八蕎麦だ」

琢馬が、目刺を食べ、諸白を飲んだ。

「じつは、いまは和泉屋の一件もそうだが、ご府内にはいりこんでるかもしれねえ浪人どものことで身動きがとれねえんだ。遠州屋が和泉屋を狙ってるとしても、気にくわねえことがある。どうやって浪人どもとつなぎをつけたんだ。あたらせてはいるんだが、浪人を雇っちゃいねえし、雇ったこともねえようだ。そんな連中とつるんでいるような悪い評判も、いまんとこは聞かねえ。出入りする侍は、いずれもどこぞのご家中のお偉方だけよ。それに、商人の遠州屋にあれだけのてくばりができるとも思えねえ」

なおしばらく話していた。寄合の問屋仲間でかさなっている者を再度あたらせたが、やはり和泉屋と悶着をおこした店はないとのことであった。

遠州屋の疑いは濃くなるいっぽうだ。

懸念どおりなら、大店の身代に血迷い、子が親の命を執拗に狙っていることになる。ありあまる財産は人を狂わす。宗右衛門にとっては、このままでも地獄、落着しても地獄である。

二

立花家上屋敷まで、真九郎の足で半刻（一時間十分）たらずだ。

下谷は上野の山の南がわに位置する。町家はほんのわずかで、ほとんどが大名屋敷や幕臣の屋敷であり、寺社も多く、緑が眼につく。

神田川を新シ橋でわたってまっすぐすすみ、出羽の国秋田藩二十万五千八百石佐竹家の上屋敷の堀ぞいを行き、かどを左におれたさきに立花家上屋敷の正門がある。不忍池から佐竹家門前の三味線堀まで流れる忍川の堀にかこまれ、ひろさは一万六千余坪。一帯は、徒組の組屋敷が多くあるので御徒町と呼ばれていた。

この日も、昼九ツ（正午）まで稽古をつけ、井戸で汗をふいてから上屋敷をあとにした。

中食をすませてから道場へもどってきて稽古をつづける熱心な者もいる。しかし、出稽古は昼九ツまでというのが団野道場の決まりだ。

さらに修行をつみたい者は本所亀沢町の道場に入門させ、源之進じきじきに指導するためである。

雪江には、昨日のうちに中食はいらないとつたえてある。日本橋小伝馬町により、遠州屋を見るつもりだった。

新シ橋から土手に柳がならぶひろい柳原通りをよこぎって町家にはいる。

だいぶちかづいたと思えるあたりで、通りをゆく町人に千代田稲荷の場所を訊いた。

二つめの四つ辻を右へまがる。

鳥居のむこうに、屋台見世がある。かついで売り歩く屋台よりおおきく、ふだんはその場に据えおかれている。

屋台見世は据え見世ともいう。屋台のよこには腰掛台がある。

姉さんかぶりで赤児を背負った裏長屋の女房と、十二、三歳くらいの娘が屋台のまえにいる。

二十四、五歳くらいの中肉中背が天麩羅を揚げている。

真九郎は、鳥居のてまえで立ちどまった。

千代田稲荷も、長谷川町に住んでいたころに朝稽古をしていた三光稲荷とおなじく木々が生い茂り、裏長屋が幾棟も建ちそうな広さを有している。

首をめぐらして奥へ眼をやる。人影はない。ひそんでいるのであろう。すぐに眼につくようでは、探索の任はつとまらない。

女房と娘が、紙包みをもって去った。

真九郎は、屋台のまえへ行った。

天麩羅売りは、背丈が五尺四寸（約一六二センチメートル）ほど。これといって特徴のない顔立ちだ。

名のるまえに、天麩羅売りがちいさく辞儀をした。

「お見えになるかもしれねえと聞いておりやした。政次と申しやす。どうぞ政とお呼びください」

「どこぞで会うたかな」

「へい。最初の夜、深川で。あっしもおりやした」

「そうであったか。ところで、二本ほど食させてもらえぬか」

「冷えた白湯しかございやせんが、よろしいんで」

「かまわぬ」

「すぐにご用意いたしやす。そこでおかけになってお待ちください」

真九郎は、腰掛台にかけ、かたわらに風呂敷包みをおいた。

政次が、七厘にかけた鉄鍋にころもをつけた具をいれる。油が音をたて、香ばしい匂いがした。

顔をふせかげんに真魚箸をつかいながら、小声で話しかけてきた。

「斜めめえにあるのが、遠州屋でございやす」

真九郎は、さりげなく眼をやった。

間口十間（約一八メートル）ほどの蔵造り二階建てだ。

武都である江戸では金が流通し、商都である大坂は銀で取引する。そのほかに、日常通貨としての銅銭がある。しかも、金銀銅貨の相場は変動した。その両替と、各地からの船荷などの手形決済といった為替、大名への送金や貸付などをあつかうのが大店の本両替で、小口の両替をおこなうのは銭両替といった。

しかし、時代を経るにしたがい、大名相手の本両替は衰微していき、町人経済の隆盛にともなって資金力のある銭両替商の一部が貸付や為替にも手をひろげていく。そのような新興両替商を脇両替といった。

琢馬によれば、遠州屋には武家が出入りしている。大店とはいかないが、脇両替の一軒のようであった。

政次に顔をむけた。

「そのほう、菊次におるのか」

「へい。厨には、七五郎さんのほかにあっしともうひとりおりやす。亀も、洗いものなどをやっておりやす」

「そうか。なにかうごきは」

「下男のなかに、ちょいとわけありのがおりやす。出入りの口入屋がわかりやしたんで、親分がそいつに因果をふくめて遠州屋から暇をもらわせやす。後釜にこっちの手の者をいれやすから、なかのようすもわかるようになりやす。心配いりやせん。つぎの働き口は親分がちゃんと世話しやす」

「遠州屋はどうだ」

「いまのところ、これといって怪しいそぶりはありやせん」

このとき、真九郎は琢馬のてくばりを危うくしていることに気づいた。

店さきに屋台ができた。宗右衛門を狙っているのであれば、当然警戒する。二階には、通りにめんして連子格子がある。表を見張るには恰好の場所だ。

「教えてくれぬか」

「なんでございやしょう」

「ここには、まえも屋台があったのかな」

「へい、昼は汁粉屋、夜は二八蕎麦屋がおりやしたが、親分が話をつけ、かたがつくまで余所で商わせておりやす」

琢馬にぬかりはない。ここは江戸で、町奉行所がある。琢馬はかまわないと言ってくれたが、目付きどりはよけいなお節介である。

真九郎は、揚げたての天麩羅を食べ、腰をあげた。

半刻（一時間十分）あまりまえから、厨で数人が立ち働く気配があった。

とよが呼びにきて、雪江が厨に行った。

ほどなく、宗右衛門が庭さきをまわってあらわれた。真九郎は客間にうつった。雪江も厨からもどってきて、右よこで寝所の壁を背にした。

和泉屋の女中ふたりととよが食膳をはこんできた。

真九郎は苦笑した。

食膳にならべられた料理はささやかなと呼べるしろものではない。大勢の奉公人がいる和泉屋には、台所があり、料理をする男衆がいる。その男衆が厨でつくっているのだろうと思っていたが、食膳に盛られているのは料理茶屋あたりの料理人の庖丁（ほうちょう）だ。

ふたたび食膳がはこばれてきた。

いまが季節の鰹（かつお）の刺身、鰺（あじ）の塩焼き、海老（えび）の蒸焼き、蛤（はまぐり）の酒煮、三つ葉と鴨（かも）の吸い物、鴨の照焼き。

ほかにも、黄と白の卵料理が二皿、初茄子（なす）や椎茸（しいたけ）、夏蕪（かぶ）、青山椒（ざんしょう）や青豆、伊勢若布（いせわかめ）の酢の物などが色をそえている。

とよが去り、残った女中ふたりが、真九郎と宗右衛門のまえで膝をおり、食膳から銚子（ちょうし）をとった。

真九郎は、杯をもって、うけた。

諸白を注いだ女中ふたりが、三つ指をついて客間をでていった。

杯をおき、真九郎は宗右衛門に顔をむけた。

「和泉屋さん、これがささやかな膳かな」

「贅（ぜい）をつくすとお叱りをこうむりますゆえ、二膳しか用意させませんでした」

宗右衛門が表情もかえずにこたえる。

真九郎は、ゆっくりと首をふった。

「そのほうにはかなわぬ」

「お許しがでましたようで。奥さま、どうぞお箸をおとりください。手前もちょうだいいたします」

雪江が、困惑げな顔をむけた。

「和泉屋さんからお味噌（みそ）とお醤油（しょうゆ）のほかに、ご酒（しゅ）も樽（たる）でいただきました」

宗右衛門が、あわてる。

「あれは奥さまへのお礼でございます」

真九郎はいぶかしく思った。

「雪江、樽とは」

「四斗樽（しとだる）（約七二リットル、約七二キログラム）です」

真九郎は、呆れ、宗右衛門に眼をやった。

「和泉屋さん、習い事への礼としては多すぎるのではないかな」

「とんでもございません。手前も番頭たちも、娘にかけていたぶんを商いにむけることができます。それに、霊岸島でお琴をご教授していただける師匠がおられるとは聞いたことがございません。遠くへかよわせるとなると、駕籠を用意し、供の手代もつけねばならなくなります。それを考えますならば、とてもあのようなものですむはずもございません。謝礼につきましては、あらためてご相談させていただきます。どうか、冷めませぬうちにおめしあがりください」

真九郎は、雪江に顔をむけた。

「馳走になろう」

雪江が、うなずき、箸をとった。

四隅の行灯に、平助が火をいれた。

障子は両側にあけてある。夕映えが薄れ、宵が足音をしのばせている。日暮れの微風が庭からそよいでくる。

箸をつかい、杯を干すうちに、いつしか落日の残照はすっかり消え、庭を夕闇がおおいつつあった。

雪江が、真九郎と宗右衛門のやりとりに耳をかたむけながら食膳の料理をかたづけている。

眼があうと、にっこりと笑った。

「たいへんに美味しゅうございます」

宗右衛門が言った。

「それはようございました」

「和泉屋さん、迷惑でなければ教えてほしいのだが」

宗右衛門が箸をおく。

「どのようなことでございましょう」

「桜井どのから聞いたのだが、菊次を建て、当座の資金をだしたのは和泉屋さんたちだそうだな」

宗右衛門が、笑みをこぼし、うなずく。

「そのことにございますか。それまでは、店の規模におうじて年にいかほどときめておりました。藤二郎親分が、おきくと夫婦になり所帯をかまえるにあたって、思うことがあるので料理屋をはじめたいと手前どもへのご相談がございました。みなで話しあい、さきのことまで考えますればそのほうが安上がりだということでお引受けしたのでございます。ですから、いまでは季節ごとにわずかずつだしあっているだけにございます」

しばらくは、また料理を食した。

満腹したらしい雪江が、うらめしげに残った料理に眼をやっている。

杯を干した宗右衛門が注ごうとしたが、みたすほどは残っていなかった。

雪江が言った。

「おもちしましょうか」

真九郎はうなずいた。

「わたしも、今宵はつきあうことにする」

宗右衛門が笑みをこぼす。

「ありがとうございます。奥さま、お願いいたします」

雪江が、とよを呼ばずにみずから宗右衛門の銚子をもって厨へ行った。

宗右衛門が言った。

「和泉屋は、代々霊岸島に住まいしておるわけではございません。失礼とはぞんじますが、鷹森さまは松平越中守（まつだいらえっちゅうのかみ）さまの札差棄捐令（ふださしきえんれい）をごぞんじにございましょうか」

真九郎は首肯（しゅこう）した。

老中首座となった松平定信（さだのぶ）は、寛政（かんせい）の改革を断行した。そのひとつが寛政元年（一七八九）の札差棄捐令である。

浅草の御蔵から禄高を米俵でうけとる旗本や御家人を相手に、その代行と換金を生業としているのが御蔵前の札差たちである。

札差は、その手数料のほかに蔵米を抵当に融資もし、悪辣な暴利をむさぼった。その借金が、旗本や御家人の生活を極度に圧迫していた。

いっぽうの札差は、月番で詰所にでるときのひと月の弁当代だけで百両というべらぼうな浪費をしていた。

棄捐令によって、その借金が棒引きされたのである。札差の損害は、百十八万七千八百両にものぼったという。それでも、潰れた札差はいない。いかに巨利をえていたかである。

宗右衛門がつづけた。

「父の代までは、和泉屋も札差をいたしておりました。こう申してはなんですが、ずいぶんとあくどいことをなしている札差もおりました。吉原あたりで豪遊する者などもです。世間さまにはそれを粋だと賞賛するむきもありましたが、父は眉をひそめておりました。そのようなわけで、札差仲間とのつきあいもうまくいかず、ちょうどここで酒問屋が売りにでておりましたので札差の株と証文などのたぐいも割引で処分して、奉公人ごと手にいれたしだいでございます。運がようございました」

宗右衛門が、卵料理を一口たべて箸をおく。

「ですが、不作がつづいたり、奢侈令がでたりしますと、酒だけでは商いも危のうございます。それで、味噌と醬油もあつかうことにいたしました」

「桜井どのが、地所もずいぶんともっているはずだと言っておられた」

宗右衛門が苦笑する。

「そのようなことまで。それほど多くはございません。鷹森さま、小判を蔵のなかに寝かせていても無意味にございます。役にたててこそ生きてきます」

雪江が、銚子をもってもどってきて、宗右衛門の食膳のまえにすわった。

「お注ぎしましょう」

呆然とした宗右衛門の顔に、狼狽がはしり、あわてて腰をひいて低頭した。

「めっそうもございません。どうかお許し願います」

「和泉屋さん、遠慮せずともよい。馳走になった礼がしたいのであろう。うけてもらえぬか」

「おそれいります」

宗右衛門が、膝をすすめ、両手で杯をもつ。

雪江が、注ぎ、銚子をおく。

みずからの食膳にもどり、箸をとった。

真九郎は、かすかに笑みをうかべ、雪江から宗右衛門に眼をうつした。

「和泉屋さん、平助ととよは親子だと聞いた。平助は、和泉屋さんに救ってもらったと話していた」

宗右衛門は驚いたようであった。

「平助がそのようなことまでお話しいたしましたか」

雪江が、わずかに上体をむける。

「お訊きしてもよろしいでしょうか」

「なんだね」

「わたくしもびっくりしました。なにゆえ隠していたのでしょう」

「身内だとたがいをかばう。だから雇わぬところもある」

宗右衛門が、かすかに眉根をよせる。

「鷹森さま、たしかにそのとおりにございます。ですが、どうしてそのようなことまでごぞんじなのでしょう」

「わたしは、国もとでは目付であった」

「そういうことでございますか。得心がまいりました」

　真九郎の銚子もあいた。

「すまぬが」

「はい」

　雪江が、銚子をもって客間をでていった。

　宵闇のなかに、土蔵の白壁がぼうっと浮いている。

　青空がひろがる雲ひとつない一日だった。初夏の陽射しに痛めつけられた大気が、夜に抱擁され、静かな息づかいで夜気のかぐわしさをかもしはじめている。

「鷹森さま」

　庭から宗右衛門へ眼をむける。

「手前の恥を申しあげることになりますが、お聞き願えますでしょうか」

　真九郎はうなずいた。

「さきほどからのお話は、桜井さまより手前の娘と倅のことをお聞きになってのこととぞんじます。娘の名はふじ、倅は長太郎と申します。じつは、長太郎のうえにも男児が誕生したのですが、死産でした。それもあって、長太郎を甘やかせてしまいました。手前も若く、商いをおおきくすることしか頭にありませんでした。いまさら悔いてもいたしかたのないことですが、長太郎の育てかたを誤りました。あれが、二度も吉原の花魁に夢中になったことは」

「遠州屋にいることも聞いておる。気の毒に思う」

宗右衛門が吐息をつく。

「鷹森さま、枝ぶりがどれほど立派に見えようと、根っこが腐っていては、その木はもはやだめにございます。子が可愛くない親がございましょうか。ですが、和泉屋を倅の代で潰させるわけにはまいりません。手前どもを信用してお取引いただいている大勢のお客さまにご迷惑をおかけするだけでなく、奉公人も路頭に迷わせてしまいます。和泉屋の仕事をたよりにしている人足たちもです。長太郎が心をいれかえているとしても、それは手前が生きているあいだだけでございましょう。あれは、商人としては信用がおけません。遠州屋で五年もがまんできるなら、地所のいくつかをあたえ、地主として生きていくように説得してみるつもりでおります。もちろん、そのおりは遠州屋にもじゅうぶんな礼はつくす所存です」

「遠州屋は両替商だと聞いたが……」

宗右衛門がうなずく。

「昔は、酒だけでなく醤油も上方からの下りものがおもでした。ですが、ただいまは下総の銚子と野田の醬油が、江戸でのたいはんを占めております。酒の手形為替は古くからの両替商と取引しておりますが、醬油については先代の遠州屋さんにまかせることにしました。それいらいのつきあいでございます。そのご縁で、ふじも嫁ぎました」

雪江がもどってきた。

夏の酒は冷やで飲む。樽から銚子にそそぐだけだ。さきほどもそうだが、ころあいをみはからっていたのであろう。

雪江のなかに妻と娘とが同居しているようだ。

食膳をはさんで膝をおり、注ぎましょうかとのしぐさをした。

真九郎は、うなずいて杯をもった。

座についた雪江が、ふたたび箸をとる。

真九郎は、昼間にでも料理茶屋につれていこうと思った。雪江が言う料理のお稽古になるはずだ。

よもやま話のうちに二本めの銚子もあいた。雪江は食膳二つをきれいにかたづけ、真九郎と宗右衛門はすこしずつ残した。

雪江が、平助を呼んで提灯を用意するよう言った。

平助のもつ提灯に案内されて庭を去っていく宗右衛門を、真九郎は雪江とともに廊下に立って見送った。

　雪江が言った。

「今宵はいただきすぎました。明日（あす）は朝餉をすこしひかえます」

　真九郎は、口端に笑みをうかべた。

「雪江に礼を言わねばならぬ」

「どういうことにございましょう」

「雪江が酌をしようと言ったときのことだ。和泉屋があのようにあわてふためくのをはじめて見た」

「まあ、お人がわるい」

　雪江が、とよを呼んで客間をかたづけはじめた。

　真九郎は、廊下にたたずんだまま夜空を見あげた。

　雲間に、鋭利な刃物のごとき三日月がある。

　宗右衛門は四度（よたび）襲われている。しくじってもあきらめることを知らず、執拗に狙いつづけている。北町奉行所の者までついているとわかっていてだ。執念としかいいようがない。それでいて、深川の遣い手も頬疵の剣客もあらわれようとはしない。

　このところ、しばしばそれについて考えている。どうとらえればよいのか、真九郎は理解に苦しんでいた。

雪江ととよが、食膳をもって客間と厨を往復している。

真九郎は、宗右衛門の話を想起した。

宗右衛門は、長太郎をあずけておくことで遠州屋の人としての力量をはかっているように思える。宗右衛門のためにも、琢馬やおのれがまちがっていることを願った。

――人の世はままならぬ。

真九郎は、内心で独り言ちた。

ひんやりとした夜風がとおりすぎていった。

三

別座敷に迎えにきた宗右衛門と料理茶屋をあとにしたのは、夜五ツ（八時四十分）すぎだった。

小田原提灯を手にした宗右衛門を、真九郎は護りやすい右よこにならばせた。

料理茶屋がならぶ通りは常夜灯があり、はなやかなにぎわいがある。しかし、富岡八幡宮の一ノ鳥居がある大通りにでると、人影が絶え、町家はいっきに暗くなる。灯りがあるのは、ところどころの居酒屋などだけだ。

通りのまんなかを永代橋へむかう。

これほどたびたび命を狙われながら、相手に事情を話して番頭なりにかわってもらおうとしない宗右衛門の胆力に、真九郎は頭がさがる思いだった。

「和泉屋さん、案ずるなとは言わぬ。が、わたしも死力をつくす」

宗右衛門が、沈んだ笑みをこぼす。

「承知しております。どれほどありがたく思っておりますことか。七生かかっても、このご恩はお返ししきれません。手前がこうして歩けておりますのも、そばに鷹森さまがいてくださるからにございます」

最初に襲われた場所をすぎた。ほどなく、二度めに襲われたところだ。宗右衛門の表情がまたしてもこわばる。

真九郎は言った。

「あのおりは油断した。ちかくにひそんでいる気配はない」

宗右衛門が、肩の力をぬく。

真九郎は、橋の前後を警戒していた。ひとりで相手にできる人数にはかぎりがある。十名ほどで襲いかかり、舟で逃げる。これまでの経緯から、町方がいったん襲わせるのを、敵はおそらく心得ている。

八幡橋が見えてきた。

真九郎は、いっそう気をくばった。

背後にかすかな気配。

さっとふり返る。

宗右衛門がぎくりとして立ちどまる。

三挺の駕籠だ。

宗右衛門をうながして通りの左隅により、右後方を警戒しながらすすむ。まもなく、駕籠が追いつき、追いこしていった。

通りのまんなかにもどり、宗右衛門をまた右よこにする。

八幡橋をわたる。つぎは一町（約一〇九メートル）ほどさきにある福島橋だ。

大通りは、福島橋をすぎると、裾広がりの大川河口にむかって左がわへなだらかな弧をえがいている。つきあたりの丁字路を右へおれれば、永代橋までは二町（約二一八メートル）余だ。

永代橋をこえれば、霊岸島はすぐそこである。

宗右衛門がおおきく息をした。他出のたびに襲われるとはかぎらない。そう思っているようだ。いや、願っているのかもしれない。が、油断は禁物だ。

永代橋の河口がわに御船蔵がある。橋の両脇には葦簀張りの出茶屋などの床見世がならんでいる。昼間はにぎやかで、もうすこし暖かくなれば夜見世もできるが、いまはひっそりとしている。

たもとのなだらかなのぼり坂から永代橋にかかる。大川四橋でもっとも長く、百二十間（約二一六メートル）余もある。

初夏のかろやかな夜風が、汐の香をはこんでくる。

まるみをおびた橋のいただきに達した。

ふいに、御船手番所うらと高尾稲荷から提灯がとびだしてきた。

たもとで火の手があがる。二台の大八車に積みあげられた薪が、炎につつまれていく。

桐油だ。薪に桐油がかけてあったのだ。

ふり返る。

深川のたもとでも、二台の大八車が紅蓮の舌で大気を舐め、濛々たる黒煙が夜空にたちのぼっている。

風にあおられた炎で床見世が燃えだした。

松明に火をつけた人影が、御船蔵のまえにある佐賀町の自身番屋に投げた。

自身番屋から町役人たちがとびだす。

湊に躰をむけた宗右衛門が、驚愕を顔にはりつかせ、左右に眼をはしらせている。

橋の左脇から人影。

三人。二本差しだ。炎の山となった大八車を背に、左手を鯉口にあてて駆けてくる。

箱崎がわからも、三人がむかってくる。

真九郎は叫んだ。

「ついてまいれ」

深川方向へ全力で駆けおりる。宗右衛門が懸命に追ってくる。が、どんどんあいだがあいていく。

火急を告げる音が、夜陰を切り裂いた。

ドーンドーン……。カンカンカン……。ジャンジャンジャン……。

火事の急報はかならずこの順番で鳴る。定火消の太鼓、大名火消の板木、そして町火消の半鐘だ。

夜をそめるまがまがしい緋色が、迫ってくる浪人たちを浮かびあがらせる。左とまんなかに見覚えがある。新川で襲撃してきた者だ。

三人が抜刀。

駆けおりる勢いを減じ、備前を抜く。そのまま左の敵へ。

「オリャアーッ」

裂帛（れっぱく）の気合を放ち、大上段から面にくる。下方から備前が奔（はし）る。鎬（しのぎ）で受け流す。反転。敵の背を斜めに斬りさげる。

「ぐえっ」

「死ねぇッ」

叫び声とともに斬撃。

備前をはねあげる。背後からの一撃を頭上で弾（はじ）く。腰をおとしながら躰をまわす。備前が一文字に脾腹（ひばら）を薙（な）ぐ。

「ううっ」

さっと立ち、八相にとる。

とびこまんとしていた三人めが、跳びすさり、青眼に構える。

真九郎は身をひるがえした。

宗右衛門まで十間（約一八メートル）。駆けてくる三名と宗右衛門との距離もほぼおなじ。

背後の敵が追ってくる。

宗右衛門が必死の形相で駆けてくる。
走りながら備前に血振りをくれる。
宗右衛門とのあいだが縮まっていく。
三間（約五・四メートル）。
「欄干(らんかん)によってかがめ」
宗右衛門が斜めに転じる。
橋板を踏みしめ、躰を反転。
備前を八相へ。
追ってきた敵が、まっ向上段に振りかぶりながらつっこんでくる。
「キエーッ」
右斜めに踏みこむ。
敵の白刃が左肩さきを流れる。
八相からの疾風が、敵の脇下へ奔り、骨と左腕を断つ。
左腕がとぶ。
「ぐぇーッ」
敵が絶叫を放つ。

真九郎は、踵(きびす)を返して走っていた。抜刀した三名が、欄干につかまって身をかがめている宗右衛門へむかっている。だが、真九郎のほうがちかい。

宗右衛門と敵とのあいだにとびこむ。

「トリャーッ」

敵の白刃が一文字に剣風を曳(ひ)く。頸(くび)への薙ぎ。上体をそらして敵の切っ先をかわす。踏みこみ、下方からの袈裟懸(けさが)け。備前が、脾腹から肩さきへ、布と肉を断ちながら奔る。斜め後方から殺気。備前が抜ける。雷光の疾さで夜空を斬り裂き、弧を描く。躰をひねりながら腰をおとす。

頭上を白刃が奔る。

敵の下腹を薙ぐ。

最後の敵が青眼から面にきた。

備前の柄を頭上へ。敵の刀が鎬を滑る。勢いよく腰をあげる。敵の上体がかたむく。備前が、胸から腿(もも)まで斬り裂く。

敵がよろめく。

「ぎゃぁーッ」

絶叫を残して背中から欄干のむこうへ消えた。

真九郎も、内心で悲痛の叫びを発した。

——どれほど人の命を奪えば終わるのだ。

残心の構えを解く。

ふり返る。

宗右衛門が、欄干につかまり、眉間に縦皺を刻んで両眼をとじていた。小田原提灯が小刻みに震えている。

敵におのれを凌駕する遣い手がいれば命はない。武に生きる者として、剣の修行に邁進してきた真九郎ですら、耐えがたい思いなのだ。ましてや、これまで争いごととは無縁であったろう初老の町人が必死に堪えている。

そのようすに、真九郎は胸をうたれた。

「和泉屋さん、だいじないか」

宗右衛門が眼をあける。

「は、はい」

真九郎は、橋の両端に眼をやった。

いまだ紅蓮の炎が夜を焼いている。しかし、駆けつけた町火消の纏がひるがえり、火勢は減じつつある。

箱崎のほうは大八車だけだ。佐賀町は、大八車のほかに、床見世と自身番屋が燃えている。町家と永代橋への類焼はまぬかれそうであった。

真九郎は、血振りをかけてから懐紙(かいし)でていねいに刀身をぬぐい、鞘にもどした。たたんだ懐紙を顔にあてたが、返り血はなかった。衣服と腕だけのようだ。手拭をだして腕の返り血をふきとった。

宗右衛門がそばにきた。

「鷹森さま、いちじはどうなることかと思い、生きた心地がしませんでした」

口調に安堵がこもっている。

「すまぬ。あれしか思いつかなかった」

「とんでもございません。まことにありがたくぞんじます」

「まいろうか」

真九郎は、宗右衛門をうながして深川へむかった。

二台の大八車がひっくり返され、薪の山が崩れている。町火消たちが、鳶口(とびぐち)で燃えている薪を小分けにして水をかけている。

遠巻きに人だかりができ、罵声がとびかい、騒然としている。藤二郎たちが、十手で押しもどし、鎮めている。

たもとから、琢馬があがってきた。疲れた表情だ。

「すまねえ。おめえさんがやりあってるのは見えてたんだが……」

「わかっております。敵は桜井さんたちを足止めするために火を放った」

琢馬が吐息をつく。

「風がなくて助かったぜ。……挟み撃ちだったな。何名だ」

「六人でした」

「みんな殺っちまったってわけか」

「やむをえず」

「手の内を読まれていた。橋のうえじゃあ隠れるところもねえ。しゃあねえよ。まさか付け火をするとは思わなかったぜ。おいらたちが、横丁から永代橋めえにでようとしたら、面体を隠して抜刀した浪人が路地をふさいでやがった。おめえさんが話してた深川の遣い手と背恰好がおんなじだった。たしかにおそろしく遣える。いそいでひき返し、べつの路地からでてきたら、この騒ぎよ」

琢馬が舌打ちした。

「火事はほっとけねえ。自身番の話じゃあ、大八車一台にほっかむりをした者が三名ずつだったそうだ。それと、おいらたちを邪魔した浪人。河岸から猪牙舟で逃げやがったらしい。またしても奴らにしてやられたぜ」

「新川から逃げたふたりがまじっておりました」

「あとで教えてもらえるかい」

　真九郎はうなずいた。

「ここいらでもうちょい待っててくんな」

　琢馬がもどっていく。

　炎よりも煙がくすぶっている箇所のほうが多くなっていた。

　真九郎は、なにゆえ大八車で永代橋に火をかけなかったかと考え、すぐさま納得した。

　刺客が六名。橋の両側で騒ぎをおこすのに六名ずつ。それに舟と船頭。そして、琢馬たちをさえぎった深川の遣い手。

　敵は人数も用意も周到だ。いったい、何者が、これほどのしかけを――。


　翌朝、真九郎は刀袋をもって家をでた。

　南の空に入道雲があった。初夏の陽射しはさほど強くはない。だが、春の若葉が、夏へむけて日一日と緑を濃くしている。

　なにごともなかったかのような朝の陽射しがまぶしい。夜がすぎれば、朝がくる。しかし、また夜になる。どこの誰が、どうやって、これほどまで執拗に刺客をくりだすことができるのだ。もはや尋常一様ではない。

立花家上屋敷からの帰り、真九郎は美濃屋によった。

神田鍛冶町は、日本橋から筋違橋御門にいたる大通りの途中にある。日本橋からは八町（約八七二メートル）余、筋違橋御門からは五町（約五四五メートル）ほどだ。いつもの新シ橋よりひとつ上流にある和泉橋で神田川をわたり、柳原通りを斜めによこぎったところで、とおりすがりの者に道を聞いた。

暖簾をわけて土間にはいると、帳場から番頭がでてきて膝をおった。

「お武家さま、ご用命をうけたまわります」

「鷹森と申す。主はおられるか」

「ただいまお呼びしてまいります。おかけになってお待ちくださいませ」

すぐに、七左衛門がやってきた。膝をつき、かるく低頭する。

「鷹森さま、ようこそおいでくださいました。どうぞ奥へ」

「それにはおよばぬ」

七左衛門が、いくらか前屈みになる。

「お聞き願いたいことがございます。お手間はとらせません」

七左衛門の合図に、下女がすすぎをもってきた。腰の鎌倉をはずして框に腰をおろし、左脇に刀袋とともにおく。下女が足を洗い、手拭でふいた。

土間からあがり、左手に鎌倉と刀袋をさげ、七左衛門についていく。

庭にめんした座敷の上座に案内した七左衛門が、正面に腰をおろした。

「まずはご用命をお聞かせくださいませ」

「研ぎをたのみたい」

「かしこまりましたが……」

七左衛門が、眉をひそめぎみにして語尾をにごし、顔色をかえた。

「まさか、和泉屋さんがまたもや襲われたのでございますか」

「案ずるにはおよばぬ。和泉屋は無事だ」

七左衛門が、肩でおおきく息をした。

「それはよろしゅうございました。おあずかりいたします」

真九郎は、膝行してきた七左衛門に刀袋をわたした。腰をあげた七左衛門が、もとの座にもどって右脇に刀袋をおいた。

「これでそれがしの用件は終わった。聞こうか、なにごとかな」

「鷹森さま、このような商いをいたしておりますと、お腰のものについていろいろと話がはいってまいります。隅田堤で斬られたお侍は七名。刀は七振りで、おれた刀が一振りと脇差も一振りあったそうにございます。手前が和泉屋さんから使いをいただきましたのは、その日のうちにございました」

真九郎は、しばし沈思した。

「こみいった事情がある。内聞に願いたい」

「和泉屋さんが襲われたことにもかかわりがあるのでしょうか」

「それもある。くわしくは話せぬのだ」

「承知いたしました。じつは、過日、さる大名家のご老職にお会いしたおりにも、隅田堤の件で知ってることはないかとたずねられました。むろん、なにもぞんじませぬとおこたえいたしました」

「かたじけない」

「あのおりの手代には堅く口止めしておりますれば、ご安心ください。……ところで、鷹森さま。お支払いはどうなさいますか。盆暮にまとめてでもよろしゅうございますが、その都度のほうがいくらかお安くなります」

「では、そうしてもらおう。使いをよこし、研ぎ代を教えてもらえれば、もらいにまいったおりにはらう。それでよいか」

「けっこうにございます」

「あいわかった。いそぐので、これで失礼する」

真九郎は、左脇の鎌倉を手にとった。

店さきで七左衛門に見送られ、帰路についた。

どのような秘事も、すこしずつ洩(も)れていく。それは、しかたがない。

それにしても、と真九郎は思う。

深川の遣い手がでてきた。気になるのは、まったく姿を見せぬ頰疵の剣客だ。永代橋で、琢馬たちを浪人二名でさえぎり、深川の遣い手と頰疵の剣客が二名ずつをひきいてきたら、いっしょに大川にとびこむしか宗右衛門を護るすべはなかった。

四

二日後の昼。

初夏の陽射しが相模(さがみ)の空にかかり、漢籍を読むのに疲れて青空と白い雲とに眼をやっていると、表の格子戸が乱暴にあけられ、亀吉が叫んだ。

「旦那ッ」

「雪江、刀を」

真九郎は、上り口へいそいだ。

廊下のかどをまがったとたんに、亀吉がしゃべりはじめた。

「旦那、助けておくんなさい。浜町の三浦屋が浪人者三名に因縁つけられて難儀してるって報せがあったんでやすが、親分もみなも出払ってて、あっしひとりなんでやす」

雪江が大小をもってきた。真九郎はうけとり、着流しの腰にさした。

「案内しろ」

「ありがてえ」

亀吉が表にとびだす。

真九郎は、つづいて表にでてうしろ手に格子戸をしめた。

「お願えしやす」

ぺこりと辞儀をした亀吉が、背をむけて駆けだし、脇道にとびこんだ。

浜町は四日市町の北どなりだ。

通りをはさんだ両側でひとつの町屋である。片側しかないのを片町という。新川にめんした四日市町はその片町だ。

脇道から浜町の表通りにでる。左さき十五間（約二七メートル）ほどのところで、人垣が遠巻きになっている。

真九郎は、ふたたび駆けだそうとする亀吉を制した。

「おちつくのだ。そのほうは、道をあけたあとはわたしのうしろにいろ。一言（いちごん）も口をきいてはならぬ。よいな」

「へい」

「では、まいろう」

亀吉がさきになる。

「ごめんなさいよ」

人垣をわける。

両手をひろげて道をあける。

「申しわけねえ。とおしておくんなさい」

三浦屋は瀬戸物問屋だ。土間に、いつ洗ったのかと思うような薄汚れた木綿の袷に袴（はかま）の浪人三名がいた。

そのまえで、主と丁稚（でっち）が土下座し、ほかの者がこわばった表情で見まもっている。

肩幅がある浪人と主とのあいだに、三両の小判と破れた小紙がある。肩幅は真九郎とほぼおなじ背丈だ。背後左右にいるふたりは、いずれも二寸（約六センチメートル）ほど低い。三十代後半から四十前後だ。

うしろのふたりが、肩肘を張り、奉公人たちを睨みつけている。

肩幅が怒鳴った。

「お許しくださいだとッ。勘弁ならぬ。このような端金をだしおって、武士を愚弄する気か。そこの丁稚は、我らを見て嘲笑いおった。それが許せぬと申しておるのだ。このうえは、そのほうともども無礼討ちにしてくれる。ふたりとも表へでろッ」

主が平伏する。

「手前の心得違いにございました。いくえにもお詫びいたします。どうかお許し願います」

真九郎は、土間へはいっていった。

気づいた背後のひとりが、肩幅を指でつつく。

肩幅がふり返る。

「なんだ、おぬしは。見てのとおり、とりこんでおる。でなおしてまいれ」

「そうはいかぬ。主が難儀しておると聞き、助けにまいった」

「助けにだと。笑止」

肩幅が、頭から足もとまで睨(ね)めつける。

「おぬしが相手になるというのか。人を斬ったことなどあるまい。そこいらの道場剣法と真剣とはちがうぞ」

背後のふたりが、侮蔑の嗤(わら)いを口端にきざむ。

真九郎は無表情におうじた。

「お相手つかまつる。表へでてもらおう」

三人三様に、上から下へ、あるいは下から上へと無遠慮な眼差(まなざし)をあびせてきた。

肩幅が、眼をほそめて顎(あご)をつきだし、唇をへの字にする。

「われらと立ち合うと申すのか。おもしろい。……主、おぬしはあとで無礼討ちにしてくれる。そこで待っておれ」

真九郎は、肩幅の傲岸(ごうがん)さにうんざりした。

「ひと言よいか」

「いまさらの詫びなど聞かぬぞ」

「詫びる気はない。それがしは、本所亀沢町、直心影流団野道場の師範代のひとりだ。あらかじめ、申しておく」

三人の顔がこわばる。

中西（なかにし）派一刀流の中西道場、心形刀（しんぎょうとう）流の伊庭（いば）道場、直心影流の団野道場は、江戸でよく知られていた。

「では、表にでてもらおうか。腕におぼえがおありのごようす。ぞんぶんにお相手つかまつる」

背後のふたりの肩が、すぼむ。

肩幅が虚勢をはる。

「いや、待たれよ。あるいは拙者の勘違いであったやもしれぬ。たかが丁稚の不始末。刀をまじえるほどのことではござらぬ。失礼いたす」

「待てッ」

真九郎は、低くするどい声を発した。

三人が、ぎくっと凍りつく。

真九郎は、左手を鯉口にあて、殺気を放った。

「助けにまいったと申したはず。みなのまえで主に土下座させ、そのまま立ち去る所存か」

肩幅が、はじかれたように両手をまえにあげる。

「ま、待たれよ。……主、拙者の勘違いであった。許せ」

三人が、ふたたび踵を返そうとした。

「それが詫びの言葉か。丁稚にはひと言もなしか。表にでろ。おぬしら三名、生かしては帰さぬ」

三人の顔面から血の気が失せる。

「ま、まことに申しわけござらぬ。……主、すまぬことをした。そこの丁稚にも詫びる。このとおりだ」

三人が腰をおる。

真九郎は、左手を鯉口にあてたまま、いっそう低い声で訊いた。

「この界隈に住まいしておるのか」

「い、いや、とおりすがりでござる」

「二度ととおりすがらぬことだ」

三人が、蒼白な顔でがくがくとうなずき、逃げるように去っていった。

真九郎にあるのは、怒りよりも哀しさだった。

商家に因縁をつけて強請たかりのようなことをする浪人たちがいると聞いてはいた。

が、目のあたりにしたのは、はじめてだった。

主が、土間にあらためて手をついて見あげた。

涙をこぼしている。

「まことに、ありがとうございます」

「よい。恥じいる思いだ。亀吉、まいるぞ」

「お待ちくださいませ。どうかお名を」

「それにはおよばぬ。おなじ武士として、あの者たちの所行を詫びる」

真九郎は、低頭して店をでた。

鷹森家は禄米（ろくまい）取りである。大地を耕すこともなく日々の食をえている。そのことの意味をよく考えよ、と物心ついたころから父に言われてきた。

武士は三民のうえに立って範をたれねばならぬ立場にある。生活（たずき）が苦しければ内職をすればよい。それでも志（こころざし）がたもてぬなら大小を捨てればよいのだ。それが武士たる者の覚悟のはずである。

斜めうしろを、亀吉がついてくる。

「旦那、ほんとうに斬っちまうんじゃねえかと思って、あっしは小便（しょんべん）ちびりそうになりやした」

「亀吉、三浦屋が礼にまいるとか、そういったことはいっさい断る」

「旦那、そういうわけにゃあ……」

「断ったぞ。もしも、三浦屋が礼にきたり、なにか届け物をしたときには、今後おまえの出入りを禁ずる」

「そんな殺生な」

真九郎はこたえなかった。

「旦那」

亀吉が泣きそうな声をだした。

「鷹森の旦那、待っておくんなさい」

「ならぬ。しかと申しつけたぞ」

家にもどるころには、真九郎はようやく気を鎮めていた。なにがあったのかを話すと、雪江もしずんだ表情で首をふった。

亀吉への脅しがきいたとみえ、三浦屋からは誰もたずねてこなかった。

翌日、上屋敷道場からもどると、雪江が困惑の表情で迎えた。

居間にかさばった風呂敷包みがあった。

「三浦屋か」

「はい。手代をともなってきていたそうです。平助が、お留守にあずかるわけにはまいりませんと申しますと、お願いですと頭をさげ、おいていったとのことでした」

「和泉屋の入れ知恵に相違あるまい」

「平助がそう申しておりました。このように言っていたそうです。和泉屋さんに相談しましたら、菓子折でしたらお受け取りになっていただけるとのことでしたので、お好みがわかりませんのでとりあえずあつめてまいりました、お口汚しにめしあがっていただければさいわいにぞんじます。平助も、和泉屋さんの名をだされて、断りきれなかったと詫びておりました」

真九郎は肩で息をした。

宗右衛門は、どうも贈り物をおしつけて喜んでいるふしがうかがえる。

寝所の刀掛けに大小をおき、袴をぬぐ。雪江が袴をかたづける。

「いまさら返すわけにもまいるまい。あけてみなさい」

「はい」

風呂敷包みをはさんで対座した。

雪江がむすびめをほどく。

真九郎はうなった。

日本橋界隈にある桔梗屋河内と金沢丹後の京菓子に、紅谷志津摩の練り羊羹と鈴木越後の蒸し羊羹。深川佐賀町船橋屋の練り羊羹。向島長命寺の桜餅まであった。

雪江が、ふたたびこまったような顔になる。

「どうしましょう。あなたは甘いものをあまりめしあがらないし、おたねに分けるにしても、こんなにあると、わたくし、肥ってしまいそうです」

真九郎は、苦笑しかけ、あわてて奥歯をかみしめた。

顔をあげた雪江が、眼をしばたたかせる。

「どうかなさいましたか」

「いや。つまり、その、こうしたらどうかな。雪江もいろいろと食したいだろうから、あけてすこしずつ詰めかえる。それで、たねだけでなく、駿河台のお屋敷にもとどけたらどうだ。平助を使いにやってもよいし、雪江がたずねるのならわたしも同行しよう。とよや平助にも食べてもらうとよい」

「そうですね、そうします」

雪江が、菓子箱を包みなおしてとよを呼んだ。

中食を終えて茶を喫していると、宗右衛門がきた。

皮肉のひとつも言ってやりたいところだったが、数日まえに危うい目に遭ったばかりだ。たびかさなる危難を、宗右衛門はよく耐えている。

話は三浦屋のことだった。三浦屋も、娘を雪江のもとにかよわせるのを願っているという。

真九郎は雪江を呼んだ。

いくらか首をかしげぎみに宗右衛門の話を聞いていた雪江が、あとで平助に返事をつたえさせますとこたえた。

よろしくお願いいたします、と頭をさげ、宗右衛門が去った。

習い事にかよってくる者がふえると中食のしたくができなくなるのを、雪江は気にしていた。

「中食だけはとよにまかせたらどうだ」

「あなたがそれでよろしいのでしたら」

雪江は、手ずから世話をできないのが不満げなようすだった。

平助につたえさせると、すぐに宗右衛門がきた。あがることなく、さっそくにも三浦屋を案内したいという。

真九郎は承知した。

それからすこしして、格子戸があいて宗右衛門がおとないをいれた。

案内した平助が厨へもどっていく。

真九郎は、雪江とともに客間へ行った。

宗右衛門が戸口がわにいて、廊下を背にして三浦屋、その左斜めうしろに内儀と娘がいる。宗右衛門は膝に手をおいてかるく低頭し、三浦屋の三人はいずれも畳に手をついてふかぶかと頭をさげた。

真九郎は上座正面に、躰二つぶんほどあけて雪江が膝をおる。

宗右衛門が上体をなおした。

「鷹森さま、奥さま、三浦屋さんをご紹介します」

「三浦屋善兵衛（ぜんべえ）と申します。昨日（さくじつ）は危ういところをお救いいただき、お礼の言葉もございません。また、鷹森さまと奥さまには、手前どもの願いをお聞きとどけくださり、まことにありがたくぞんじます。これにおりますのが、妻のきよと娘のゆみにございます。おひきたてのほどをお願い申しあげます」

真九郎は言った。

「それがしは浪々の身。そのようにかしこまらずともよい。面（おもて）をあげてくれ」

三人がなおる。それでも、両手を膝におき、いくらか前屈みぎみだ。

善兵衛は、四十前後で、瘦身、血色がよい。内儀のきよは、小柄でふくよかな顔だ。

目尻がさがり、色白である。娘のゆみは、色の白さは母親から、細面と大きな眼は父親ゆずりだ。

「鷹森さま、おたずねするをお許しくださり、お礼を申します」

真九郎はかるくうなずいた。

「難儀な思いをしたのはそのほうだ。武士にあるまじき所行。できれば忘れてもらいたい」

「ありがとうございます」

雪江に顔をむける。

「そちらのことを決めてもらえぬか」

「かしこまりました」

雪江が、きよとゆみをうながして客間をでていった。

善兵衛が畳に両手をつく。

「鷹森さま、菓子折のことはお詫びいたします。お好みがわからず、かといってまたしても和泉屋さんにご迷惑をおかけするのもどうかと思い、あのようなことをいたしてしまいました。まことに申しわけございません」

「それももうよい。世話になった者や、妻の親戚にもくばらせてもらう。かたじけない」

「めっそうもございません。お許しをたまわり、ありがとうございます」

宗右衛門がわずかに身をのりだす。

「失礼とはぞんじますが、奥さまのご親戚が江戸におられるのですか」

「話してなかったかな」

「はい」

「雪江は江戸の屋敷で生まれ、江戸暮らしのほうが長い。母親の実家は神田駿河台にお屋敷があるお旗本だ」

宗右衛門が、得心のいった表情になる。

「さようでございますか。奥さまは、どこか垢抜けしておいでになると思っておりました。どうりで」

真九郎は笑みをうかべた。

「あとでつたえておこう」

「恐縮にぞんじます」

かるく低頭した宗右衛門が、善兵衛にめくばせした。

善兵衛が言った。

「鷹森さま、お願いがございます」

「なにかな」

「和泉屋さんから、習い事のお礼を店の品でお許しいただいたとおうかがいいたしました。手前どもは瀬戸物問屋でございます。むろんのことすべてお揃(そろ)いでございましょうが、お台所を拝見させていただき、手前どもの品でお役にたつものがあれば持参させていただきたくぞんじます」

真九郎はほほえんだ。

「なにかおかしなことを申しあげましたでしょうか」

「いや、気にせずともよい。案内(あない)させよう」

廊下にでてとよを呼んだ。

とよがきて、廊下にかしこまる。

「旦那さま、ご用でしょうか」

「うむ。三浦屋さんが厨を見たいそうだ」

「かしこまりました」

辞儀をして腰をあげた善兵衛が、とよについていく。

厨の板戸が開閉した。

真九郎は、宗右衛門に顔をむけた。

「和泉屋さん、嬉（うれ）しそうだな」

「手前がですか」

「眼が笑っておる」

「それは、鷹森さまとお会いしておりますと、おのずとそうなるのでございます」

「そういうことにしておこう」

「このごろはお人がわるうなっておられるような気がいたします」

　真九郎は、呆れ、宗右衛門を見つめた。

　すまし顔だ。真九郎は苦笑した。

　宗右衛門が表情をあらためた。

「鷹森さま、お礼を申します」

「町家で暮らすからには、江戸の商人のやりようにも慣れねばなるまい。ただし」

「承知しております。手前も出入り差し止めはごめんこうむります。鷹森さま、お叱りをこうむるやもしれませんが、藤二郎親分にお琴やお花の師匠への謝礼がいかほどか調べてもらいました。おちよひとりではなくなりますので、花屋も決めねばなりません。定期の取引となりますので値段の交渉もございます。奥さまのお琴をお聴きして、習い事の師匠にここをお貸ししたのかと訊いてまいった者もおります。謝儀（月謝）の件をふくめまして手前に按配（あんばい）させていただきたいのですが、よろしいでしょうか」

「かたじけない。お願いいたす」

「おまかせください。若い手代のひとりに、花屋の帳簿をつけさせることにいたします。金子（きんす）がからむことですから、そうしておけばまちがいございません」

「厄介をかける」

「なにをおっしゃいます。これは、親ばかだとお笑いください。ちよは、奥さまがやさしくお教えくださるので、毎朝楽しみにしております。みねもたいそう喜んでおります。あれには、ふじや長太郎のことで気苦労ばかりかけております」

　真九郎はうなずくにとどめた。

　善兵衛がもどってきた。にこやかな笑みをうかべている。

「鷹森さま、お詫びいたします。おとよに聞きました。奥さまは、手前どもにもおいでいただいたそうにございます。ぞんじませぬこととはいえ、失礼いたしました。いくつもの店であのようにそろえられたとのこと。手前などは遠くおよびませぬ。ただ、あったほうがよろしいかと思う品もございます。それをおもちしてもよろしいでしょうか」

「かまわぬが、高価なものはこまる」

「それはもう和泉屋さんからうかがっております。奥さまのご意向と品揃えをそこなわぬようにいたします」

雪江が、きよとゆみをともなってもどってきた。

宗右衛門が言った。

「では、鷹森さま、奥さま、手前どもはこれにて失礼させていただきます」

善兵衛にうながされて、ゆみが三つ指をついた。

「旦那さま、お師匠さま、よろしくお願いします」

若い娘らしい含羞(がんしゅう)のあるかぼそい声だ。

雪江が送っていった。

もどってきた雪江に、宗右衛門が褒めていたことをつたえるとほほえんだが、三浦屋が瀬戸物をもってくるのを話すと表情がくもった。

「断らずにすまぬことをしたかな」

「そうではありません。ありがたいことなのでしょうが、なんだか、気がおもうございます」

「わたしもだ。だが、和泉屋からはうけている。三浦屋を断るわけにはゆくまい」

宗右衛門が言っていた謝儀や花屋のことなども告げた。

それから半刻（一時間十分）ほどして、くぐり戸から厨へ三浦屋がおとずれたようであった。

つぎの日の昼八ツ（二時二十分）すぎ、宗右衛門が姿を見せた。おもい足取りで表情もうかない。

真九郎は、宗右衛門が哀れになってきた。

客間で対座した。

「またしても断れぬ話がまいこんだようだな」

「さようにございます」

宗右衛門が、ため息をつく。

「十一日、場所は柳橋（やなぎばし）でございます。お願いできますでしょうか」

「むろんだ。いっしょにまいる。それにしても、和泉屋さん、よく堪えておるな。感じいる思いだ」

「鷹森さまがいてくださるおかげです。それと、手前にも意地がございます。ここまできて逃げ隠れしたとあっては、この和泉屋、世間さまのもの嗤（わら）いの種となりましょう。何者かは知りませぬが、こうなりましたら、鷹森さまにお預けしたこの命、暖簾にかけてもひきさがるわけにはまいりません」

「わたしも刀にかけよう。なんとしても護りぬいてみせる」

「鷹森さま」

宗右衛門が落涙した。

「もったいなきお言葉をちょうだいいたしました」

懐(ふところ)から手拭をだして顔を覆った。

しばらく、肩が小刻みに震えつづけていた。

真九郎は、胸がふさぐ思いだった。

手拭をしまった宗右衛門が、辞儀をしてもどっていった。

土蔵の屋根のはるかかなたで、青い空に白い綿雲がぽかりぽかりと浮いている。

おおきく息を吸い、口をすぼめてゆっくりとはく。

この日は、琢馬と藤二郎のほかに亀吉と政次を招いていた。

暮六ツ半（七時五十分）ごろ、四人がやってきた。

真九郎と琢馬が上座にならび、藤二郎が戸口がわに、亀吉と政次が庭を背にした。いったんすわった亀吉が、すぐに重箱らしい袱紗(ふくさ)包みを手にして腰をあげる。

藤二郎が、膝をむけ、かるく低頭した。

「鷹森さま、手土産がわりと申してはなんですが、天麩羅をおもちいたしやした。温(あった)けえうちにみなさまでおめしあがりいただければとぞんじやす」

「かたじけない」

「あっしや亀ばかりでなく、政までお招きいただきありがとうございやす」

「過日、どうしても天麩羅の代金をとろうとしなかったのだ」

琢馬が笑みをうかべた。

「おめえさん、あいかわらずだな。ところでよ、おいら、和泉屋にはほとほと感心してるんだ。むろん、おめえさんがいるって安心もあるんだろうが、あれほど肝が据わってるとは思わなかった」

「あっしも驚いておりやす」

藤二郎が真顔で言う。

宗右衛門は懸命に堪えているだけだ。だが、度胸があると思われるのはわるいことではない。

真九郎はほほえんだ。

雪江ととよが食膳をはこんできた。

「藤二郎から天麩羅をちょうだいした。揚げたてだそうだ。みなでいただくがよい」

雪江が、眼もとに笑みをうかべて藤二郎にかるく会釈した。

食膳がそろうまで待ち、真九郎は琢馬に上体をむけた。

「桜井さん、手酌で申しわけないのですが……」

「いいってことよ。そのほうが気楽でいいやな」

食膳には、焼き魚や煮物、和物など、雪江ととよがつくった料理がのっている。

「みなも遠慮なくやってくれ」

藤二郎がこたえた。

「へい、ちょうだいいたしやす」

杯に諸白を注ぎ、一口飲んだところで琢馬が言った。

「こいつはいい酒だ」

「和泉屋に一樽おしつけられました。ぞんぶんに飲んでください。みなもな」

「おしつけられたか。そいつはいいや」

琢馬が笑い、藤二郎がひきとった。

「和泉屋さんがぼやいておりやした。鷹森さまのばあいは、どうすればうけとっていただけるかを苦心しなければならない、このようなことははじめてだって」

琢馬が、からかうような眼をむけた。

「亀から聞いたぜ、礼はだめだって言われ、三浦屋は可哀想なくれえにしょげけえってたそうだ。おっと、その三浦屋のことだ、礼を言わなきゃならねえ。おめえさんの啖呵、おいらも聞きたかった。胸がすうっとしたぜ」

真九郎は、口端に笑みをきざみ、藤二郎を見た。

「和泉屋から聞いた。習い事のことで厄介をかけたそうだな。かたじけない」

「とんでもございやせん。あんなんは、ひとっ走りさせりゃあ、すぐにわかることで。あっしの手先にも、振売りの花屋がいるにはいるんでやすが、こちらさまのお役にはたてやせん。奴に言って、染井村に住む振売りの花屋を見つけやした。そいつに、明日、和泉屋さんをおたずねするよう申しつけておりやす」

染井村は、巣鴨の飛鳥山南方にある。

飛鳥山も八代将軍吉宗が植えさせた桜の名所だ。のちの明治初期に、この染井村で桜の染井吉野がつくられる。あるいは、江戸末期だともいう。

染井村じたいは、元禄（一六八八～一七〇四）のころから、植木や植木鉢や花など江戸の園芸の中心地であった。

「ついでに訊きたいのだが、先日の永代橋でも大勢ひきつれていた。ずいぶんと手の者がいるようだな」

藤二郎がちらっと琢馬を見た。

琢馬が顎をひく。

「へい。あっしのとこに六名寝泊りさせておりやす。ほかにも、担売りや髪結などをやらせながら見まわりをさせているのがおりやすんで、いざとなればあつめられるのが二十名ほどでやしょうか」

真九郎は感心した。

「たいしたものだ」

「おそれいりやす。ですが、鷹森さま、あっしらのやってることは、どっかで命がけでやす。ですから、所帯をもったら足を洗わせておりやす。この政は歳が二十五で、あっしん家にいる者のなかではいちばんの年嵩で。相手がみつかれば、居酒屋なりをやらせようと思っておりやす。職のある者はそれをつづけさせればいいんでやすが、あっしんとこでごろごろさせている奴らの生活がなりたつよう考えてやらねばなりやせん。それもあって、菊次をはじめたってしでえでございやす」

「人をつかうというのはそういうことなのだな。感服した」

「勘弁しておくんなさいやし。世間さまのおかげをもってどうにかこうにか生きているだけの半端者でございやす」

やがて、とよがこざっぱりとした袷にきがえてきて、廊下に膝をおった。前垂もはずしている。袷に見覚えがあった。昨秋、長谷川町の長屋にいたころに雪江が古着屋でもとめて家内用にきていたものだ。

「旦那さま、お酒のほうはまだよろしいでしょうか」

「もらおうか」

「かしこまりました」

とよが辞儀をして去った。

琢馬がつぶやく。

「若え娘(わけ)ってのは、きる物(もん)ひとつでああもちがうものなんだな。化けるとはよく言ったもんだ」

「慣れてきたせいか、表情もあかるくなったように思います」

「あの年頃の娘は、仏頂面よりも笑顔で綺麗(きれえ)になっていく。おいらだったら、毎日冗談のひとつも言ってやる」

「心しておきます」

琢馬が、まじまじと見つめる。

「おめえさんはそいつがいけねえ。心して冗談を言う奴があるかい。かしこまりましたってことになって、笑うどころじゃねえよ」

藤二郎が噴きだし、政次と亀吉がしたをむいてこらえる。

「申しわけございやせん」

藤二郎が頭をさげた。

「かまわぬ」

真九郎は、苦笑を消して、琢馬に顔をむけた。

「さきほど言いそびれてしまいましたが、和泉屋が十一日にでかけるそうです」

「なんだとっ」

琢馬の表情が一変する。

「藤二郎、あのことを話しな」

「へい」

真九郎は、琢馬から藤二郎へ顔をうつした。

「昨日（きのう）、遠州屋のあとを尾（つ）けた若え者（わけもん）ふたりがみごとにまかれてしまいやした。駕籠で薬研堀（やげんぼり）へ行き、料理茶屋にへえったそうで。が、いつまでたっても帰（けえ）るようすがありやせん。で、料理茶屋に訊きやしたら、くるにはきたが、急用を想いだしたとそのまま裏口からでてったそうで」

真九郎は眉をひそめた。

琢馬が口をはさんだ。

「おめえさんもみょうだと思うだろう」

真九郎はうなずいた。

「遠州屋は堅気の商人に思えますが」

「ああ。小店が裏稼業で盗人宿だったたってのはある。ちゃんとした構えの両替屋が裏稼業ってのは、ちょいと考えられねえ。だが、まいたやりくちは素人のもんじゃねえ。話はこれからよ。藤二郎、つづけな」

「へい。遠州屋が帰ってきたのは、料理茶屋から消えて一刻（一時間四十分）あまりもたってからでやす。駕籠でもどってきたのを、屋台の蕎麦屋をやらせてる奴が見ておりやす。ところが、そのとんまが、若え者がついてくると思いこんじまって、駕籠屋の屋号を見なかったと申しやす。二度とこんなへまはさせやせん」

和泉屋にむすびつくとはかぎらないが、遠州屋のふるまいは疑問の余地がない。何者かに指示され、ひそかに誰かと会っている。

――しかし……。

真九郎は、なにか釈然としないものを感じた。てのひらで踊らされているような、なにか、さらに裏があるのか。

琢馬がひきとった。

「ということなんだ。こねえだの付け火のことや、浪人どものことがあるんで、和泉屋には誰も張りつけてねえ。三浦屋に厄介(やっけえ)があったときに亀ひとりだけだったのも、そのせえなんだ。千代田稲荷をのぞく藤二郎の手下(てか)を総出にして、霊岸島、箱崎、築地(つきじ)、深川佐賀町あたりまで、髪結床と縄暖簾や一膳飯屋、蕎麦屋なんぞをかたっぱしからあたらせてる。飯は食わなきゃなんねえし、酒も飲むだろうからな。ほかの御用聞きも江戸じゅうをかぎまわってるはずだ」

琢馬が身をのりだす。

「おめえさん、ひょっとしたら藪(やぶ)をつついたかもしれねえ」

真九郎は眉をひそめた。

「どういうことでしょう」

「浪人どものことよ。こいつは、ここだけの話にしてもらいてえんだが……」

琢馬が、藤二郎から政次、亀吉へするどい眼光を放つ。

「わかってるだろうが、おめえたちもだ」

三人がおおきくうなずく。

琢馬が顔をもどした。

「三廻りで手のあいてる者は、いま、すべてこの件にかかわっている。向島の捨て駒四名のほかは、誰ひとりとして正体がわからねえ。幽霊じゃねえんだ。どっかにひそんでたはずだ。でな、人相書きをもってまわらせてるんだが、縄暖簾や一膳飯屋あたりで見たことがあるって話があがってきてはいる。が、たしかじゃねえ。それに、どこも二度と姿を見せてねえ。ずいぶんと剣呑な話だとは思わねえか」

真九郎は首肯した。

警戒しておなじ見世には行ってないということだ。おそらく、近場でもなかろう。これまでのてくばりといい、それだけの指図のできる者が背後にいる。たしかに容易ならざる事態である。

琢馬がつづけた。

「そんなわけで、いまんところ影さえつかめねえんだ。この一件は、めったにあることじゃねえが、北と南とで手分けしてあたってる。総掛りよ。町家にひそんでるんなら、とっくにわかってる。となると、寺社地か武家屋敷だ。寺社方にしろ、目付にしろ、証がねえとどうにもならねえ。これまでは、食いつめ浪人の強請たかりくれえのもんだった」

琢馬が、杯をとって喉をうるおす。

「この数年、辻斬がふえている。おいらも言われて気づいたんだが、たしかに多い。しかも、ひとりとしてお縄になっちゃあいねえ。いま、例繰方(れえくりかた)があらためなおしている。それだけじゃねえんだ、落着した相対死(あいたいじに)(心中)や身投げなんかでも、あやしげなもんがいくつかでてきた。両御番所でその照らしあわせもやってる。こいつは、とんでもねえおおごとになるかもしれねえ」

琢馬が、諸白を注いで飲み、杯をおいた。

「和泉屋を護る。むろん、そのほうが大事(でえじ)だ。だから、永代橋はしゃあねえ。しかしな、つぎは、ひとりでいいから押さえちゃもらえねえか。これは、おめえさんの腕をみこんでのお奉行じきじきのたのみでもあるんだ」

町奉行所の同心はほとんどが与力のしたに属する。だが、定町廻り、臨時廻り、隠密廻りの三廻りは、町奉行直属である。

「わたしも、いい加減うんざりしております」

「おめえさんだから、おいらも本音を言う。いまや御番所の関心は和泉屋じゃねえ、浪人どものほうよ。これほど薄気味のわるい話は、おいらも聞いたことがねえ」

とよが、盆をもってきてあいている皿をさげて香の物をおき、つぎに銚子をのせてきて廊下に膝をついた。

「旦那さま、奥さまにお話がおすみでしたらお酌をするように申しつかりました」

真九郎はうなずいた。

「天麩羅はもう食したのかな」

「はい、とても美味しくいただきました。……藤二郎親分、ありがとうございました」

「いいってことよ」

とよが、琢馬に酌をして、真九郎のもとにきた。それから、藤二郎、政次、亀吉とまわった。政次と亀吉の表情がほぐれる。

若い娘がいるだけで座がはなやかになった。

真九郎は、雪江の気づかいに満足した。

五

中食を終えて居間でくつろいでいると、平助が廊下に膝をついた。

「旦那さま、藤二郎親分の使いだという髪結がまいっております」

「庭にまわるよう申せ」

「かしこまりました」

真九郎は廊下にでた。

雪江が、居間の障子をしめ、盆にふたりの茶碗をのせて厨へ行った。

三十歳前後の髪結が、鬢盥(びんだらい)(手提げのついた髪結の道具箱)をさげてやってきた。

「なにかあったのか」

陽焼けした中背の髪結が、腰をかがめて声をひそめる。

「どこに誰の眼があるかわかりません。髪をあたらせていただけませんでしょうか」

庭さきは土蔵が背をむけて隙間なくならんでおり、和泉屋への通路にめんした枝折戸(しおりど)がわも土蔵の壁である。しかし、枝折戸のむこうに、手代や人足の姿を見かけることがある。和泉屋裏通りの板塀にもたれかかって耳をすませば、あるいは聞こえるかもしれない。

真九郎は、声をおとした。

「気のきかぬことをした。どうすればよい」

「そこの沓脱石のところにおかけいただければ、あとは手前がやります」

真九郎は、下駄に足をのせて廊下に腰をおろした。

「失礼させていただきます」

髪結が、廊下にあがって背後にまわる。

「そのほう、名は」

「新吉と申します。桜井の旦那が、あと半刻（一時間十分）ほどしたらさきに行っているので、ころあいをみて銀町の浪平にお越し願いたいとのことです」

「承知した」

新吉が、月代を剃る。手際がよく、無口だ。訊くと、こたえる。琢馬も藤二郎も、毎朝月代をあたっているという。

結髪しなおした新吉が、鬢盥に道具をしまい、庭におりた。

「明日も、おなじじぶんにおうかがいいたします」

辞儀をする。

「しばし待っておれ」

真九郎は、居間から巾着をとってきて髪結床より足した銭をわたした。

「おそれいりやす」

新吉が、うけとり、去っていった。

障子を両側にあけて居間にすわる。

雪江がきた。

「茶をおもちいたしましょうか」

中食のあとで喫したばかりである。新吉の用件が知りたいのに、武家の妻のたしなみがじゃまして訊けずにいる。

真九郎は、笑みをうかべた。

「茶はいいから、そこにすわりなさい」

「はい」

雪江が、膝をおる。

「桜井どのが、あのおり泊まった船宿でのちほど会いたいそうだ。小綺麗なところであった。雪江もいっしょに行ってみるか」

「よろしいのですか」

同道するのは、神田駿河台の寺田（てらだ）家を訪問するときくらいだ。

「髪結をよこしたのは、ここが見張られているのではないかと警戒してのことだ。ならば、わたしも着流しで行く。雪江といっしょなら、見張っている者がいたとしても、桜井どのに会いにいくとは思うまい。帰りに、汁粉屋にでもよろう」

雪江が、瞳をかがやかせる。

「あなた、客間にいらしていてください」

「ん――」

「わたくし、きがえます」

「そうか」

真九郎の着替えをかいがいしくてつだう。しかも、昨夜(さくや)も肌を合わせた。にもかかわらず、きがえるところは見られたくないという。

――おなごは、わからぬ。

居間の障子をしめ、真九郎は客間ではなく、さきほどとおなじく沓脱石の下駄に足をのせて廊下に腰をおろした。

すじ雲がたなびく空で、初夏のおだやかな陽が、江戸湊から相模へとのんびり旅をしている。

しばらくして、真九郎は首をかしげた。

雪江がでてこない。が、居間で動く気配はある。土蔵の白壁に眼をやり、考えにしずむ。

影がむきをかえ、長くなっていく。

小半刻（三十五分）ほどがすぎ、なおしばらくして、ようやく居間の障子があいた。

「そこにいらしたのですね」

「うむ、空を見ておった。備前をもってきてくれぬか」

「はい」

夕刻までにはもどると平助に告げ、真九郎は雪江とともに家をでた。

新川を荷舟がゆきかい、両岸には土蔵がならんでいる。桟橋では、荷をかつぎ、抱え、ふたりがかりではこんでいる。通りでは土蔵からだした荷を大八車に積んでいる。

江戸時代の海上交通には、瀬戸内海で発達した弁財船が活躍した。帆船である。上方と蝦夷地とをむすんだ北前船も、大坂から江戸へ大量の下りものを搬送した菱垣廻船や樽廻船も、すべて弁財船であった。

停泊した弁財船と河岸とのあいだを、荷揚げ舟が往復する。人口百万人の武都である江戸は、千石船と呼ばれた弁財船による海上運送によってささえられていた。

そのなかで、上方からの下り酒をおもに搬送していたのが樽廻船である。新川ぞいの両岸は下り酒の集積地だった。

〝くだらない〟という表現は〝上方からの下り物ではない〟からきている。江戸中期まで、地場産は上方産におよばなかった。それがくつがえるのは、銚子と野田の醤油あたりからだ。

醤油は、オランダによってヨーロッパへ輸出され、高価なソースとして珍重された。それまで、〝甘い〟〝辛い〟〝酸っぱい〟〝苦い〟しか知らなかった西洋人に、日本人が昆布や鰹節の〝だし〟としてなじんでいる〝うまみ〟が醤油によって第五の味覚としてもたらされた。

二ノ橋で新川をわたる。

斜め一歩うしろを、雪江がついてくる。

真九郎はゆったりと歩いた。江戸までの旅で、雪江の歩調はわかっている。

新川南岸に、銀町の一丁目と二丁目がある。浪平は二丁目の大川ちかくで、越前の国福井藩三十万石松平家中屋敷をかこむ掘割にめんしている。

琢馬は藤二郎とともにすでにきていた。

迎えにでてきた女将に、用がすむまで雪江をとなりの座敷で待たせてもらえるようたのんだ。

二階の廊下で膝をおった女将が、声をかけ、襖をあける。

「お見えになられました」

ふたりとも、雪江がいるのに驚いたようであった。あぐらをかいていた琢馬が、さりげなく膝をなおす。

藤二郎が言った。

「奥さま、先日はご馳走になりやした。ありがとうございやす」

「こちらこそ馳走になりました」

女将が腰をあげ、雪江をとなり座敷へ案内する。

真九郎は、座敷にはいり、襖をしめた。

琢馬が眼で問いかける。

「いっしょのほうが怪しまれぬと思ったのです」

「それで着流しか。なるほどねえ、そういう策もあるのかい」

琢馬があぐらをかき、藤二郎が下座にうつる。

真九郎は、窓からの光をさえぎらぬように襖を背にした。手にしていた備前を左脇におく。

畳に絵図（地図）がひろげてあった。

琢馬が、腰から扇子をとり、明日の道順と理由を説明した。

「……いくらか遠回りになるが、行きも帰りもこの道順にしてもらいてえんだ。要所の自身番に捕方をひそませる。いちおう教えとこうか」

「いや。知らねば、和泉屋に話さずともすみます」

「それもそうだな。この絵図はもってって、道順をまちげえねえように和泉屋にも見せてもらえねえか」

「承知しました」

藤二郎がたたんだ絵図を、真九郎は懐にしまった。

「これでよろしいですか」

「ああ。おめえさんにまで気をつかわせてすまねえ。どうあっても、今度で決着をつけてえんだ」

「お気づかいなく。わたしもです。失礼します」

真九郎は、廊下にでて、となりの座敷の襖をあけた。

窓の敷居に腰かけている雪江の横顔が、もの思いに沈んでいる。掘割のむこうに、越前松平家の三万坪ちかい中屋敷の庭園がひろがっている。

「雪江」

窓外から顔をもどした雪江が、寂しげな笑みをみせた。

「どうした」

「国もとのことを考えておりました」

「そうか。……まいろうか」

「ご用はおすみですか」

真九郎はうなずいた。

亭主と女将に見送られて浪平をでた。

「疲れてないのであれば、いますこし歩くとしようか」

「はい」

「なあ、雪江」

雪江が半歩ちかよる。

「なんでござりましょう」

「江戸には名所が多いそうだ。わたしは無粋者ゆえ考えがおよばなかったが、これからはすこしずつふたりでおとずれるとしよう」

「あなた、うれしゅうござります」

ささやくような声だった。

新川に背をむけて南へすすむ。

霊岸島の新川南岸は三町（約三二七メートル）余で、八丁堀島とのあいだを流れる亀島（かめしま）川にいたる。河口は江戸湊であり、ここも河岸には土蔵がならんでいる。

河口の高橋で亀島川をわたり、八丁堀川に架かる稲荷橋をわたれば築地で、橋よこに鉄炮洲（てっぽうず）稲荷がある。江戸湊への突端に位置し、湊稲荷とも呼ばれた。

亀島川の河口には、人足置場のある石川島（いしかわじま）と、漁民たちの住む佃島（つくだじま）がある。

湊に帆を休め、あるいは風に帆をふくらませている千石船と、紺碧（こんぺき）の海をしばらく眺めてから葦簀（よしず）張りの出茶屋で一休みし、きた道をもどった。

汁粉屋によってでてくると、はるか相模の空で、夕陽が雲に荘厳な茜（あかね）色の錦絵（にしきえ）を描いていた。

夕焼けに背をむけ、日暮れの通りを四日市町へ帰った。

そして十一日になった。

髪結の新吉が、月代を剃りながら桜井琢馬の言付けを告げた。

――てくばりは万端ぬかりなくととのえた。遠州屋にこれといった動きはない。

中食のあと、真九郎は廊下の柱に背をあずけた。

備前と鎌倉のどちらにするかきめかねていた。

深川の遣い手らしき者はあらわれた。だが、気になるのは頬疵の剣客のほうだ。

永代橋で琢馬たちをさえぎったのが深川の遣い手ならば、最初に宗右衛門を襲った残る一名は、やはり頬疵の剣客のように思える。

しかし、それならそれで、なにゆえあらわれないのか。襲撃がたびたび失敗しているにもかかわらず、いまだに剣をまじえたくないということか。

瘢疵の剣客とやりあうなら、すこしでも切っ先の長いほうがよい。弧乱を遣うには、わずかでも軽いほうがよい。厘毛の差が、生死をわけることになる。

平助が、梅の木ちかくの壁ぎわに棚をつくっている。花屋が朝顔の鉢をもってきたとのことだった。

奥の六畳間で、雪江が琴を奏でている。

今治城下の海辺の砂浜によせては返す漣のようなすがすがしい音色を奏で、一転して庇を叩く驟雨のごとき激しさで音を刻む。

静女の琴を聴いたことはないが、たしかに母親の才能をひきついでいる。雪江の琴の音に、真九郎は剣の道につうじる無心を聴いていた。

平助が棚をつくり終えた。

真九郎は呼んだ。

「旦那さま、ご用でしょうか」

「和泉屋さんにお越し願いたいとつたえてきてくれ」

「かしこまりました」

居間の文机から絵図をとり、客間にうつる。

宗右衛門がきた。

真九郎は、畳に絵図をひろげ、琢馬の意図をつたえて扇子で道順をしめした。

「要所の自身番には捕方を配してあるそうだ」

「わかりました」

宗右衛門が、表情に安堵と覚悟をにじませて帰っていった。

夕刻、真九郎は鎌倉を腰にさし、戸口から和泉屋の店さきにまわった。

仕事帰りの出職たちでにぎやかになりだした町家の通りを柳橋にむかう。

神田川から一町（約一〇九メートル）あまり下流の大川に両国橋が架かっている。橋の名は、武蔵の国と下総の国とをむすんでいることにちなむ。

両国橋両岸の広小路は、上野山下、浅草浅草寺奥山とならぶ江戸の盛り場である。西広小路と神田川とのかどには両国稲荷がある。稲荷よこの下柳原同朋町新地と下柳原同朋町とのあいだで神田川に架かっているのが、柳橋である。

柳橋の両岸には、多くの料理茶屋や船宿がある。

西広小路を、雑踏をよけながらよこぎっていく。陽がすっかり西にかたむき、暮色が濃くなりつつあった。

宗右衛門が、柳橋まえを右にまがり、新地の料理茶屋にはいった。この日も、国持大名家の老職たちを招いているとのことであった。

真九郎は別座敷に案内された。

暮六ツ（七時）の鐘が鳴り、ほどなく女将が女中三人に食膳をもたせて挨拶にきた。

女中たちが座敷をでて襖をしめ、女将が銚子をとった。

真九郎は、諸白をわずかにふくむだけにして杯をおいた。

「ちとたずねたきことがある」

腰をあげかけた女将が、すわりなおす。

「昼間の食だけなら、ふたりでいかほどかな」

女将の返答に、高いとは思ったが払えぬ額ではなかった。

「ちかいうちにくるやもしれぬが、和泉屋には内緒にしてもらいたい」

女将が、いくぶん首をかしげる。

「なにかと世話をやきたがるのでこまっておるのだ」

女将がふくみ笑いをした。

「かしこまりました。お使いのかたをいただけますれば、お待ちにならずともすみます」

「そうしよう」

「ごゆるりとどうぞ。失礼いたします」

女将が、膝をすべらせて三つ指をつき、廊下にでて襖をしめた。

真九郎は、諸白と汁物には手をつけずに、腹八分でとどめた。そして、袱紗で包んだ漢籍を懐からだしたが、そのまま畳におき、腕をくんで考えこんだ。

夜五ツ（八時四十分）の鐘から小半刻（二十五分）ほどすぎたころ、廊下を衣擦れと聞き慣れた宗右衛門の足はこびがちかづいてきた。

「失礼します」

女中が襖をあけた。

腰をかがめながら宗右衛門がはいってきた。

「お待たせいたしました」

真九郎は、刀と袱紗包みを手にして立ちあがった。

「まいろうか」

「お供させていただきます」

料理茶屋の者に不審をいだかせないための芝居だ。

用意された小田原提灯を宗右衛門がさげ、料理茶屋をでた。いまだに人出でにぎわっている西広小路をよこぎって町家の通りにはいる。

表通りは、わずかな灯りがあるだけだ。上弦（じょうげん）の月と、雲間の星とが、ほのかな明かりをおとしている。

一つ、二つと木戸をすぎていく。

琢馬は、先々月まで真九郎と雪江が住んでいた長谷川町の三光稲荷を中心にてくばりをしていた。名のある稲荷社はおおきな社地を有している。三光稲荷も、樹木に覆われており、ひそむには恰好の場所だ。しかも、寺社奉行の支配であり、町奉行所は手がだせない。たとえ寺社方の了解をえたとしても、境内にいるだけではなんの証にもならない。襲わせてはじめて、捕らえることができる。

浪人たちを捕らえるのが、北町奉行所の目的だ。

昨日、浪平二階の座敷で、琢馬が言った。

「でかけるのは知ってるとしても、どこをとおるかまでは知らねえ。だから、帰り道の見当をつけさせ、あとはじょじょに罠をせばめる。今度こそ、奴らの思うとおりにはさせねえ」

栄橋で浜町川をわたった。

武家地をさけて町家をとおる琢馬の道順では、日本橋川に達するまでの唯一の掘割である。

真九郎は警戒したが、襲撃はなかった。

浜町川にそって大川方面に一町（約一〇九メートル）ほど行って右の通りへおれる。いよいよ三光稲荷のある三光新道（しんみち）だ。

三光稲荷まで二町（約二一八メートル）。途中に四つ辻がある。

四つ辻をすぎると、右前方の夜空に三光稲荷の樹木が黒々と枝をひろげているのが見えた。

すぎてきた町家には、ところどころに食や酒の見世があり、通りにあわい灯りの帯をひろげていた。しかし、三光新道の表店は、すべて戸締りがされている。

鳥居までの距離が二十間（約三六メートル）ほどになったとき、境内から五つの人影がとびだしてきた。

「和泉屋さん、うしろへ走れ」

鯉口を切って鎌倉を抜き、駆ける。

面体をさらした敵五名が、抜刀して駆けてくる。

先頭の敵が叫ぶ。

「こやつはひきうけた。和泉屋を」

背後のひとりがおうじる。

「心得た」

彼我の距離が縮まる。先頭の背後に二名、そのうしろにさらに二名。

三間（約五・四メートル）。

先頭が、上段に振りかぶり、伸びあがるようにして撃ちこんできた。

深川の遣い手だ。

見切る。左に行くと見せかけ、わずかな遅速。逆の右斜めよこへ。半身。上体を反る。

敵白刃が肩さきをかすめていく。

駆けぬけざま、雷光の疾さで頸の血脈を斬る。

そのまま切っ先が奔る。左右へ四度。暴風に乱舞する木の葉を相手に鍛えた技。

弧乱――。

右を駆けぬけようとした敵は二の腕と太腿を、左の敵は小手とふくらはぎを斬った。

ふたりが、呻き声をあげてうずくまる。

背後で、呼子の甲高い断続音が夜の静寂を破る。

左右にひらき、刀を青眼防の構えにとった残りの二名が、さっと踵を返す。が、稲荷のまえは、梯子や捕物道具をかまえた捕方でかためられている。

最初の呼子に呼応して、四方から谺のごとく甲高い笛の音が響きわたる。

真九郎はふり返った。

立ちどまっている宗右衛門のよこを、琢馬を先頭に藤二郎と亀吉が駆けぬけた。うしろからいくつもの御用提灯が迫ってくる。

手疵をおったふたりが、刀を杖に立ちあがる。

つっぷした深川の遣い手は、地面に血溜り（ちだま）をつくっている。ぴくりとも動かない。

手疵のふたりが、通りの前後へ眼をはしらせ、絶望の色をうかべた。両方向とも通りいっぱいに御用提灯がならび、迫りつつある。

琢馬が大喝（だいかつ）した。

「神妙にしやがれ」

突棒（つくぼう）やさす股（また）をもった捕物じたくの奉行所の小者たちが、逃げんとした二名をかこみ、とりおさえた。

真九郎は、鎌倉に血振りをくれて懐紙でていねいにぬぐい、鞘におさめた。

手疵のふたりに縄がうたれるのを与力のそばで見ていた琢馬が、十手を帯の背にもどしてちかづいてくる。

「やってくれたな、ありがとよ。助かったぜ」

真九郎は、黙ってうなずいた。

奉行所の小者や同心たちでごった返すなかを、宗右衛門が藤二郎や亀吉とともにやってくる。

「それにしても、おいら、おめえさんが遣うのをはじめて見せてもらったが、すさまじいばかりの疾さだ、おそれいったぜ。刀がきらめいたかと思ったら、もう三名(めえ)もやっちまってるんだからな」

感にたえぬといった口調だった。

「国もとの師は、弧乱と名づけておりました。それより、そこに斃(たお)れておる者が深川の遣い手です」

琢馬の表情がひきしまる。

「まちげえねえか」

「太刀筋を憶えております」

「待っててくれ」

琢馬が与力のもとへ行った。

与力がおおきくうなずき、目礼を送ってきた。

真九郎は答礼した。

宗右衛門が立ちどまる。緊張ぎみではあるがいつもの顔色にもどっている。亀吉が、嬉しげな声をはりあげる。

「旦那、すげえや」

「まったくそのとおりで。あっしには、駆け抜け、肩が左右に動くのしかわかりやせんでした」

藤二郎が驚いた口調で言った。

宗右衛門が、半歩まえにでた。案じ顔だ。

「鷹森さま、お礼はあらためて申しあげます。肩はだいじございませんか」

真九郎は、左肩を見た。

袷の縫い口が裂けている。

見切ったにもかかわらず、こちらの動きをまっ向からの太刀筋で追っている。受けずにしかけた弧乱が功を奏した。やはり、尋常な遣い手ではなかった。

弧乱に賭け、より疾く遣うために鎌倉を腰にしてきた。

「かすっただけだ。手疵はない」

「それはよろしゅうございました」

捕物の殺気だったあわただしさがいくらかおちつき、自身番屋から戸板が三枚はこばれてきた。

琢馬が、満足げな顔でもどってきた。

「これで駕籠舁殺しはかたがついた。あとは命じた奴だけだ。よく礼を言っておいてくれってよ。……亀、御用提灯を借りてきな。藤二郎、和泉屋とこちらの旦那をお送りしてくれ」

「へい」

琢馬が眼をなごませる。

「おいらは御番所へ行かねばならねえんで、これで失礼するよ」

琢馬が去り、亀吉が御用提灯をもってきた。

亀吉がさきになり、真九郎のうしろに宗右衛門と藤二郎がならんだ。

真九郎は、あたりに気をくばりながら歩いた。

頰疵の剣客は、やはりあらわれなかった。今宵もこのままでてこないのであれば、料理茶屋の座敷で考えたようにその意味するところはひとつしかないように思える。

近道をとろうとする亀吉を制し、堀端の道をさけて霊岸島へもどった。四日市町まで、なにごともなかった。宗右衛門が店のなかに消え、くぐり戸がとざされるのを見とどけ、脇道をとおって戸口まえで藤二郎たちと別れた。

格子戸をあけて声をかける。

すぐに雪江がきた。

「お帰りなさりませ」

ほころびかけた顔がこわばる。廊下のかどにある行灯で、左肩の裂け目がわかったようだ。

「だいじない。裏地にも達してはおらぬ」

居間できがえ、琢馬の依頼をはたしたことを告げた。

「それでは、もうこれで終わるのですね」

「そうであればよいが」

戸締りをした平助が、廊下の行灯をもって厨へ去った。

寝所に床を延べて蚊帳を吊ったとよに、真九郎は諸白を銚子のはんぶんほどもってくるように言った。

更けゆく夜を拒むかのように、体内の血がさわいでいた。

第四章　雨に煙る不忍池

一

二日後。

真九郎は、上屋敷からの帰りに柳橋へ行った。

同朋町新地まえの桟橋に舫われた屋根船の艫に、浪平の船頭多吉が腰をおろしていた。

立ちあがり、ぺこりと辞儀をし、屋根船をおりて舳へまわった。片膝をつき、声をかけて障子をあける。なかから草履をだして、そろえる。

座敷から身をかがめぎみに雪江がでてきた。

真九郎は桟橋へおり、雪江が屋根船からおりるのに手をかした。多吉が舫い縄をといて艫からのった。

今朝、平助を料理茶屋へ使いにやった。

半刻（一時間十分）ほどかけて、二の膳に盛られた料理を食べた。

雪江は満足げであった。

両国橋西広小路のにぎわいを見ながら、大川ぞいに薬研堀の橋をわたり、武家地から浜町川にでて、永久島から霊岸島へ帰った。

浜町の通りから脇道にはいって和泉屋裏通りにでると、戸口の格子戸があいて亀吉がでてきた。

辞儀をする。

「旦那、桜井の旦那と親分がお待ちになっておりやす」

「だいぶ待ったか」

「ほんの小半刻（三十五分）ほどで」

「しばし待て。……雪江、とよにすすぎを用意させてくれ」

うなずいた雪江が土間にはいり、とよを呼んだ。

やってきたとよが足を洗い、手拭でふく。

真九郎は、草履をはきかえ、土間から表へでた。

「待たせたな、まいろうか」

和泉屋裏通りは三間（約五・四メートル）幅だ。新川で屋根船が燃える騒動もあり、宗右衛門がたびたび襲われていることは知れわたっているようであった。一日おきにかよっている髪結床の者や小店の主たちが会釈をおくってきた。桜井琢馬や藤二郎たちがしばしば姿を見せるのも、いまでは当然と思っているようであった。

塩町の裏通りから路地へはいり、藤二郎の住まいになっている菊次奥の座敷に案内された。

琢馬と藤二郎のまえには食膳があった。

きくが、食膳をはこんできて膝をおり、酌をした。

わずかに飲み、杯をおく。

廊下にでたきくが、障子をしめた。

琢馬が言った。

「わざわざすまなかったな」

四人も捕縛したにもかかわらず、顔色にいつものあかるさがない。深川の遣い手がいた。先夜の者たちは捨て駒ではないはずだ。

「隅田堤の一件があるんで、おめえさんに御番所へきてもらうわけにもいかねえ。で、お奉行に、礼をたのまれた。それだけなら、おめえさんのとこに行ってもよかったんだが、きてもらったのは、これまでにわかったことも話しておくよう言われたもんでね」

琢馬が諸白（清酒）を注ぐ。が、杯を満たせなかった。

藤二郎が、膝をめぐらして障子をあけ、きくを呼んだ。

きくが、盆であらたな銚子をもってきて、食膳のものをさげた。

障子がしめられ、見世との板戸も開閉する。

琢馬が言った。

「奴ら、府中の荒れ寺にひそんでやがった。ご府内をいくら捜したって見つからなかったわけよ。寺社方の者が代官所の手勢をひきつれて行ったんだが、きれいさっぱりなんにも残ってなかったそうだ。奴らの世話をしていた下男のじいさんをふくめてな」

府中は甲州道中の宿場だ。内藤新宿から、おおよそ五里半（約二二キロメートル）。日本橋から内藤新宿までが二里（約八キロメートル）。旅程は、一日十里（約四〇キロメートル）がめやすだ。

朝に府中を発てば、日暮れまえに日本橋につく。

琢馬がつづけた。

「おめえさんは、この一件にふかくかかわってる。で、お奉行からつたえるように言われてるんだが、他言無用でたのむ」

「承知しました」

「こいつは、手疵をおったふたりが吐いたことなんだが、おめえさんが太刀筋を憶えていた奴は奥村って呼ばれてた。本名じゃねえ。残りの四名もな。どういうことかわかるだろう」

真九郎はうなずいた。

「おそらくは、べつべつに雇われ、偽名でとおすように命じられていた」

「そういうこった。荒れ寺にそろったのが十日めえ。いちばん遣える奥村が頭で、和泉屋襲撃のてくばりはこうだ。先頭の奥村が、おめえさんの動きを封じる。二列めのふたりが和泉屋を襲う。残ったふたりは邪魔がへえらねえように見張る。奥村がおめえさんに手間どるようなら、助勢して三人がかりで仕留める。で、五名で境内から裏の筋道に消える。おめえさんはちかくに住んでたから知ってるだろうが、あそこは裏店への道がいくつもある。寺社地に逃げられては、手がだせねえ。だからよ、通りの大店に手分けして捕方をひそませてあったのよ」

「もっとちかづくまで待たなかった理由は」

「おめえさんたちが逆に境内に逃げこむのを防ぐためよ。暗がりで見失うかもしれねえし、せまいところへ逃げられたら、かこむこともできねえしな。それに、奥村が、おめえさんはてめえで始末するって言ったんだそうだ」

　真九郎は、わずかに眉根をよせた。

「三人でかかったほうがたしかです」

「おいらもそう思う。てめえの腕によっぽど自信があったんじゃねえのか。あるいは、最初に和泉屋を仕留めそこなったのは奥村がおめえさんにうまくかわされたからだ」

「そうかもしれません」

　跳んだのは鍔迫合いをさけるためだった。それを奥村は、かなわぬととっさに逃げたのだととったのかもしれない。ありうることだ。

「逃げようとした二名は、頑として口を割らねえ。臑に疵があるってことだ。吟味方が、責めにかかってる。手疵の二名は、半年ほどめえに雇われ、これが初仕事よ。安房と下総で博徒の用心棒をやってた。あるとき、四十くれえの町人が、江戸でときどき仕事があるがひきうける気があるかってもちかけてきた。そんとき、手付けとして三両おいてった。連絡は飛脚よ。千住宿の旅籠で待ってると、商家の手代ふうな使いが金子をとどけにきた。和泉屋を殺るのに、前渡しが五両、後渡しが五両と往復の旅籠代だ」

　真九郎は、畳に眼をおとしてつぶやいた。

「甲州街道の府中に、千住宿。高札を立て、ご府内をいくら捜しても見つからなかったわけです」

「そういうことよ。おいらたちの手がとどかねえところを塒（ねぐら）にする。うめえこと考（かんげ）えてやがる」

「町方の動きを読んだうえで手をうつ。容易ならざる知恵者がおります」

「ああ、たしかにな。おめえさんに辰巳（たつみ）芸者のことを訊（き）かれたときに調べてくれた例繰（れえくり）方（かた）のご老体（ろうてえ）が、こんなことは耳にしたことがねえって言ってた。こねえだ話したように、おめえさんが隅田堤で斬った五名（めえ）は懐（ふところ）に五両ずつもってた。こいつがどういうことか、わかるかい」

「ええ」

「五両。きりのいい数だ。偶然ってこともありうるが、小柄（こづか）らしい疵痕（きずあと）のこともあるし、国もとの母親じゃねえかもしれねえ。が、いまさら詮索（せんさく）したってはじまらねえ。だがな、奥村は小判をもってなかった。深川ですでにうけとってるからじゃねえかと思う。仲間に斬られた者（もん）の懐には小判はなかったが、こいつは当然だ。残しておくわけがねえ。お奉行が、おめえさんに話せって言った理由（わけ）がわかったろう」

真九郎はうなずくにとどめた。

琢馬が念をおした。

「深川の五人めよ。頬疵がそうじゃねえかって気がするんだが、奴がどうからんでるのかもいまひとつはっきりしねえ。それに、深川の船頭も爺、荒れ寺にいたのも爺だ。浪人たち、舟と船頭、永代橋で付け火をした連中。半端な数じゃねえ。いってえ、こいつがどういった仕組みになっているのか、なんとしても暴かねえとならねえ」

真九郎は、鼻孔から息をはきだした。

「すまねえ。おいらも、これで終わらせることができると思ってたんだがな」

「しかたありません。のりかかった舟です」

「そう言ってもらえれば、おいらとしてもいくらか気が楽になる。ところで、詮索するわけじゃねえが、今日は帰りが遅かったんだな」

「妻と柳橋でおちあい、あの日の料理茶屋へ昼を食しに……」

食膳に手をのばしかけた琢馬が、顔をあげ、まじまじと見つめた。

十五日は休みである。

朝、真九郎は神田鍛冶町の美濃屋に行った。雪江にたのまれてだった。

昨夕、雪江が、このごろはお菓子をはじめとして美味しいものばかりいただいているので、薙刀のお稽古がしたいと言った。

薙刀は武家の婦女のたしなみである。しかし、その寸法に、雪江は注文があった。通常は、七尺（約二一〇センチメートル）前後の長さだ。それを五尺五寸（約一六五センチメートル）にしてほしいとのことだった。

国もとでは、その長さの薙刀で稽古をしていたのだという。母親静の考えだった。泰平の世で薙刀を遣うことがあるとすれば、屋敷内でだ。だが、庭ならともかく、座敷で七尺の薙刀は長すぎ、じゅうぶんにふるうことができない。

静女は、短くすることによって、軽く、縦横にふるえるようにした。そしてそれを、雪江と妹の小夜にも学ばせた。

一理ある。達人であれば、座敷内で七尺の薙刀を苦もなく遣う。真九郎も、古里の叢林で、師の竹田作之丞とともに、あえて枝や幹が邪魔になるところで弧乱の修行をした。せまい場所で刀を自在にふるうためだ。

それでも、狭いところでは、長刀よりも小太刀、長槍よりも半槍、刀より脇差のほうがあつかいやすいことはたしかだ。膂力の劣る者はなおさらである。達人たちも、年齢とともに短い刀を愛用した。

美濃屋が、研ぎにまわしてある鎌倉とともに、五尺五寸に短くした薙刀と稽古用の木薙刀をととのいしだいとどけると約した。

真九郎は、帰路についた。

どれほどいそぎ、陽射しが強かろうと、通りはまんなかを歩き、かどもおおきくまがる。ふいを衝かれないための剣に生きる者の心得である。

中食をすませてほどなく、格子戸が音をたてた。

「旦那ッ」

亀吉だ。

真九郎は、平助を制して上り口へ行った。

亀吉が手拭を懐にしまった。顔が上気している。遠くから駆けてきたようだ。

真九郎は訊いた。

「なにがあった」

「そうじゃございやせん。桜井の旦那が、できましたら奥さまとごいっしょに永代寺まで牡丹見物においで願えてえそうで。ご承知いただけるんでやしたら、あっしはこれから駕籠を呼んでめえりやす」

「待っておれ」

居間にもどって雪江に訊く。

雪江が瞳をかがやかせる。

「いそいでしたくをします」

「袴と備前を客間にだしておいてくれ」

「はい」

雪江がとよを呼んだ。

真九郎は、上り口にもどった。

「いそいでしたくするそうだが、すこしかかると思う」

「へい。あっしは駕籠を」

表にでた亀吉が、格子戸をしめてすっとんでいった。

真九郎は、袴をはいて客間で待った。

驚いたことに、とよにてつだわせた雪江の着替えはそれほどかからなかった。

駕籠が二挺待っていた。

牡丹は、平安朝のころに唐から伝来した。花が愛でられただけでなく、薬草としても重宝され、江戸時代の元禄年間（一六八八～一七〇四）には三百以上もの品種があったという。

永代寺は、向島木下川村の木下川薬師、谷中の感応寺（のちに天王寺、境内一部がいまの谷中霊園）とともに牡丹の名所だった。

駕籠をおりる。

境内は人出でごったがえしていた。

永代寺は富岡八幡宮の別当であり、大栄山金剛神院永代寺という。

参道の両側には多くの出茶屋や屋台がならび、琢馬と藤二郎が葦簀の陰で緋毛氈を敷いた腰掛台にかけていた。

出茶屋にはいっていくと、ふたりが立ちあがり、雪江に会釈した。

雪江がかるく辞儀をかえす。

琢馬が、顔をむけた。

「そろそろもどってくるじぶんだ。かけて待っててもらえねえか」

緋毛氈のかどに、琢馬が腰をおろす。真九郎もかけた。すこしあいだをおき、雪江があさく腰をおろす。藤二郎と亀吉は反対がわだ。

藤二郎が茶を三つたのんだ。

琢馬が、顔をよせて声をひそめる。

「遠州屋にいれてある者からつなぎがあった。いま、ふじと長太郎が牡丹見物をしてる。で、ちっとゆさぶりをかけてみてえのよ。おめえさんは、ご妻女と浪平や柳橋にでかけてる。だから、ふたりで牡丹見物にきてもおかしくはねえ。声をかけ、名のっちゃもらえねえか」

「わかりました」

「すまねえが、そのあとはてきとうに帰ってくれ。おいらたちは、ふじと長太郎のあとを追う」

梔子色に朱の縦縞のはいった袷に、あざやかな紺藍の前垂をした娘が、盆で茶をもってきた。

茶を喫し終わったころ、琢馬が葦簀に顔をむけたまま小声で言った。

「朱色に花を散らした派手な着物だ。下膨れで、狐眼の大年増。そのうしろに、恰好は手代だが歩きかたは若旦那ふうなのがいる」

真九郎は、さりげなく眼をやった。

町家の老若男女や江戸見物の勤番侍などで、石畳の参道は盛り場のようなにぎわいである。

それでも、長太郎のおかげですぐにわかった。すれちがってからふり返る者までいる。

たしかに、どう見ても手代の歩きかたではない。

「では、さっそくにも」

真九郎は腰をあげた。雪江も立ちあがる。

葦簀の陰からでた真九郎は、首をめぐらせた。雪江が、一歩うしろをとりすました顔でついてくる。

苦笑したくなるのをこらえ、真九郎はまじめな声で言った。

「雪江、牡丹見物にきたのだぞ。くつろいでくれ」

「そうでした。申しわけございません」

雪江がほほえむ。

顔をもどし、ゆったりとした歩調でまっすぐにふじと長太郎にむかう。ふたりから眼を離さなかった。

ふたりが気づいた。

斜めによけようとする。

真九郎は立ちどまった。

「そのほう、ふじであろう。そこにおるは長太郎だな」

ふたりが怪訝な表情をうかべる。

四人が立ちどまったので、参道のながれがとどこおる。眉をひそめ、舌打ちせんばかりの顔をむける者もいる。

ふじがかるく腰をおった。

「さようにございますが、あのう、お侍さまは」

真九郎はこたえた。

「和泉屋の離れに住まいする鷹森(たかもり)真九郎と申す」

ふじは眼をみはり、長太郎は蒼白になる。

「ね、姉さん……」

ふじが、さっとふりむく。

「お黙り」

化粧の濃い顔をもどしたときには、表情を消した能面になっていた。

つんとした口調で言った。

「あいにくと、わたしも長太郎も出入りを禁じられておりますので。ごめんくださいまし」

ふじが、よこをまわってすたすたと去っていく。長太郎が小走りに追っていった。

真九郎はふり返った。

ふたりが人混みにまぎれて足早に遠ざかっていく。尻っぱしょりをおろした藤二郎と亀吉、ややあいだをおいて琢馬もでてきた。

雪江がほそい眉をひそめかげんにしている。

真九郎はとぼけた。

「桜井どのに御用の筋でたのまれたのだ。さて、ゆるりと牡丹を見てまわり、雪江は好物だと言っておったろう、帰りに佐賀町によって船橋屋の練り羊羹をもとめようか」

雪江がにっこりとうなずく。

富岡八幡宮と永代寺とがある寺社地は、掘割にかこまれ、永代島と呼ばれていた。白から紫まで、いろどりゆたかな各種の牡丹の花を見てまわり、富岡八幡宮にも参拝した。

堀に架かる橋をわたって永代島を離れ、鳥居をくぐる。

永代橋にいたる大通りで、宗右衛門は二度襲われた。

そして永代橋でもだ。火事の跡はきれいにかたづけられ、大工たちが自身番屋を建てていた。河岸には、屋台や床見世、葦簀張りの出茶屋などがある。

飴売りには子どもたちが群れ、出茶屋や屋台見世の腰掛台には夕涼みの者たちがいる。

とおりすぎ、佐賀町の船橋屋により、もどった。

まるみのある永代橋なかほどで、うしろを歩いていた雪江がつと立ちどまった。

真九郎はふり返った。

雪江が、羊羹の袱紗包みを胸もとにかかえたまま欄干によって遠くへ眼をやり、つぶやいた。

「美しゅうござります」

町家の屋根のむこうに、緑にかこまれた白い江戸城がそびえている。そして、江戸城の西、相模(さがみ)の国の大山(おおやま)や丹沢(たんざわ)山の稜線(りょうせん)のはるかかなたに、霊峰富士がたおやかにたたずんでいた。

沈みゆく夕陽が、江戸の空の青さをうすめ、西空に薄紅色の化粧をほどこしつつあった。

二

翌日、宗右衛門が、廻船問屋の主二名と三浦(みうら)屋に紹介された瀬戸物問屋の主が娘の弟子入りを願っていると言いにきた。

日暮れまえに、美濃屋から刀と稽古用の木薙刀がとどいた。

暮六ツ（七時）まえのひととき、雪江は汗止めと襷掛(たすきが)けをして、さっそくにも形の稽古をはじめた。

真九郎は、廊下にすわって見ていた。

背筋をぴんとのばして木薙刀をふるう。

薙刀は字義どおりに薙ぐことが基本である。小半刻（三十五分）もつづけると、雪江の動きに無駄がなくなり、切っ先にも乱れがなくなった。琴とおなじく天賦の才があるようだ。

夕餉の食膳は、二度にわけてとよがはこんできた。中食だけでなく夕餉のしたくまでまかせられ、とよは嬉しげであった。

寝所で汗に濡れた肌着をきがえた雪江が、食膳をはさんで膝をおった。

真九郎は剣理を説いた。

断つにしろ、突くにしろ、薙ぐにしろ、まさに当たらんとするまぎわに勢いがにぶる。躰が萎縮するので、どうしてもそうなる。それが、人の性だ。だから、一寸（約三センチメートル）さきを目標にする。それを念頭に修行することで、より迅速になる。

木刀であればそうはいかない。むしろ、寸止めの稽古をする。さもないと、怪我、あるいは死にいたる。竹刀だからこそ可能な稽古だ。旧師の竹田作之丞から教わったことであり、上屋敷道場で門人たちにつたえていることであった。

雪江が、背筋をのばしてまっすぐに見つめ、聴いていた。最後に、ときには稽古につきあおうと言って、箸をとった。

夕餉を終え、夜の帷がおりてしばらくして、亀吉が迎えにきた。

菊次奥の客間で、琢馬がきびしい表情で待っていた。

「遠州屋に動きがあった。藤二郎、話してやんな」

「へい。今日の昼八ツ（二時二十分）すぎ、遠州屋が長太郎を供にでかけやした。駕籠が行ったさきは、柳橋の料理茶屋でやす。二名がすぐに裏にまわりやした。小半刻（三十五分）たらずで、遠州屋がひとりであらわれ、薬研堀の料理茶屋にへえりやしたそうで。そのすぐあと、五十くれえの立派ななりをしたお侍が駕籠できやした。半刻（一時間十分）ほどで、遠州屋とそのお侍が料理茶屋からでてきたそうでやす。お侍は駕籠にのり、遠州屋は歩いて柳橋の料理茶屋にもどりやした」

琢馬がひきとった。

「あとはおいらが話そう。駕籠がむかったさきだがな、伊予の今治松平家上屋敷よ。尾けてった手下が門番に鼻薬をかがせ、お留守居の大久保孫四郎だと聞きだした」

真九郎は、眼をつぶりたい気分だった。

大久保孫四郎。歳は五十一か二。雪江の父の脇坂彦左衛門から江戸留守居役をひき継いだ。清濁併せ呑む鋭利なやり手だとの評は国もとにも達していた。

和泉屋の一件に、国もとがまきこまれてしまった。怖れていたことだ。しかも、留守居役という要職にある者がかかわっている。

　一重の眼を刃にしてじっと見ていた琢馬が、つぶやく。

「そうじゃねえかと思ってたよ。辻褄があうもんな。おめえさんの国もと、四国の今治松平家だな」

「………」

「まっ、いいだろう。どっちにしろ、町方の領分じゃあねえ。おいらが関心あんのは、和泉屋の一件と、浪人どもを影であやつってる奴よ。江戸留守居役が、ご府内ならともかく、関八州あたりの博徒の用心棒ふぜえと関係あるとは思えねえ。なあ、教えてくんねえか。深川で和泉屋を斬ろうとしたのは、果し状をよこした佐和大助と高山信次郎じゃねえのかい」

　姓名まで確認してきている。

　真九郎は、首肯した。

「そのとおりです」

「いつ気づいた」

「半弓を手にして水戸家の塀ぎわを駆けていくのを見たとき、深川で和泉屋を襲ったひとりに背恰好が似ていると思いました。果し状がとどけられたあと、信次郎の父が弓を得意としていると聞いたことがあるのを想いだしました。……じつは、隅田堤でも信次郎に半弓で狙われました。最初に斃し、あとで弓矢を葦の茂みに捨てました」

塚馬が、胸をふくらませておおきく息をし、腕をくむ。

ややあった。

「そういうことだったのかい。隅田堤は南町で落着した一件だ。あとのことは聞かなかったことにする」

「かたじけない」

真九郎は低頭した。

塚馬が笑顔をうかべる。

「なおってくんな。以前、二の腕にあった小柄の疵痕についてはおめえさんに話してある。いま、ここでおいらと会ってて、父親が弓を遣うって聞いたのを想いだしたことにしてくれ。それなら、おいらもお奉行にご報告できる」

「お心づかい、痛みいります」

真九郎は、ふたたび低頭してなおり、かたちをあらためた。

「桜井さん、遠州屋と大久保孫四郎とがまたしても会うようであれば、お教え願えませんでしょうか」

琢馬の眼が、ふたたび刃の光をおびる。

「留守居役の大久保を斬るつもりだな」

「たのみます」

真九郎は頭をさげた。

「気持ちがわからねえわけじゃねえ。だが、やめてくんな。おいら、おめえさんをお縄にしたくねえ。きてもらったんは、おめえさんの身元を詮索するためじゃあねえんだ。今度は、遠州屋と大久保に会ってもらいてえのよ。ふじと長太郎にゆさぶりをかけたら、さっそく遠州屋が動いた。ふたりがからんでいることは、これではっきりした。留守居役の大久保が、なんらかのかかわりがあることもまちげえねえ。だが、遠州屋と大久保とが話したんは半刻（一時間十分）くれえだ。おいらの勘だが、ちかいうちに、きっとまた会う。おいらたちが姿を見せて、遠州屋に手をひかれたんじゃあ、もとも子もなくしちまう。どうだい、ひきうけちゃもらえねえか」

和泉屋襲撃に大久保孫四郎がなんらかの関与をしている。遠州屋の動きからして、疑いようがない。和泉屋はいまだ無事だが、敵は付け火までしている。

晩夏六月には、参勤交代で主君が上府する。おそらくはそれを待って、大目付の詮議が上屋敷におよぶ。そのまえに大久保孫四郎を斬って禍根を断ちたい。それがかなわぬのであれば、一刻も早く真相をあきらかにせねばならない。

「承知しました。お引受けいたします」

「わかってくれたかい」

琢馬がほっとした表情になる。

藤二郎も肩の力をぬく。

琢馬が、左手を顎にもっていく。

「こいつのからくりがどうなってるのか、もうひとつはっきりしねえ。さて、今宵はひきあげるとしよう。見送りはいらねえ。提灯をかしな」

二ノ橋をわたって帰る琢馬と、新川のかどで別れた。

大久保孫四郎は、長く大坂蔵屋敷にいて、江戸留守居役に転出した。

遠州屋と大久保孫四郎とはつながりがある。和泉屋を狙う一味に佐和大助と高山信次郎の両名がくわわったのが偶然ではなく、大久保孫四郎とむすびつけたほうが納得しやすくはある。しかしいっぽうで、出仕まえの下士である大助と信次郎とが、大坂蔵屋敷の老職とかかわりがあるというのも考えにくい。

大久保孫四郎がすべての襲撃に関与しているとするのにも無理がある。琢馬が言うように、江戸上屋敷にいて、しかも留守居役という要職にある者が、関八州の博徒やその用心棒を知っているとは考えにくいからだ。

和泉屋襲撃の背後にはかなりの知恵者がいる。多くの浪人、付け火をした者たち、そして舟と船頭。それらを意のままにあやつれる者だ。

大久保孫四郎には日々の役目がある。それでも、策を練るだけならできなくはない。

和泉屋のかどに達した。横道を三十間（約五四メートル）行けば和泉屋裏通りだ。

どこか釈然としない。

横道へまがらずにまっすぐすすむ。

和泉屋のさきに大神宮（だいじんぐう）がある。さらに半町（約五五メートル）あまりのところに一ノ橋、逆の大川よりに三ノ橋がある。そのあいだの両岸が、白い土蔵がならぶ河岸だ。

真九郎は、鳥居まえで土蔵のあいだをぬけ、川岸に立った。

川面（かわも）に舟影はなく、土蔵の隙間の対岸にも人影はない。霊岸島は寝静まっている。

左手で柄をにぎる小田原提灯（おだわらぢょうちん）が川面に映り、夜風に揺らいでいる。夜空の雲間で星がきらめき、月もある。

ふいに、鳥肌だつほどの衝撃をおぼえた。

大久保孫四郎は、大坂蔵屋敷からいきなり江戸の留守居役に就任した。通常ではありえない。脇坂彦左衛門も、数年にわたって留守居役のしたにいて役目をひき継いだ。

そのころは、部屋住みの身で、竹田道場での噂話を耳にするていどであった。

記憶を掘る。

さだかではない。しかし、大久保孫四郎の母親は国家老鮫島兵庫の姉のはずだ。

「おちつけ」

真九郎はおのれに言い聞かせた。

鮫島兵庫にはひとりだけ歳の離れた姉がいて、嫁ぎさきが大久保家。家中に、大久保は何家かある。帰国して祝言をあげ、妻女を大坂へともなうを許されたはご家老の威光をはばかってのものだったと、父が客人と話していた。

それを憶えているのは、子ども心になにゆえそうであってはいけないのだと疑問に思ったからだ。

まちがいない。大久保孫四郎は鮫島兵庫の甥だ。

それだけではない。国もとでは、鮫島家が娘だけだというのもよく知られている。四人姉妹だ。長女が婿養子をむかえた。

胸腔いっぱいに息を吸い、ゆっくりとはく。

おのずと、眼がほそくなる。

兵庫の次女は、大坂蔵屋敷をあずかる老職の家に嫁いでいる。雪江に横恋慕したのが、その嫡男だ。

三女が嫁いだのは柿沼家だ。つまり、上意討ちにした柿沼吉之介は、兵庫の孫ということになる。

城中での評定において、兵庫は真九郎と雪江に追っ手をかけることを主張した。大目付戸田左内の頑強な反対がなければそうなった。

しかし、柿沼吉之介を斬ったのは私闘ではなく上意討ちである。兵庫は筆頭家老であり、主君が参府のあいだは城代をつとめる。公私の別をわきまえぬはずがない。

出仕するようになって面識はできた。しかし、城中で挨拶をするていどだ。記憶のどこを掘っても、恨みをかうようなことはしていない。

あるとすれば、柿沼吉之介の一件のみだ。母親が、憎悪に燃える眼で睨んでいた。

娘にたのまれ、奸計を弄した。

脇坂彦左衛門が縁談に応ずれば、真九郎をきずつけ、面目を失わせることがかなう。出奔すれば、追っ手をさしむける。

信じがたいが、ありえなくはない。

鮫島兵庫、柿沼吉之介の母親、佐和大助と高山信次郎。ここまでは一本の線をひくことができる。いっぽうで、大久保孫四郎、遠州屋、和泉屋襲撃の線がある。この二つがどうまじわるのか。

真九郎は、川端に立ちつくしていた。

翌十七日の日暮れ、真九郎は木刀を手にして雪江の稽古の相手をしていた。

表の格子戸が乱暴にあけられ、亀吉が叫んだ。

「旦那ッ」

「雪江、でかける」

「はい」

雪江が、襷掛けのまま居間にむかう。

厨(くりや)から平助がでてきた。

真九郎は、居間にはいって袴をはいた。平助がもどってきて廊下に膝をおる。

「旦那さま……」

「すぐにまいるとつたえよ」

「かしこまりました」

袴の紐(ひも)をむすぶ。

大久保孫四郎のことも遠州屋のことも、雪江には話していない。緊張した表情で、鎌倉と脇差とを両袖でもっている。

真九郎は、おだやかな声で言った。

「二刻（三時間二十分）もかからぬと思う。さきに夕餉をすませておきなさい」

「わたくし、お待ちしております」

真九郎は、ほほえみ、刀をうけとった。

亀吉は、額に汗を浮かべ、赭い顔をしていた。

「旦那、いそいでおくんなさい」

雪江の見送りをうけ、表にでる。

「場所はいずこだ」

「柳橋で」

「では、浪平から猪牙舟をしたてるとしよう。そのほうが速い」

走りだそうとする亀吉を、真九郎は止めた。

「おちつけ。ここが見張られていたらなんとする。報せが走るぞ」

通りには二階建ての小店がならんでいる。脇道から、八百屋、豆腐屋、そのつぎが一日おきに行く髪結床だ。

「すいやせん。旦那のところまで駆けてきてしまいやした」

「それはしかたがない。まいろうか」

「へい」

浪平で猪牙舟をたのむと、おりよく多吉がいた。

越前（えちぜん）堀から大川にでた猪牙舟が、暮れなずむ川面をすべるようにのぼっていく。

今朝から、亀吉も千代田稲荷（ちよだいなり）にくわわっているという。むろん、足が速いからだ。昨日（さくじつ）とはちがう料理茶屋で、遠州屋はこの日も長太郎をともなっているとのことだ。

永代橋、新大橋をすぎたところで暮六ツ（七時）の鐘が鳴った。やがて、両国橋をくぐり、神田川にはいった。

亀吉が、柳橋てまえの桟橋をしめす。多吉が、艪（ろ）を棹（さお）にかえて桟橋によこづけしたとたんに、亀吉がとびおりて駆けだしていった。

真九郎は、多吉に待っているようにと告げ、猪牙舟をおりた。

川岸にあがり、柳のそばで待つ。

亀吉がもどってきた。

「旦那、遠州屋が行ったさきは薬研堀の料理茶屋で。ご案内（あんねえ）しやす」

柳橋と薬研堀とは、両国橋西広小路をはさんだとなり町のようなものだ。

西広小路はあいかわらずの人出だった。

薬研堀がちかくなるにつれ、通りをゆきかうのは、表店の商人（あきんど）や、裕福そうな隠居、師匠、医者、身分ありげな武士たちになった。芸者も眼につく。若いのは手ぶらで、あだっぽい年増は供の男衆に三味線をいれた箱をもたせている。

脇道の暗がりに、琢馬と藤二郎がいた。

琢馬が顎をしゃくった。

斜め前方に、料理茶屋の暖簾（のれん）がある。

「しばらくめえに、大久保がへえっていった。なあ、おめえさんを信用しねえわけじゃねえが、たのむから刃傷沙汰（にんじょうざた）はなしにしてくれよな」

「承知しております。ご迷惑はおかけしません」

いくたびか迎えの駕籠がきたが、ほかの客であった。

小半刻（二十五分）あまりがすぎ、また駕籠がきた。

料理茶屋の土間から、五十前後の武士と三十代なかばの商人が暖簾をわけてでてきた。

藤二郎がささやく。

「あのふたりがそうでやす」

真九郎は、琢馬にうなずき、脇道からでた。

ふたりの見送りは女将（おかみ）だけであった。芸者を呼んでいない。他聞をはばかる密談であったということだ。

まっすぐにちかづいていく。

遠州屋が気づき、大久保孫四郎に告げた。

孫四郎が顔をむけ、眉をひそめて首をふる。

ふたりとも五尺五寸（約一六五センチメートル）ほどの背丈だ。孫四郎は怠惰な日々をおくっているとみえ、肥満ぎみである。瞼が重たげにたれさがっている。遠州屋は将棋の駒のごとき輪郭だ。

眼があうと、すぼめて狡猾な光を隠した。

ふたりの正面に立つ。

無礼をとがめる眼で、孫四郎が睨む。遠州屋は眉根をよせ、女将もひかえめに怪訝な表情をうかべている。

「大久保どの、はじめてお目にかかる。遠州屋もな」

「そのほう、何者だ」

「鷹森真九郎と申す」

顔色が驚きから警戒にかわる。そして、眼に侮蔑をうかべ、口もとをゆがめる。

「ふん。主君への忠義を忘れ、おなごをつれて出奔しおった者が、おめおめとあらわれおって。浪々の身となりはて、礼節すら失ったとみゆる」

「国をたちのきましたゆえ、貴殿はもはやそれがしの上役ではござらぬ。それにしても、それがしのことをよくごぞんじのようだ」

孫四郎が怒気を発する。

「なに用だ」

「ほう。それがしに用があると思い、わざわざ出向いたのだが」

大久保家は三河いらいの名門である大久保一族につらなることを誇っていた。禄高も鷹森家より上だ。

若輩の真九郎に対等な口をきかれ、孫四郎が激昂した。

「きさまなんぞに用はない。遠州屋、まいるぞ」

孫四郎が肩を怒らせる。憎々しげな一瞥をなげた遠州屋が、ついていく。

真九郎は踵を返した。

脇道にはいると、琢馬がにやりと笑った。

「だいぶあおったな。怒鳴り声がこっちまで聞こえたぜ。ありがとよ、あとはおいらたちがやる」

真九郎はうなずき、多吉の待つ柳橋へもどった。

三

翌日の夕刻。

藤二郎がきて、上り口に腰かけて昨夜のことを話した。

あのあと、ふたりは大川端で人目をさけながらしばらく話しあい、ときには言いあうようすさえあったという。

大久保孫四郎は留守居駕籠で上屋敷に帰り、柳橋の料理茶屋によった遠州屋はへべれけに酔っぱらった長太郎を邪険に駕籠に押しこめた。

藤二郎がこぼした。

「千代田稲荷にはそのまま手の者を張りつけてありやすが、小石川御門ちかくにある今治松平さまの上屋敷周辺は大名屋敷と旗本屋敷ばかりで、どうにもなりやせん」

そうであろうと、真九郎は思った。

江戸へきてまもないころ、一度だけ行った。

神田川をはさんだ対岸に水戸徳川家の上屋敷がある。その川岸で、しばらく土手のむこうにある上屋敷を見ていた。

この日も翌日も、雪江の稽古につきあった。

二十日は、団野道場に行く日だ。

高弟がつどう日には、門人たちの稽古にも熱がこもる。真九郎は、もとめられるかぎり応じた。高弟どうしの研鑽のあとの酒席も終えて帰路についた。

二十一日は、夜明けまえから霧雨がながれていた。

そろそろ梅雨の季節である。

真九郎は、しばらくぶりに朝稽古を休んだ。いまだ納得するにはいたってないが、弧乱を前後左右上下と縦横にふるえるようになりつつある。

足駄（高下駄）をはき、蛇の目傘をさして下谷御徒町の立花家上屋敷にむかった。

雨の日の通りは、人影がすくない。

日銭稼ぎの振売りも、笠に合羽姿で商いをしているのは生ものをあつかっている者だけだ。あとは、商家の使いが番傘をさして道をいそぐていどで、女子供の姿はない。

昼九ツ（正午）に稽古を終え、汗をぬぐって四日市町に帰った。

雨は朝の霧雨から小雨になっていた。

中食を終えて茶を喫していると、表の格子戸が開閉した。

「ごめん」

忘れられない声だ。

「雪江、備前を」

真九郎は、素早く立ちあがり、廊下にでた。

平助を片手で制する。雪江がもってきた脇差を腰にさして備前を左手にもち、上り口へむかう。

頬疵の剣客が土間に立っていた。蛇の日傘の柄をにぎり、伊賀袴の裾を脚絆でまいて足袋に草鞋といういでたちである。

顔から左手の刀へと眼をやり、低い声で言った。

「憶えていたようだな」

「むろん。名のってもらおう」

「よかろう。馬上甚内。したくしろ。待っておる」

「心得た」

居間にもどり、雪江に伊賀袴と脚絆などを用意するように告げ、文机にむかう。

宗右衛門に宛てて、最初の襲撃者の五人めと思われる者が来宅したこと、名は馬上甚内、万一のおりは雪江をお願いするとしたためた。

居間の障子をしめ、寝所でまあたらしい下帯にかえて晒を腹にまく。古着の袷をきて伊賀袴をはき、足袋と袴の裾とを脚絆で押さえる。そして、草鞋の紐をほどけぬようにしっかりとむすぶ。

雪江がなにも言わずにてつだう。

備前を腰にさす。

「文は和泉屋に宛てたものだ。もどらぬなら、わたしてくれ」

「ご武運を」

眼を見つめる。

しっかりとした眼差（まなざし）で見つめかえしてきた。

真九郎は、ちいさくうなずき、居間の障子をあけた。

上り口に行き、土間へおりると、甚内が背をむけ、格子戸をあけた。真九郎は、蛇の目傘をもち、表にでて格子戸をしめた。

「しばらく歩く」

甚内が、右がわにきた。作法どおりである。おのれの右よこにいる者は抜き打ちに斬ることができる。ゆえに、誘った甚内のほうが不利な右に身をおく。

戦いはすでにはじまっている。

真九郎は、正面に顔をむけ、全身で甚内の気配をうかがう。

横道から浜町の通りを行って右におれ、霊岸島新堀の湊(みなと)橋をわたる。

橋からの坂をくだったところで、甚内が顔をまえにむけたままで言った。

「おぬし、奴をよほどに怒らせたようだな。愉快であったわ」

真九郎は、おなじくよこをむくことなく問うた。

「奴とは」

「知れたこと。大久保孫四郎よ」

「たずねたきことがある」

「言うてみるがよい」

恬淡(てんたん)としている。

「最初に和泉屋が襲われたおり、そこもとも深川にいたのだな」

「ああ」

「その後、和泉屋はいくたびも襲われた。だが、そのいずれも、そこもとは姿をみせなんだ」

「おれは、無腰の者を斬る刀はもたぬ」

やはりそうであったのかと、真九郎は思った。三光稲荷(さんこう)で襲われるまえ、料理茶屋の座敷であるいはそうではないかと考えた。

「そこもとは、和泉屋を襲った者たちの一味ではないというのか」

「そうだ」

「あれほどの数の浪人たちをあやつっておるは何者だ」

「おれは、奴らとはちがう」

「あのおり、いまは斬りたくないと申しておった」

「旅にでていた。今治城下へな」

とっさに体内にみちようとする怒気を、真九郎はおさえた。

動揺を誘う策だ。

察したかのように、甚内が言った。

「斬りにではない。会いに行ったのだ」

「誰にだ。家中に馬上という名は聞いたことがない。そこもとと大久保孫四郎どのとは、いかようなかかわりがあるのだ」

甚内はこたえなかった。

すこしして、真九郎は訊いた。

「柿沼吉之介。この名に心あたりは」

「知らぬ」

ちらっと甚内の横顔を見る。

隠しているふうではなかった。

大川を背にして日本橋川ぞいをすすんでいた。番傘をさした商家の者と、蓑笠姿の振売りの姿が散見されるだけだ。

川岸の柳が、雨にうなだれている。

甚内がつぶやく。

「あの奥村が、おぬしに斃されたと聞いた」

「腑におちぬな。あの者たちの一味ではないが、奥村は知っているというわけか」

「一度会えば、どのていど遣うかはわかる。あの夜、またおぬしに会うおりがあれば、今度は逃がしはせぬとほざいておったわ」

印半纏に捩り鉢巻の魚売りが天秤棒をかついでやってきた。

魚売りは粋を誇っている。雨であろうが雪であろうが、おなじ恰好だ。

ふたりは、通りのまんなかを蛇の目傘が触れぬほどにならんで歩いている。まっすぐ小走りにやってきた魚売りが、ふたりのかもす剣呑さに通りのすみへより、駆け去っていった。

真九郎は訊いた。

「今治城下へ旅をしていたという。そこもとは、佐和大助か高山信次郎とかかわりがあるのか」

和泉屋裏通りから、甚内は微塵(みじん)の気配も発していない。

真九郎は、警戒をおこたらなかった。おのれがそうであるように、甚内もまた殺気をおさえて抜き撃ちに斬ることができる。

やがて、甚内が言った。

「かかわりはない。あのふたりとも、江戸ではじめて会った。おれは、姫路(ひめじ)城下にいた。佐和と高山は大坂だ。佐和の親類が大坂蔵屋敷にいて、以前は奴に仕えていたそうだ。この二月、おれは江戸に呼びだされた。奴が用意していた亀戸村(かめいどむら)の百姓家に行くと、佐和と高山がいた」

亀戸村は本所の東にある。

番傘をさした手代が、いそぎ足でちかづいてくる。水たまりをさけるために足もとにおとしていた顔をあげた。いぶかしげな表情がよぎる。

あわてて眼をそらせ、さけるようにすれちがっていく。

手代がじゅうぶんに遠ざかるまで、真九郎は待った。

「大久保どのは、永く大坂蔵屋敷にいた。そのころに、たのまれれば人を斬らねばならぬほどの恩義でもこうむったというわけか」

甚内が、おのれを嗤うがごとき声をもらす。

「恩義か。そうかもしれぬ。……和泉屋の始末は、遠州屋にたのまれたとのことだ。町人を斬る刀はもたぬと断ると、佐和が心あたりがあると言った。ある夜、佐和が酒を飲みながら自慢げに語っていたが、あのふたりは、京、伏見、堺あたりで、辻斬を生業にしていたそうだ。ずいぶんと金になったと自慢しておった。数日後、四十がらみの町人があらわれた。闇の使いだそうだ。したり顔でこのようなことを申しておった。おてんとうさまがあるように夜もある、月夜もあれば、闇夜もある。この件がかたづいたら、ほかにもよい仕事があるがどうだ。むろん、断った。愚物どもめ」

真九郎は、甚内の態度に疑念をいだきはじめた。

「浄心寺であの浪人を斬ったのはそこもとか」

「ああ、足手まといになる。それで奥村と刀をまじえそうになった。佐和が、奥村にな にごとかささやくと、刀をひいた」

「仙台堀で、猪牙舟にのった侍四人と老船頭が見られている」

「そうやもしれぬ。灯のある見世があったからな」

「あの老船頭は」

「姫路城下で、二本差しにからまれて難儀している百姓と娘とを救ったことがある。娘を嫁がせると、只働きでもとやってきて、おれのそばを離れようとせぬ。漁もしていたそうだからな、小舟の扱いなどお手のものだ」

甚内が日本橋川ぞいを離れ、神田川方面へ足をむける。

雨はあいかわらず音もなくふりつづき、町家はひっそりとたたずんでいる。未明からの雨に、通りのそこかしこで水溜りができている。しかし、町家の通りは踏み固められているので、ぬかるみはない。

「金で雇われ、人を斬るを、そこもとは愚物だと言う。だが、大久保どのに呼びだされれば、姫路から江戸まででてくる。なにゆえ言いなりになっておるのだ」

甚内が睨む。

「それほど知りたいか」

強い口調だ。

真九郎はおうじた。

「むろんだ。それがために、幾名となく人の命を奪ってきた。いままた、斬りあわねばならぬ。いったい、今治城下へ誰に会いに行ったのだ」

まがあった。

「よかろう。いくたびとなく、奴を斬ろうと思った。実際に斬ろうとしたこともある。だが、あのような者でも、じつの親は斬れぬ」

真九郎は、言葉を失った。

大久保孫四郎には、国もとに妻子がある。江戸詰になるおりに、妻子は大坂から国もとの屋敷に帰ってきた。だが、孫四郎の妻女はいまだ四十にもならぬはずであり、甚内の母親でありうるはずがない。

自身番屋の町役人が、こちらを見ている。ふたりとも旅姿ではない。にもかかわらず、脚絆で袴の裾をしぼり、草鞋ばきである。

町木戸をすぎる。

甚内は黙したままだ。

真九郎も、前方に顔をむけていた。

つぎの木戸もすぎた。

遠くが雨にかすんでいる。四つ辻で、よこからの風に雨がながれ、袖と手を濡らした。

甚内が、沈黙を破る。

「馬上は母方の名字だ。父親の医者代に窮した母を、奴は囲った。母は十七だった。奴は二十二にすぎぬ。奴は、三歳になったおれを、月に一両で姫路城下の知り人にあずけた。夜は蔵屋敷に帰らねばならぬ。昼間母を抱くためにそうしたのだ。あずかった家は、おれを邪険にあつかい、下男のごとくこき使った。だが、となりに道場があった。師は、おれをひきとり、読み書きを教え、育ててくれた。おれは師のもとで修行にうちこんだ」

このところ、おりにふれて考え、想いだしていた。大久保孫四郎は、はやくから大坂蔵屋敷にあった。妻を娶ったは三十前後のはずだ。

甚内が、おおきく息をした。

「似ているのかもしれぬ。師には、恨んではならぬと諭されていた。だが、おれは、師に心底をさとられぬようにして、独りのおりは奴を斬ることのみを考えていた。十九のとき、母に会いたいと師の許しをえて、大坂に行った。奴を斬るつもりだった。そのとき、五つ違いの妹がおるのをはじめて知った。母が、娘に会えなくなると泣いてすがった。奴は母から妹も奪った。おれは姫路の師のもとへ帰った。奴との縁を絶ったつもりだった」

甚内がまをおく。

「だが、おそらくそのとき、奴はおれが利用できることに気づいた。数年まえ、江戸に呼びだされ、今治城下に行けと命じられた。代償は、母の生活をささえつづけることと、妹の居所を教えることだった。城下の寺に四月ちかくいた。大雨がふれば、奉行が堤を見まわる。それを、供の侍が川に突きおとす。おれの役目は、その供侍を斬らずにおなじように川に突きおとすことだった。嵐があり、寺に案内した中年の武士が迎えにきた。おれは、抜いた供侍の刀を弾き、濁流に蹴りおとしてやった。さきほど申しておった柿沼とは、その奉行か、供侍のことか」

真九郎は、気配をさとられぬよう懸命に気を鎮めていた。

「そうではない。供侍を始末しろと大久保孫四郎に命じられたわけだな」

脇坂小祐太はあやまって川におちたのではない。殺されたのだ。しかも、そのてくばりをしたひとりが大久保孫四郎である。

甚内がこたえた。

「そうだ。ところが、笑えるではないか、江戸へもどってきて奴に訊くと、妹はおれが四月もいた今治城下で暮らしているのだという。だが、城下のどこかまでは言わぬ。奴は、そうやって人を弄ぶのだ」

横丁から天秤棒をかついだ振売りがつづけてあらわれ、小走りに去っていく。

「妹御に会いに」

「奴は、おぬしを斬ってから行けと言ったがな。その手はくわぬ。おぬしが奥村に斬られるところまるので警告したのだ。翌日、おれは江戸を離れた。妹は城の奥御殿に奉公している。帰りに姫路の師をたずねた。爺は道場に残してきた。それから、大坂で母に会い、妹のことを話した。奴は約束した、おぬしを斬れば妹をわたすとな。守らねば、今度こそ奴を斬る。そのことは、奴も承知している。母と妹を姫路の道場につれていき、ともに暮らすつもりだ。師の許しもえてある。縁があれば、妹を嫁がせ、母やおれのような生きかたではなく、人なみな幸せをと思っている」

油断させんがための策だということはありうる。

気をはりつめ、警戒はおこたらない。

しかしようやく、真九郎は甚内の意図を察した。

「いまだわからぬことがある。大久保孫四郎と遠州屋とのかかわりだ。江戸留守居役の要職にある者が、なにゆえ和泉屋闇討の手助けをする。露見すれば、ただではすまぬ。殿にまで累がおよぶやもしれぬ」

「おれも知らぬ。だが、おそらくは金のためであろうよ。奴は、大坂でも商人から他家の老職を紹介する手数料をせしめていたようだ。奴のことだ、相手は遠州屋ばかりではあるまい」

「最初の襲撃のあと、奥村と佐和たちはしばらく姿を見せなんだ」

「おぬしにさとられたのではないかと危ぶんだのだ。小田原城下で医者に佐和の疵の手当てをさせ、三名は熱海へ湯治にまいった。江戸にもどってきて、二度めと三度めも襲撃に失敗したのを知った奥村は、おぬしを斬るのに百両を要求したそうだ。遠州屋は、愚かにも断った。けっきょくは、おぬしを斬ったらわたすと約したらしいがな。だから、おれは二百両にした。遠州屋は奥村と同額の百両ならと言ってきた。この話はなしだとつっぱねたら、百五十両までならと奴に言ったそうだ」

真九郎は得心がいった。

あの夜、大川端で、大久保孫四郎と遠州屋とはそのことを言いあっていたのだ。

「なるほど。そこにそれがしがあらわれ、遠州屋は二百両だすのを承知したわけか」

「そういうことだ。むろん、奴はおのれのほうがおぬしを斬りたがっているのを遠州屋には話しておらぬ。利用できるものはなんでも利用する。そういう男よ」

「大久保孫四郎が、なにゆえそれがしを斬りたがっているのかはぞんじておるのか」

「おれには関係ない。おれにとってだいじなのは、これでようやく奴との縁が切れるということだ」

ふりしきる小雨のむこうに、土手の柳が見えてきた。雨にぬれ、枝葉がおもたげにうなだれている。

町家をぬけた。

甚内が左をしめす。

ひろい柳原通りをすすみ、和泉橋で神田川をわたる。

和泉橋から上流に架かるつぎの筋違橋御門にかけては、火除広道と呼ばれている。

甚内が、筋違橋てまえの通りにおれた。

下谷御成街道という。さきに下谷広小路があり、不忍池からの忍川に架かる三橋をわたれば東叡山寛永寺の広大な境内である。

真九郎は言った。

「国もとには兄がいる。約定はできぬが、妹御の名は」

わずかなまがあった。

「寺で、ほんの二刻（四時間）ほどしか会えなんだ。おれは、おぬしを斬らねばならぬ。これまでのことは聞いた。おぬしが相手だ、壮語はせぬ。……妙と申す。歳は二十三で、佐久間某の養女としてお城にあがっている。大坂の母の住まいは妙に教えてある。師の道場は母が承知している。なにかあれば、おぬしの望みも聞く」

「書状をのこしてまいった。それがしのことは無用でござる」

「おぬしが直心影流を遣うのは承知しておる。おれは、心形刀流だ」

雨のなかを、ふたりは無言ですすんだ。

心形刀流の流祖は伊庭是水軒秀明である。志賀十郎兵衛秀則に本心刀流を学んだ是水軒は、天和二年（一六八二）に江戸にでて心形刀流を興す。

当初は隆盛であったが、代をへるにつれて衰微していった。しかし、この時代にかつての勢いをとりもどし、幕末期へといたり、団野源之進から直心影流十三代目を継承した男谷精一郎信友を別格として、北辰一刀流の玄武館、神道無念流の練兵館、鏡新明智流の士学館とならんで、江戸の四大道場と数えられることもあるほどになる。

下谷広小路の幅が、しだいに裾広がりになっていく。

寛永寺の門前通りであり、江戸でもっともにぎわっている場所のひとつだ。晴れた日には屋台などもならぶが、朝からの雨で閑散としている。

三つならんで架かっているので三橋という。中の橋は将軍家の御成橋で、幅六間（約一〇・八メートル）余。左右の橋は幅二間（約三・六メートル）ほどだ。

前方に寛永寺の黒門と御成門が見える。

左の橋をわたり、町家ぞいにすすむ。

町家が切れた。

左に不忍池がひろがる。

弁財天のある弁天島には石橋が架かっている。

池ぞいの道を、なおもすすんでいく。

右がわは、小高い丘で松や杉の老木が雨空に枝をひろげている。時の鐘があり、朱塗りの五重塔がそびえる東照宮（とうしょうぐう）がある。

道が池ぞいを離れた。

甚内が、左手の草地をしめす。

真九郎は、うなずき、道を離れた。

雨に洗われて緑があざやかな野に、白や黄や桃色のちいさな花がけなげに咲いている。

たがいに離れていき、五間（約九メートル）ほどでむかいあう。

真九郎は、蛇の目傘をとじてよこに投げ、懐からだした紐で襷掛けをした。そして、手拭をだして、おり、眉のうえにまいてうしろでむすんだ。

甚内もまた、同様のしたくをしている。

左手で鯉口（こいぐち）を切り、備前を抜く。

甚内が、抜刀して右上段に構えた。攻撃におもきをおく〝名人の位（くらい）〟と呼ばれる構えである。

雨中では上段のほうが有利だ。

真九郎は、得意の八相ではなく青眼にとった。

直心影流の八相は攻めの構えだが、甚内は一撃必殺一刀両断の上段にとっている。八相の斜めよりまっ向上段のほうが疾い。守りの構えである下段にとるには雨滴が邪魔だ。

たがいに這うように間合を詰めていく。

風も吹かず、雨の音すらない。

こまかな雨が絶えることなくおちてくる。

手や柄から雨滴がしたたる。

甚内が、眼を見つづけている。心のうごきは眼にでる。それをとらえんとしている。

真九郎は、甚内のむこうに眼をやった。

四間（約七・二メートル）を切り、三間（約五・四メートル）を切る。

糸のようにふりつづける雨のなか、ふたりは左右のどちらに動くでもなかった。策を弄さず、おのれの剣一振りに命運をかけ、ただひたすらにまっ正面から摺り足で迫っていく。

二間（約三・六メートル）。

同時にぴたりと止まる。

真九郎は、左手で柄をにぎり、右手はそえるだけにしている。撃つ瞬間に両手を茶巾絞りにする。それが直心影流の刀術だ。

切っ先を微動だにさせず、臍下丹田に気をため、呼吸の気配すらさとられぬようにおしころす。

鼻頭から、顎から、雨滴がおちる。

すでに、全身ずぶ濡れであった。

ふたりは待った。なんらかの変化を、兆候を――。

塑像のごとく静止した一瞬が、このまま連綿と無限につづいていくかのようであった。

ふいに、時を告げる捨て鐘が大気をふるわせた。

踏みこむ。

「ヤエーッ」

「オリャアーッ」

甚内の一撃がまっ向から雷神の疾さで襲ってくる。

渾身の力で弾く。

右足をよこへ。

撥ねあげて天を刺した甚内の白刃が、薪割りに落下。

備前が、雨を斬って奔り、唸る。反転。切っ先が伸びる。一文字の雷光。胴を薙ぐ。

左足をひき、残心の構え。

一撃が勢いを失い、甚内がまえのめりによこをすれちがっていく。

「直心影流、龍尾（りゅうび）」

「疾い。みごとだ」

甚内が、つぶやき、倒れた。

四

雨のなかを、真九郎はいそぎ足で帰路についた。

額の手拭と襷紐を懐にしまい、蛇の目傘は残してきた。濡れ鼠（ねずみ）が傘をさしていてはかえって危ぶまれる。

脇道から和泉屋裏通りを斜めにつっきる。格子戸をあけて土間にはいり、うしろ手にしめる。

雪江の足音が小走りにちかづいてくる。

小柄を抜き、沓脱石（くつぬぎいし）に足をのせて草鞋の縄を切る。

「お帰りなさりませ」

安堵の表情をうかべている。

真九郎は、うなずき、腰の大小をはずしてわたした。

「着替えと手拭をたのむ」

「はい」

真九郎は、湯殿にいそいだ。走るように帰ってきたが、雨にうたれて躰が冷えている。湯殿で全裸になる。

雪江がきた。手拭をわたして背中にまわる。

手拭をとりかえながら、全身をぬぐい、さらに乾いた手拭でこすった。雪江も背中をこすり、乾いた手拭を髪にあてて水気を吸いとる。

真九郎は、下帯を締め、襦袢と袷に腕をとおして帯をむすんだ。

「あとをたのむ」

居間の文机をまえにする。

墨を摩りながら、頭のなかでどこまで報せるかをまとめる。

主君の上府は晩夏六月である。おおむね、家門と譜代は六月で、外様は四月だ。参勤交代の時期は街道が混む。したがって、幕府の命によって出立が前後半月からひと月ほどずれることもめずらしくない。

兄への書状の最後に、妙について追記した。

雪江が背後にひかえていた。

真九郎は、膝をめぐらして言った。

「くわしくはあとで話す。兄上へ書をしたためた。それほどかからぬとは思うが、十両用意してくれぬか」

雪江が、立ちあがって寝所の襖をあける。

真九郎は、平助を呼んだ。

平助が廊下にかしこまる。

「旦那さま、お呼びでしょうか」

「菊次へ行って桜井どのと藤二郎にいそぎきてもらいたいとつたえ、飛脚(ひきゃく)問屋でこの書状を急飛脚でたのんでまいれ。たりぬのであれば、和泉屋の名をだし、すぐにとどけると申すのだ」

「かしこまりました」

平助が、雪江から金子(きんす)を受けとった。

江戸から大坂まで、飛脚は六日ほどで行く。それを、急飛脚は宿場ごとにつないでいきながら昼夜三日で駆ける。そのぶん値が張る。大坂まで五両ちかくかかると聞いたことがあった。

主君の上府が例年どおりなら、まにあうはずだ。

真九郎は、宗右衛門宛の文を破って雪江にわたした。

「これは燃やしてくれ。よくこらえてくれたな」

「そのように優しい言葉をかけてくださると、泣きたくなります」

雪江が、口もとをへの字にする。

真九郎は狼狽（ろうばい）した。

「すまぬ。雪江に泣かれてはこまるのだ。優しい言葉はかけぬよう自重（じちょう）する」

「いやにございます」

真九郎は眉をひそめた。

「ぞんじませぬ」

立ちあがり、でていってしまった。

やがて、奥の六畳間から琴の音（ね）がながれてきた。

馬上甚内と会ったのは二度にすぎない。それでも、甚内がおのれになにを託したのかわかる。

雪江と祝言をあげて、やがて一年。毎日顔をあわせている。にもかかわらず、いまだにわからぬことだらけだ。

「おなごはわからぬ」

真九郎はつぶやいた。

雨はあいかわらずふりつづいていた。

琢馬と藤二郎がきたのは、平助が飛脚問屋からもどってしばらくしてからであった。とよが、ふたりのすすぎをもって戸口へ行った。

真九郎は、客間の障子を左右にあけ、上座で待った。行灯に火がいれられ、庭は宵の帷がおりつつあった。

琢馬があらわれた。

「なんでえ、急な用ってのは」

廊下を背にしてすわる。斜めうしろで、藤二郎も膝をおる。

「まさか、また果し合いで斬ってきたってんじゃねえだろうなあ」

真九郎はこたえた。

「そのとおりです」

琢馬が愕然となる。

藤二郎も眼をみひらく。

琢馬が、一重の眼をほそめる。

「おめえさんが冗談を言うとも思えねえ。どういうことだ」

「頬疵の剣客に呼びだされ、立ち合ってきました」

「場所は」

「不忍池の弁財天をすぎた池よりの野原です」

「おめえさんとこの者(もん)を使いにだしてもいいかい」

「かまいません」

真九郎は、廊下で平助を呼び、座にもどった。

平助が膝をおる。

「旦那さま、ご用でしょうか」

「桜井どのが使いをたのみたいそうだ」

琢馬が首をめぐらす。

「藤二郎のとこの亀吉は知ってるよな」

「へい」

「御番所までひとっ走りするよう伝(つて)えてもらいてえ。不忍池の弁財天をすぎた野原(のっぱら)に侍(さむれえ)がひとり斃れているが、和泉屋襲撃の一件にかかわりのある者(もん)だ。くわしくは、おいらがあとでご報告するとな。わかったかい」

「かしこまりました。すぐに行ってまいります」

平助が厨へ去った。

琢馬が顔をもどす。

「さて、聞こうか」

「桜井さん、ずっと雨のなかにいました。酒をつきあってもらえませんか」

「おめえさんには驚かされるぜ。おいらも喉が渇いたよ」

琢馬が笑みをうかべる。

藤二郎もようやく緊張がほぐれたようであった。

真九郎は、廊下にでて雪江を呼び、酒のしたくをするよう言った。

座にもどり、語った。しかし、脇坂小祐太にかかわることと、妹にかんする部分ははぶいた。旅も、大坂の母と姫路城下の師のもとへ行ったことにした。甚内への配慮だ。

途中で、雪江ととよが食膳をはこんできた。

諸白で喉をうるおし、不忍池まで語り終えた。

ややあって、琢馬が言った。

「どうやら、おめえさんとその馬上甚内にしかわからねえもんがあるようだ。さもなきゃあ、そこまでしゃべらねえだろう。たしかめさせてくんな。遠州屋が大久保孫四郎にたのみ、大久保が馬上と佐和と高山を呼んだわけだな」

「そのとおりです」

「で、馬上甚内が断り、佐和がわたりをつけたわけか」

「そのように話しておりました」

「佐和と高山は、上方で辻斬を請けおっていた。江戸にもそのつながりのある者がいたということだな。四十くれえの町人ってのは、お縄にした浪人の話とも一致する。となると、江戸での辻斬も、全部とは言わねえまでもたのまれてやったもんがあることになる」

「そのように思います」

琢馬が、杯を干す。

「よし。これで遠州屋をお縄にできる。申しわけねえが、おいらたちは行くぜ。藤二郎」

「へい」

真九郎は、上り口まで送った。

琢馬たちを待っているあいだに、雪江にも兄である小祐太のことを除いてあらましを話した。眉を曇らせ、雪江は宗右衛門に同情した。

翌日、真九郎は刀袋にいれた備前の大小をもって上屋敷へ行き、帰りに神田鍛冶町の美濃屋によった。脇差も雨に濡れた。錆びぬよう手入れをさせねばならない。

この日、琢馬からはなにも言ってこなかった。宗右衛門も姿を見せなかった。

つぎの日も、その翌日も、宗右衛門はちかづかなかった。亀吉が、遠州屋権右衛門といふじと長太郎、そして和泉屋でも引越のてつだいにきた要領のいい手代の伊助がお縄になったと報せにきた。

不忍池から四日めの二十五日。

真九郎は一献さしあげたいので夕刻にお越し願いたいと、宗右衛門のもとへ平助を使いにやった。

陽が沈み、夕闇が忍びよりはじめたころ、宗右衛門がやってきた。やはり、げっそりと痩せ、憔悴しきっていた。

すぐに雪江ととよが食膳をはこんできた。

食膳をおいた雪江に、真九郎は言った。

「注いでもらえぬか」

「はい」

杯に諸白を満たし、銚子を食膳におく。

「和泉屋さんにも注いでやってくれ」

宗右衛門が腰をひく。

「めっそうもございません」

「和泉屋さん、そう言わずにうけてもらいたい」

雪江が、宗右衛門の食膳から銚子を手にする。

「ありがとうございます。ちょうだいいたします」

もとの座に膝をすすめた宗右衛門が、両手で酌をうけた。

雪江が、銚子をおき、でていった。

宗右衛門が、杯をうけた姿勢のままうつむいている。

両眼から涙が膝におちた。

「お許しください」

杯を食膳におき、懐から手拭をだして顔にあてる。ほどなく、手拭を懐にしまい、顔をあげた。

「鷹森さま、お心づかい、身にしみました。ありがたくぞんじます」

「人の噂もなんとかと言う」

宗右衛門が、杯をもち、わずかに飲んで食膳にもどした。

「身からでた錆(さび)にございます。ですが、よもや娘と倅に命を狙われるとは思いもしませんでした」

「桜井どのか藤二郎がなにか報せてきたのか」

宗右衛門が首をふる。

「読売(かわら版)にでているそうにございます。手前のところでも、手代がひとりお縄になりました。遠州屋だけでなく、おふじも長太郎も。手前を気づかっておいでくださったかたがたから、そのようにうかがいました」

「遠州屋に利用されたのやもしれぬ。はっきりするまでは信じぬことだ」

「ありがとうございます」

語尾が震えた。

宗右衛門が、低頭し、懐から手拭をだしてふたたび眼にあてた。

手拭をしまうまで、真九郎は待った。

「和泉屋さん、これはどなたにもくわしくは話しておらぬので、そのつもりで聞いてもらいたきことがある」

宗右衛門が顔をあげた。

真九郎は、上意討ちから、なにゆえ国もとを離れざるをえなかったのかまでを語った。

「……大久保孫四郎は、浪人たちとはかかわりがない。馬上甚内がわたしを斬るのをひきうけたからには、浪人たちの雇い主にさらに依頼し、すでに支払ってあることも考えねばならぬ。いずれ桜井どのがなにか言ってくると思うが、それまではこれまでのように同行する。大久保孫四郎については、他言無用でたのむ。それと、浪人たちをあやつっている者がおるらしいことは、町奉行所の秘事だというのもこころえておいてもらいたい」

宗右衛門がうなずいた。

「わかりましてございます」

それから半刻（五十分）ほどして、宗右衛門がひきあげた。きたときよりもいくらかしっかりとした足取りだった。

翌日のようやく陽がかたむきかけたころ、琢馬がひとりできた。あがらずに、土間で用件を話して帰った。

つぎの日の上屋敷からの帰り、真九郎は菊次へよった。

格子戸をあけておとないをいれると、見世との板戸がひかれ、きくが姿をみせた。

こぼれんばかりの笑顔をうかべてやってくる。

「鷹森さま、そろそろもどってくるころですから、申しわけありませんがそこの座敷で待っておくんなさいな」

「承知した。雪江はまだおるのかな」

「さきほどお帰りになりました。桜井の旦那の奥さまはお駕籠ですが、雪江さまはちかいので亀に送らせました」

「それはかたじけない。江戸での暮らしむきについていろいろと聞きたいというので、桜井どのに無理をお願いしたのだ」

きくが、首を伸ばしてくっつかんばかりに顔をよせてきた。

瞳がきらめいている。

「鷹森さまぁ」

なまめいた声だ。

真九郎は、上体をのけぞらせた。

「な、なんだ」

「そうおっしゃるんでしたら、そういうことにしておきますが、女の勘をみくびっちゃいけませんよ」

きくが、爪先立ちになっていた顔をもどす。

「すぐにすすぎを用意させます」

婉然（えんぜん）とほほえみ、板戸をあけたまま見世に消えた。

どっと疲れがでた。

框（かまち）に腰をおろす。女中がすすぎをもってきた。足を洗ってもらいながら、琢馬の苦心も無駄であったなと思った。

昨夕、たのまれた。あとでかかったぶんは払うと言うのを、半弓の件で迷惑をかけたのでその詫びがわりにしてほしいと断った。

琢馬の妻女は多代（たよ）という。琢馬のほうで、雪江のたのみだとつたえることになっていた。

それで、雪江は、この日は稽古を休みにして菊次で天麩羅（てんぷら）を食しながら江戸での暮らしむきについていろいろ教えてもらったはずであった。

ほどなく、ふたりが帰ってきた。藤二郎の声に、二階から若い者がおりてきてふたりのすすぎを用意した。きくもきた。

きくが、足を洗ってもらっている琢馬に言った。

「桜井の旦那、さきほど駕籠でお帰りになりましたよ」

「そうかい」

藤二郎が訊いた。

「どなたがお見えになってたんだい」

「旦那の奥さまと、鷹森さまの奥さま」

琢馬が説明した。

「なに、この旦那のご妻女がな、ここで昼を食べながら江戸のことをいろいろと聞きてえって言ってた」

「そうですかい。おきく、鷹森さまも道場からそのままきてもらった。桜井の旦那もおれも腹ぺこなんだ」

「あい。そろそろだろうと用意はできてます。すぐに」

きくが、座敷を覗(のぞ)きこむようにしてにこっとほほえんだ。

真九郎は、さりげなく眼をそらせた。

ほどなく、女中たちが食膳をはこんできた。

諸白を飲んだ琢馬が、杯をおく。

「食いながらってことでいいかい」

真九郎はうなずいた。

「遠州屋もふじもしぶとかったが、長太郎がぺらぺらしゃべったって聞いたら観念したそうだ」

遠州屋権右衛門が、ふじと長太郎をそそのかしたのだった。

ふじは後添え憎しとわが子かわいさ、長太郎は和泉屋が継げなくなるのを恐れてであった。

長太郎は、和泉屋が自分のものになると信じていた。だが、権右衛門とふじには思惑があった。権右衛門ばかりでなくふじまでもが、長太郎には和泉屋をやっていくだけの才覚はないとみかぎっていた。

ふたりが長太郎に期待したのは、後添えのみねと吉五郎（きちごろう）とちよとを追いだすことのみであった。長太郎は、むろんその気でいた。

権右衛門が狙っていたのは、和泉屋のもつ地所だった。それらを売りはらい、両替商としての飛躍をはかるつもりでいた。おりをみて、長太郎にも辻斬に遭ってもらう。すべてがうまくいけば、権右衛門とふじとの嫡男が遠州屋を、次男が和泉屋を継ぐことになる。

手代の伊助は、いずれ一番番頭にするとの甘言（かんげん）にのせられた。しかし伊助も、長太郎の供で辻斬に遭うことになっていた。

「……吟味方が、最初っから細(こめ)けえことをふくめて訊きなおしてる。たしかめさせてくんな。甚内のところにきた四十がらみの町人は、闇の使いって名のったんだよな」

「ええ」

「おんなし奴じゃねえかと思うんだが、遠州屋にも闇の使いだって言ってる」

「闇……」

「ああ。いままで、誰も聞いたことがねえ。上方にあったのが、江戸にまで手をひろげたのか。今度のやりようからして、ただごとじゃねえ。お奉行から、三廻りに調べるよう達しがあった」

「遠州屋は、また和泉屋を襲うてくばりをしたのでしょうか」

「いや、馬上甚内がおめえさんを殺(や)ってからたのむつもりだったようだ。吝嗇(けち)な野郎だぜ」

権右衛門が吝嗇(りんしょく)だからこそ、真九郎も宗右衛門も助かった。最初から金に糸目をつけなければ、どうなっていたかわからない。

仲夏五月五日の端午(たんご)の節句から、衣服を単衣にあらためる。

上屋敷から帰った真九郎は、雪江が縫った単衣にきがえた。雪江は、いそいそとてつだい、嬉しそうであった。

宗右衛門は、商いにうちこむことによってさまざまな思いを心中ふかくに閉じこめようとしているようすがうかがえた。

雪江の弟子も十六名にふえた。

弟子と対しているときの雪江は、縦から見ても横から見ても手習いを教授する武家の妻女である。ところが、中食の食膳をはさんだとたんに、ときとして娘のようになってしまう。雪江がつねに武家の妻女らしくありえないのはおのれのせいではないかと、真九郎は悩むのだった。

五月下旬に一連の沙汰が決した。

遠州屋権右衛門とふじと長太郎は、磔（はりつけ）であった。闕所（けっしょ）として遠州屋の家財はすべて没収された。倅ふたりは親戚預かり。和泉屋の伊助と、捕縛された浪人たちは死罪。

宗右衛門も白洲に呼びだされ、家内不行きとどきで奉行の叱りをうけた。

晩夏六月十一日の昼。

格子戸があき、おとないをいれる者があった。

とっさに誰かは想いだせなかったが、なつかしい声であった。

道場の門弟である。

真九郎は、平助を制した。

土間に立っていたのは戸田小四郎であった。大目付戸田左内の次男で二十三歳、竹田道場の門弟である。

「小四郎ではないか。まさか江戸で会えるとは思わなんだ」

真九郎と同様に小四郎も喜色をうかべていた。

「鷹森さま、おひさしぶりにございます」

「挨拶はあとだ。さっ、あがれ。国もとの話を聞かせてくれ」

小四郎が表情をあらためた。

「いえ。いずれまたおたずねします。本日は殿の使いで参上いたしました」

真九郎は、その場に平伏した。

「明日の昼、会いたいそうにございます。ご都合をおたずねするよう申しつかってまいりました」

真九郎は、平伏したまま言上した。

「ありがたきお言葉をちょうだいし、恐悦至極にぞんじまする。昼九ツ半（一時十分）にはもどっておりまする」

「では、八ツ（二時二十分）に参上し、同行していただきまする」

「かしこまってござりまする」

小四郎が口調をかえる。

「鷹森さま」

真九郎は、上体をなおした。

小四郎がふたたび笑顔をうかべている。

「殿がご返事をお待ちなのでこれで失礼しますが、高輪(たかなわ)の下屋敷にきていただきます。お忍びなので、鷹森さまも羽織(はおり)袴でお願いします。それと、深編笠をご用意ください」

真九郎は、笑顔でこたえた。

「承知した」

「それでは、明日(あす)また参上します」

小四郎が、かるく低頭し、格子戸をあけて去っていった。国もとにいたころとかわらぬすがすがしさだ。

急飛脚がまにあったのだ。

真九郎は、国家老鮫島兵庫の老獪(ろうかい)な風貌を想起した。

理由はいまだ判然とはしない。しかし、大久保孫四郎の背後に鮫島兵庫をおけば、絵解きにはなる。

主君に召しだされたのは、脇坂小祐太と真九郎だけではない。だが、小祐太は殺され、真九郎もまた雪江とともに国もとを出奔せざるをえなかった。

鮫島兵庫はなにごとかを画策している。そのことのみは、確実であるように思えた。

翌日、真九郎は小四郎とともに下屋敷に行った。

深編笠の真九郎に門番は不審をいだいたようだが、小四郎がていちょうに案内するようすをしめすと、誰何(すいか)されることなくとおされた。

庭の茶室に案内された。

「お供してまいります。なかでお待ちください」

真九郎は、腰の大小をはずして茶道口ちかくの踏込畳(ふみこみだたみ)におき、深編笠をのせた。そして、躙口(にじりぐち)に接した客畳ではなく、踏込畳に坐して待った。

やがて、茶室へちかよってくる気配があった。

真九郎は平伏した。

松平壱岐守(いきのかみ)定剛(さだよし)につづいて小四郎が入室してきた。今治藩七代めの壱岐守は、この年三十八歳である。

主君が貴人(きにん)畳に着座した。小四郎は、客畳の中央よりやや躙口がわにすわった。

ややあった。

「真九郎、ひさしいのう。面(おもて)をあげて顔を見せてくれ」

主君のやさしい口調に、真九郎はこみあげてくるものがあった。

いっそう平伏して言上した。

「ふたたびご尊顔を拝したてまつることはかなわぬ身とあきらめておりました。お声までお聞きすることがかなない、真九郎、終生の喜びにござりまする」

「まずは面をあげよ」

真九郎は、平伏したまま面体をあげ、主君を拝した。

おだやかな笑みをうかべていた。

「なにゆえ茶室にしたと思うておる。真九郎は予の客じゃ。ここへまいるがよい」

主君が小四郎の上座をしめした。

主命である。

「はっ」

真九郎は、いったん平伏し、座をうつした。

「そちを呼んだは、礼を申すためじゃ。太郎兵衛(たろうひょうえ)がそちの書状を持参した。真九郎、予は面目(めんもく)を失わずにすんだぞ。上屋敷に到着したその日に、孫四郎めには切腹を申しつけた。翌日、ご老中のお屋敷へご挨拶に参上したおり、さりげなく留守居役の不始末とのお言葉があった。詮議いたしておりましたところ、当人の不行きとどきが判明いたしましたゆえ、昨日の上府後ただちに切腹を申しつけましたと言上することがかのうた。ご老中より、それは重畳とのお言葉をたまわった。そちのおかげじゃ」

「もったいなきお言葉にござりまする」

主君が、上機嫌で語を継いだ。

「妙と申す奥女中は、大坂蔵屋敷までともなって暇をやり、母ともども小四郎に姫路城下まで送らせた」

「ご高配をたまわり、ありがたくぞんじあげたてまつりまする」

主君が、かすかな吐息をもらす。

「孫四郎めの鬼畜がごとき所行を見抜けなんだせめてもの詫びじゃ。……よき報せももってきてやったぞ。小四郎は、来年の秋には彦左衛門の娘小夜と祝言じゃ。彦左衛門ばかりか、頑固者の左内までが目尻をさげおったわ」

主君が笑みをこぼした。

「そちはどうじゃ、雪江とは仲むつまじゅう暮らしておるか」

「はっ。身勝手なふるまいをお許しいただき、御礼申しあげたてまつりまする」

ひと呼吸あった。

茶室のなかを、しばし静寂がながれた。

主君が、これまでよりいくらか沈みかげんな声をだした。

「立花侯の上屋敷にかようておることは、太郎兵衛から聞いておる。いましばらくの辛抱じゃ。おりをみて、帰参がかなうようにしようぞ」

真九郎は、畳に両手をついて平伏した。

「殿、ありがたきお言葉ながら、なにとぞ、それがしめのことはお捨ておきくださりますよう願いあげたてまつりまする」

「なにゆえじゃ」

「はっ。かってに出奔せし者の帰参がかなうとあっては、悪しき先例になろうやと愚考いたしまする」

「理由はそれだけか」

おだやかな問いかけであった。

「江戸の師である団野先生への恩義もござりまする。なにとぞお許しくださりますよう願いあげたてまつりまする」

宗右衛門は真九郎をたより、雪江の弟子たちのこともあった。もともと帰参せぬ覚悟で国もとを離れたが、江戸へきて一年たらず、あまりにも多くのかかわりができてしまった。

主君が、しずかな口調で言った。

「そうか。……面をあげよ。せっかくじゃ、茶を点てよう。一服してまいれ」

真九郎は、おてまえをちょうだいし、去っていく主君を拝伏して見送った。

もはや、二度と拝謁することも、古里の山河を眼にすることもない。寂しさはぬぐうべくもなかった。

涙が、畳におちた。

眼をとじ、奥歯をかみしめる。

もどってきた小四郎に門前まで見送られ、下屋敷をあとにした。

江戸の青空を白い綿雲がゆったりとながれている。

しかし、はるか相模の空には、夜半の雷鳴を予告するがごとくに下部が鼠色の巨大な入道雲があった。

町奉行所一考

若いころ、いずれ小説をとこころざしていた。しかし、時代小説は念頭になかった。試行錯誤のすえ、ふとしたきっかけで思いたった。

江戸を舞台にするのであれば三田村鳶魚（みたむらえんぎょ）ははずせない。それで、本屋にあった「鳶魚江戸文庫」（中公文庫）をのこらず買った。一巻『捕物の話』、二巻『江戸の女』、五巻『娯楽の江戸　江戸の食生活』、六巻『江戸の白浪』、七巻『御家騒動』、八巻『敵討の話幕府のスパイ政治』。しかしすぐに、腰をすえて読む必要を感じ、古本で「三田村鳶魚全集」（中央公論社）を入手した。

せっかく買ったのだからと文庫の六冊を読んだあとで、全集を一巻からひもといた。といっても、全二十七巻を読破したわけではない。赤穂義士関連、歌舞伎をふくめた芝居話、それと日記は、興味がないので読まなかった。

長文だが、「全集　第十三巻」収録の「捕物の話」のなかの「廻り方」から引用する。

した。

「鳶魚江戸文庫」では第一巻であり、ここでひっかかったがために全集にまで手をのば

（略）町奉行所は三つあったこともありますが、まず二つあった時の方が長いので、その一方が月番（つきばん）をつとめ、他の一方が明番（あきばん）になる。その月番でない時でも、両方の町奉行所から、三廻りと申しまして、同心を巡回させます。これは廻り場をきめておいて、抵触しないように江戸市中を巡邏する。三廻りといいますのは、第一が隠密廻りで同心が二人、これは名の通り隠密廻りでありますから、人に知れないようにやる仕事です。町奉行に直属しておりまして、秘密探偵を掌（つかさど）っている。まあ高等警察とでもいうのでしょう。隠密廻りは人を縛るようなことはありません。

その次が定町廻り、これは定廻りとも申しまして同心六人、法令の施行を見回るとか、非違を監察するとかいう役廻りです。無論犯罪があれば、直ちに逮捕します。

それから臨時廻りというのもありますが、これも同心六人、その名の通り、定廻りの補佐役みたいなものですから、人を縛ることも致します。しかし縛るために巡邏するのではありません。だが臨時廻りは、定廻りだけでは手が足りませんから出来たのではありますが、補佐役のような臨時廻りの方が、定廻りより格がいいようであった。という

のは定廻りが四十五六から五十がらみの者がなる。臨時廻りにはもっと年を取った人がなったそうです。いずれも定廻りを永年勤めた者を引き上げて任命した。ですから故参であり、先輩であるので、自然と定廻りの上に立つようにもなるのです。一体廻り方というものは、二年や三年勤めたからって、いろいろ江戸市中の巨細なことが錯綜しているので、慣れた上にも慣れていないといけません。背中へ胼（ひび）をきらした者でなければうまくはいかない。経験ということを背中へ胼をきらしたというのも、廻り方の永年の勤労を言い現わすのには、適当な言葉だと思います。勿論他の役人に通用する言葉ではありますまい。臨時廻りはただの補佐役ではない、たとえば横合いから飛び出していっても、勝手をよく知っているから、十分御用が足ります、定廻りの相談相手にもなれる。ですから権勢もあったのです。（傍点＝荒崎）

「闇を斬る」のおもな登場人物である桜井琢馬は、ストーリーの開始時点で三十六歳。七年まえの二十九歳で定町廻りに抜擢されている。

ところが、傍点でしめしたように、鳶魚によれば四十代なかばすぎでないと定町廻りにはなれないという。頭のなかで構築しはじめていた登場人物のイメージと合致しない。これにはこまった。設定を変更すべきかと迷いつつ全集で再読するうちに、疑問をいだくようになった。

おなじ「廻り方」から、ページ順ではないがさらに五箇所引用する。

（略）十二歳から見習に出て、二十年、三十年の功を積まなければ、廻り方まではゆかれない。

与力は事実上世襲でありましたが、法規の上では抱席と申して、一代限りのことになっておりました。倅が十三四になりますと、与力見習に出る。それから採用されて与力になる。親の職を継ぎましても、それは相続ではなくて、採用された体裁になっていたのであります。

（略）捕物などにしましても、人を縛ることは同心に限られておりましたから、いかなる場合でも与力がそれに手をかけることはなかった。（略）縄の稽古をするのは同心だけで、与力は決してしなかった、ということです。（略）柔術や縄の稽古というものは、同心は必ずしたけれども、与力はしなかった。八丁堀の組屋敷には、そのために稽古場が建っていた。

（略）こういうことを見ましても、人を縛るのが同心の役目であることは、よくわかると思います。ここに武士は人を縛らぬもの、足軽・同心は人を縛るもの、ということが書いてありますが、明治の初めに武家の家来を、士族と卒族とに分けたことがある。その時分に与力は士族でしたが、同心の方は卒族でありました。

（略）与力はこの出役しても、決して捕物に手を下さない。槍を持たせて行くのは、同心の手に余った場合、その持ち槍で敵を弱らせて逮捕の便利を与えるためで、傷つけたり殺したりすることはありません。全く同心援助のためであります。

『江戸町奉行事蹟問答』（佐久間長敬・著、南和男・校注、東洋書院）という本がある。町奉行所にかんする当事者による資料で比較的入手しやすいものとしては、本書と、『旧事諮問録』（私が所持しているのは岩波文庫版）があげられる。南和男（みなみかずお）の「解題」によると、佐久間長敬（さくまおさひろ）は、幕府が崩壊したとき、南町奉行所与力として、奉行所内の諸記録簿のひきわたしをおこなった人物である。〝祖父彦太夫の勤功により、嘉永三年（一八五〇）四月、十二歳のとき与力見習となった。奉行より十五歳と心得るべしと達せられ、十五歳として勤務した。〃とある。このときの南町奉行は、〃遠山の金さん〃こと遠山左衛門尉景元である。

さて、〃奉行より十五歳と心得るべしと達せられ〃たということは、通常は十二歳での見習がありえないのをしめしている。では、なぜ十五歳なのか。

おそらくは〃元服（げんぷく・げんぷく）〃がからんでくる。『広辞苑』には〃年齢は十一～十七歳ごろが多く〃とあり、『日本風俗史事典』（日本風俗史学会編、弘文堂）には〃古来、男子は十五歳ごろ〃とある。

商家の丁稚（〃丁稚〃は大坂での呼称。江戸では〃小僧〃といった。しかし、小僧ではわかりづらいので丁稚をもちいている。丁稚のほうが一般化したのはテレビの影響による）ならわかるが、町奉行所の見習が前髪姿というのは想像しにくい。佐久間長敬も、たてまえでは十五歳であり、前髪をおとして、つまり元服して出仕したはずである。

べつの角度から検討してみる。

武家の男児は、学問と剣とは必須である。そのうえでさらに、同心の倅は十手取縄の稽古をしなければならない。与力の倅もいちおうの十手術は習得したように思う。それにくわえて、槍の稽古をしなければならない。

つまり、同心の倅は、学問、剣、十手、取縄、与力の倅は、学問、剣、十手、槍、ということになる。たとえば、小学校六年間でこれらの習得が可能だろうか。中学校の三年間をくわえてさえもあやういように思える。ただの習い事ではない、いざ捕物となればおのが命にかかわる。

十五歳前後で元服。親が壮健であれば、さらに学問や剣などにはげむ。親が病(やまい)、もしくは老齢であれば、元服と同時に見習となる。あるいは病が重篤(じゅうとく)等、なんらかの事情があれば、佐久間長敬のごとく年齢をごまかして出仕する。

鳶魚のいう十二歳での見習は、佐久間長敬がそうであったように例外的便宜的な処置だったのではあるまいか。

では、四十五歳から五十歳くらいでの定町廻り就任はどうであろうか。鳶魚が述べるからには、具体例を聞くか、読むかしたからであろう。しかし、これも十二歳での見習とおなじではないのか。

私はこう考える。

誰もが、四十代なかばから五十にかけて定町廻りになるのであれば、わざわざそのことを書き記すにはおよばない。あるとき、四十五歳で定町廻りになった者がいた。その者がつぎのような意のことを書きのこした。

定町廻りはたいへんにむずかしいお役目で、若造なんぞにつとまるものではない。儂(わし)

はまだ若いほうであって、誰それは四十七、誰それは四十八でなった。聞くところでは五十でなった者もおるという。

〝経験ということを背中へ胼をきらしたというのも〟と述べているのも、いったい営業というのは靴を何足履きつぶしたかでうんぬんのたぐいではなかろうか。

これもべつの角度から検討してみる。

新入社員の適性を判断するのに、十年から二十年も要するだろうか。あるいは、江戸社会は現代社会よりもはるかに複雑怪奇だったのだろうか。人間関係、社会構造。江戸時代を十全に理解しているわけではないが、現代社会のほうがはるかに複雑なはずである。

鳶魚は、「廻り方」のなかで〝（略）両番所（荒崎注：町奉行所を「御番所」「番所」という）から出ます廻り方は、非番であっても、当番であっても、それには構わず毎日出ます。そうして江戸の市中をおおよそ四筋ほどに分けまして、代り合って巡回しておるのであります。〟（傍点＝荒崎）と述べている。定町廻りは六名であるから六筋のまちがいではないかと思う。あるいは、『江戸町奉行』（横倉辰次、雄山閣）には、〝定廻（じょうまわり）。南北各同心四人がこれに従事して、市中風聞並びに捕物を心得た。〟とあるから、その時期（たぶん初期のころ）はたしかに四筋であったろう。

『江戸・町づくし稿』（岸井良衛、青蛙房）に江戸の町数の推移がある。要点を整理して引用する。

・万治（まんじ）元年（一六五八）。

髪結株を一町一箇所ずつとして八百八株と定めた。

つまり、八百八町。しかし、これには寺社門前町と代官支配地はふくまれていない。代官支配地というのは、周辺の村地へ江戸の町家が拡張していたことを意味する。

・延享（えんきょう）四年（一七四七）。

一千六百七十八町。寺社門前町をふくめる。

・嘉永（かえい）元年（一八四八）。

一千七百余町。

一千六百七十八町を六名でまわるとすると、約二百八十町ずつになる。初期の江戸の町割は、おおむね六十間四方である。つまり、町家の通りの長さは一町すなわち約一〇九メートルだ。一〇九×二八〇で約三〇キロメートル。町家が一直線につらなっているとしてこの距離。それでも、一日の旅程が十里（約四〇キロメートル）だから不可能とはいわないが、一年三六五日つづけられるものではない。

八百八町であればひとりあたり約一五キロメートルだから、一日でまわれなくもない。江戸幕府は、先例遵守であり、実際をたてまえで包んでことにあたる。

町家は毎日見まわる。これまでそうしてきたのだから、それを守らねばならない。しかしながら、江戸は拡張をつづけ、一日ではまわりきれなくなった。で、二日、さらには三日かけて持ち場をまわることにした。一日ですべてではないが、とにかく毎日見まわっている。先例どおりである。融通がきかず、詭弁でさえあるが、具体例なら気の毒から笑えるものまですぐさま思いうかぶ。

定町廻りは、見まわりにおいて自身番屋の町役人（これを〝まちやくにん〟と読むと、八丁堀の与力同心のことになる。江戸時代は〝まち〟と〝ちょう〟との使いわけに意味がある）に声をかけることになっていた。しかし、これも初期のあいだだけであろう。やってくる刻限はわかっている。なにかあれば町役人のほうで声をかける。そうやって、急ぎ足で見まわる。

たとえ二日から三日かけてまわるにしろ、盆と正月は休むだろうが、暴風雨や大雪で歩けないのでないかぎり毎日見まわりつづける。四十代なかばで可能だろうか。江戸の人々がいかに健脚だとはいえ、無理がある。

十五、六から十七、八くらいで見習として出仕する。適性、能力、才能などをみわけるのに数年も要しまい。有能な者は内勤外勤の主要な役目で経験をつませ、働き盛りの三十歳前後で定町廻り、そして四十前後で定町廻りの後見をかねての臨時廻りになる。

ここまで厳密ではなかったが、おおよそこのように推測し、私は桜井琢馬の年齢設定を決めた。

つぎに、夜間の町奉行所についてだが、これもまずは「廻り方」から引用する。

（略）当番方の与力というのは、分担のない者が順番に町奉行所へ出て、庶務受付や宿直などをするので、それは与力が二人、同心の中でも故参の者ですから、いずれ年取った者、それから物書同心（ものかきどうしん）、これは書記です。この年寄同心・物書同心が三人ずつ、その他に分担のない同心を三番にして三分の一ずつ交代して勤めている。

与力の人数についてはほかの説もある（『図説・江戸町奉行所事典』笠間良彦、柏書房）。

当番方与力　分課・分担のない与力が交替で宿直して勤めるものに当番方与力という

ものがある。庶務・受付のほかに与力三騎が交替して当直・宿直をなし、夜でも受付を行なった。

だいたい新参の与力が勤める役で、それの補佐役として練達の年寄同心が三人、物書同心が三人つき、このほかに平同心も若干配属されている。

さらに引用する。

番方与力　人数不定、日々の当直並びに臨時出役、検使見分、其外臨時加役を勤る名にして新参番入りの節より相勤、事馴て順々昇進して行くなり。

番方若同心　人数不定、当日の宿直を勤、奉行の供方、裁許所の警固、諸向使走り臨時出役、捕もの、罪人首打役、其外役加役相勤、新参勤入の節より此処にて勤馴追々昇進するなり。

『旧事諮問録』（岩波文庫、下巻）「江戸市中取締の事および伝馬町牢屋の事」からも引用する。同書は問答形式である。

問　（略）与力は怜悧（りこう）の者でなくともできるという訳ですか。

答　怜悧でなくとも使い途が、相応の役がありますから、なれますとも……

（略）

問　力のない者が番方をやるのですか。

答　さようです。最初のうちは役は持てませぬから。

問　番方というのが三十人位ですか。

答　さようです。

（略）

問　（略）若い者が番方を勤めて、それからだんだん功労を経ていって、枢要の所にあたるというようになりますか。

答　さようです。勿論、才気がなくとも、務まる役が他にずいぶんございますから、番方でなくとも……（略）

問　人に因って、その人の器量に依って、中の配剤がきまっていくという訳ですか。

答　さようです。

まとめると、こうなる。

番方は三班あり、係のない雑務と宿直とをこなす。ということは、おそらく、日直・宿直・休日の当番勤めであろう。番方には新人が配属される。新人たちはここで仕事をおぼえ、能力と適性を判断され、配属されていく。同時に、使いものにならないと見限られた者がまいもどってもくる。

しかし、新人と役立たずだけではこころもとない。たとえば、夜間に殺しの報せなどがはいったらどうするか。ポイントは、鳶魚のいう〝同心の中でも故参の者ですから、いずれ年取った者〟が誰を指しているかだ。

与力同心の役職でもっとも格上は年番方である。『図説・江戸町奉行所事典』から引用する。

年番方与力　年番方与力というのは与力の最古参で有能の者が勤めた。初めは同心支配役が一年交替で勤めたので年番の名称が起ったのであるが、毎年継続して勤めるようになって名称だけのこった。

町奉行所全般の取締りから金銭の保管（欠所〈荒崎注：〝闕所〟のまちがい。出典の簡略表現をそのまま引用したせいと思われる〉等で没収した金銭）・出納・各組の監督・同心諸役の任免から臨時の重要事項を処理した。

町奉行は、時によると一カ月位で交替することがあるが、町奉行所与力は隠居するまで勤めているので町奉行所のことには通暁している。年番方与力は奉行所内の生辞引き的存在で、新任の町奉行はこれに頼らなければならぬ指導者である。町奉行になるものはだいたい世禄二、三千石以上、御役高も三千石の大身であり、いくら最古参といっても年番方与力はせいぜい二百三十石級の御目見以下の抱席である。こうした格差のある身分でありながら、町奉行は年番方与力の運営力に頼らねばならなかったのは皮肉である。年番方与力の人員は南北各々二騎ずつであったが、後に三騎となり同心が六人ずつついた。

与力の出世コースは吟味方から年番方。同心のそれは、定町廻りから臨時廻りをへて年番方であろう。鳶魚のいう〝同心の中でも故参の者ですから、いずれ年取った者〟が年番方同心であれば、同心はむろんのこと、若い与力や役立たず与力にも睨みがきく。

鳶魚は〝年寄同心・物書同心が三人ずつ〟と述べている。三班編成であるからこれでじゅうぶんなようにも思える。しかし、では、殺しなどがあったさいはどのように対処すればよいのか。実質的責任者である年番方同心は町奉行所を離れるわけにはいかない。かといって経験のない若手や役立たずを行かせるわけにもいかない。

年番方与力は南北に二名ずつしかいない。すると、夜間の町奉行所は、年番方同心一名と臨時廻り一名とが運営していたのではなかろうか。それでも対処しきれないような事態になれば、奉行を起こすなり、八丁堀に使いを走らせる。ひとりでは不安でも、ふたりなら心強い。

『図説・江戸町奉行所事典』に〝年寄同心役　組役より日々順番当直にして、町々の異変の検使見分、其他重立て出役勤るなり。〟とある。町奉行所の与力同心は一組から五組までに編成されていたから、〝組役〟とはその各組の同心年寄格を指しているように思える。ここまでもでてきたが、年寄とは重鎮という意味であり、しかも定町廻りの代役ができる者となると、臨時廻りしかいない。ちなみに、幕府の位階は老中（ろうじゅう）・若年寄（わかどしより）だが、老中のもともとの呼称が〝年寄〟であった。年寄に次ぐ者だから若年寄なのである。

したがって、夜勤は、年番方同心、臨時廻り、番方若干名。この構成であれば無理がないように思える。番方の与力が新人や役立たずであっても、身分では上役である。老練な年番方同心と臨時廻りはそれなりに遇したであろう。むろん、士分だけでなく小者たちも比例している。

年番方にはさらに表にはだせない役割があったと、私は推測している。そのまえに、与力同心の身分についてふれる。

〝与力〟〝同心〟は現代の警察機構における〝警部〟〝刑事〟とおなじ意味ではない。そのようにつかうのはまちがいである。町奉行所のほかに、大番組、書院番、先手組などといった番方（武官）に配属されていた。江戸幕府における士分として最下位の役職名である。

同心は諸藩における足軽と同意である。戦では、弓隊、槍隊、鉄炮隊として集団行動する者たちだ。与力は、その雑兵部隊各組の組頭だ。

身分としては御目見以下の御家人だが、その御家人でも最下位である。旗本・御家人を直臣という。簡略化して述べるが、ほとんどの直臣は家禄である。つまり、幕府の役に就かなくても禄（収入）がある。

与力は二百石取りだから旗本ふうに〝騎〟でかぞえるが、家禄ではない。たとえるなら、与力も同心も正社員ではなく契約社員である。

ただし、よほどのことがなければ〝お暇〟（馘首）にはならないし、老齢になれば隠居を願いでて倅が新規召し抱えというかたちで採用された。

町奉行所の与力・同心を、ほかと区別して〝町方与力・町方同心〟という。彼らは、ほかの与力・同心たちからでさえ〝不浄役人〟と蔑視された。死体をあつかうからだ。

しかし、たぶん、この〝蔑視〟には裏がある。

『旧事諮問録』(岩波文庫、下巻)「江戸市中取締の事および伝馬町牢屋の事」から二箇所引用する。

答　御先手与力へ組替などされることがございます。悪い事をすると、御先手与力というのにされるの(荒崎挿入)です。たいがい親子ともに出ているのが多いのです。親が勤めておりますと、その親の方が出精に勤めるというので、倅を新規召出して、与力にするというようなことです。

問　町与力の中でなかなか器量があって、枢要の地位に当っている人だというと、いわゆる半分公然の役得というようなものが何かありましたろう。

答　それは諸侯方(荒崎注:諸大名家)から御扶持を戴いている者もありますし。もっとも御出入りと称えまして、頂戴物があります。これは同心にもあります。

(略)

答　町与力という者は他から見ますと、たいそう賄賂でも取っているように想って、旧政府の頃に、他でとやかく申しましたが、内へ這入って見ますと、右のような訳ですから、あそこへは妙な奴が出入りをするというようなことで、眼鯨（めくじら）立てて騒ぎますから、なかなかそういうことはできませぬが、もしございますと、御先手へ貶（おと）されます。悪くすると場所不相応につき御暇というようなことで、二百石を棒に振ることが出来（しゅったい）しますから、そういう事をする奴は直き掃き出されます。

武士は貧乏であった。とくに御家人は内職に精をださないと食べていけなかった。しかし、八丁堀の与力・同心はその必要がなかった。

参勤交代で上府した諸大名は、幕府執政への手土産と挨拶のほかに、両町奉行所へも相応の付け届けをもたせた。さらに、与力、もしくは同心、あるいは両者との関係をたもち、付け届けを欠かさなかった。家臣が、江戸市中で悶着などをおこしたときのためである。

町家からも、関連する与力・同心に付け届けがあった。

たとえば（『図説・江戸町奉行所事典』より引用）、

市中取締諸色掛り　与力八人、内本役四人、助六人、手伝四人、同下役同心十六人、諸問屋其外商業筋全躰の事務を取扱、南北にて主任を分ちたるもあり。米掛りは北の方、魚青物は南の方。

高積見廻り　与力一人、同心二人、町々往還の荷物積立、道路の妨害に成るを制する監督なり。

などは、個々の商家から、あるいはその組合から、かなりの付け届けがあったと考えられる。しかし、突出していたのは定町廻りであろう。極言すれば、八百八町の表店(おもてだな)すべてが対象である。

おそらく、直接の付け届けは年番方へ申告していたように思う。嘘偽りなく正直にである。睨まれればどうなるかは『旧事諮問録』が証言している。

年番方は上納を申しつけ、大名家からのものもふくめて管理、町奉行所で働く者全員に応分に分配した。

与力なり同心なりが実入りのいい役目についたとしよう。しかし、倅は才なく番方で終始するかもしれない。

才ある者がより多くの収入をえる。それはしかたがない。が、おのれらもその余禄にあずかれる。だからこそ、足の引っぱりあいもなく〝八丁堀〟としてまとまっていける。ほかの与力・同心にはその余禄がない。だから八丁堀の者は先手組にまわされるのをおそれた。そんな八丁堀の者を、ほかの与力・同心は不浄役人と蔑むことで溜飲（りゅういん）をさげた。

まだまだわからないことがたくさんあるし、述べてきたことにまちがいがあるかもしれない。いまの私の理解範囲では、こんなところだったのではなかろうかと思っている。

江戸時代の切絵図集などを何冊かもっている。『江戸切絵図と東京名所絵』（白石つとむ・編、小学館）には、八丁堀の細見絵図がある。南町と北町とが色分けされ、与力・同心の姓名が記されている。そのなかに〝櫻井平四郎・同銀二郎〟がある。桜井琢馬の姓をもらい、屋敷も同所にした。現在の住所でいうと、中央区八丁堀二丁目あたりだ。

参考文献

『剣法至極詳伝』木下壽徳　体育とスポーツ出版社
『直心影流極意伝開』石垣安造　島津書房
『新編武術叢書』武道書刊行会・編　新人物往来社
『日本剣豪列伝』直木三十五　河出書房新社

本書は、徳間文庫より刊行された『闇を斬る　直心影流龍尾の舞い』（二〇〇五年五月刊）、その後改題され朝日文庫より刊行された『龍尾一閃　闇を斬る二』（二〇一一年四月刊）に加筆修正をし、「町奉行所一考」を加えたものです。

実業之日本社文庫　好評既刊

荒崎一海
闇を斬る　龍尾一閃
ひとたび刀を抜けば、生か死か、それしかない――。国元をひそかに脱し、妻と江戸の裏店で暮らす武士の矜持を端正な筆致で描く、長編時代小説。
あ281

泉ゆたか
春告げ桜　眠り医者ぐっすり庵
桜の宴の目玉イベントは京とお江戸のお茶対決!? 江戸郊外の高級料亭で奉公修業を始めることになった藍は店を盛り上げる宴の催しを考えるよう命じられて…。
い173

風野真知雄
月の光のために　大奥同心・村雨広の純心　新装版
大奥に渦巻く陰謀を剣豪同心が秘剣で斬る――新井白石の家臣・村雨広は、剣の腕を見込まれ大奥の警護役に。紀州藩主・徳川吉宗の黒い陰謀が襲い掛かる…!
か110

草凪優
初情（はつじょう）
わたしはね、特別にいやらしいの――発情してて何が悪いの？ 名門大学の極悪サークルで、罠にはまった女の復讐と復活。官能エンターテインメントの傑作!
く611

こがらし輪音
さよなら、無慈悲な僕の女王。
謎の奇病に冒された若き女性と、彼女に恋し彼女との限られた時間を過ごす中で、生きる意味を知る青年。ふたりの切ない愛と絆に号泣必至のラブストーリー。
こ81

下村敦史
ヴィクトリアン・ホテル
百年の歴史にいったん幕を下ろす高級ホテル。最後の一夜に交錯する善意と悪意に一気読み&二度読み必至の、エンターテインメントを極めたミステリー!
し101

辻真先
赤い鳥、死んだ。
「平成の北原白秋」と称される詩人が急逝。警察は自殺と推定するが、兄は殺されたと疑う年の離れた弟が真相解明に乗り出し……（解説・阿津川辰海）
つ53

西村健
バスへ誘う（いざなう）男
路線バス旅のコーディネイターを始めた「私」は、客の依頼を受けて「小さな旅」をする中で「小さな謎」に出合う――人気シリーズ第二弾。（解説・西上心太）
に72

南英男
禁断捜査
報道記者殺人事件を追え――警視庁捜査一課長直属の特務捜査員として、凶悪犯罪を単独で捜査する村瀬翔平。アウトロー刑事があぶりだす迷宮の真相とは!?
み728

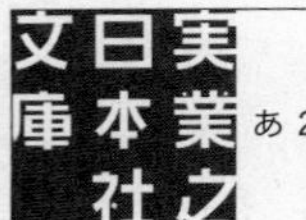

あ 28 1

闇を斬る　龍尾一閃

2023年2月15日　初版第1刷発行
2023年3月6日　初版第2刷発行

著　者　荒崎 一海

発行者　岩野裕一
発行所　株式会社実業之日本社
〒107-0062　東京都港区南青山 5-4-30
emergence aoyama complex 3F
電話 [編集]03(6809)0473 [販売]03(6809)0495
ホームページ https://www.j-n.co.jp/
ＤＴＰ　株式会社千秋社
印刷所　大日本印刷株式会社
製本所　大日本印刷株式会社

フォーマットデザイン　鈴木正道（Suzuki Design）

ISBN978-4-408-55783-0（第二文芸）